KB052265

단지, 무욤에
한하여

단지, 무음에 한 하여

ただし、無音に限り

오리가미 교야 장편소설
김은모 옮김

arte

차례

일러두기

옮긴이주는 괄호 안에 '옮긴이'를 함께 넣어 표기하였습니다.

제1장

집행인의 손

모텔 간판과 팔짱을 끼고 걷는 남녀가 나란히 찍힌 사진을 집어 들었다.

내가 찍은 것치고는 비교적 잘 나온 편이다. 간판 글자와 사람 얼굴이 똑똑히 보인다. 하지만 아쉽게도 쓸데없는 것이 같이 찍혔다.

나는 사진 오른쪽 아래편의 뿌연 부분을 손가락으로 문지르다 어쩔 수 없이 책상 위의 폐기 사진 더미에 내려놓았다.

내가 운영 중인 '아마노 하루치카 탐정 사무소'는 추리소설 속 명탐정을 동경해서 시작했지만 주된 수입원은 불륜 조사다. 탐정으로 일한 지 2년이 되었건만 사진 촬영 실력은 통 늘지 않는다. 게다가 내가 찍은 사진에는 가끔 이렇게 묘한 얼룩이나 형체가 나온다.

의뢰인에게 제출할 보고서용으로 겨우 몇 장을 골랐지만, 이대로는 사진이 적어 휑하게 느껴질 것이다. 약간의 '흠'은 무시할까 생각하며 다음 사진을 집었을 때, 책상 정면에 있는 문이 열리고 양복 차림의 구치키가 들어왔다. 손에는 서류 케이스와 커피숍의 종이봉투를 들고 있다.

"안녕, 일은 좀 어때?"

구치키는 맞은편 빌딩에 있는 법률 사무소의 변호사다. 내가 탐정 일을 시작하기 전부터 알고 지내던 사이인데 나에게 아주 잘해준다. 지금 사진을 골라내고 있는 불륜 조사도 구치키가 소개해준 일이다.

"뭐야, 엄청 많네."

"내가 찍은 사진은 못 쓰는 게 많으니까 넉넉하게 찍어두거든."

"아, 그러고 보니 그랬지. 그 체질도 여간 성가신 게 아니네."

그렇게 말하며 구치키는 종이봉투를 들어올렸다. 한숨 돌리라고 커피를 사 온 모양이다.

나는 고맙다고 인사하고 일어섰다. 책상 위에 놓아둔 도넛 상자를 열어보자 아직 두 개 남아 있었다.

구치키가 접객용 소파에 앉길래 나도 나지막한 테이블을 사이에 두고 맞은편에 앉았다.

"도넛 먹을래?"

"난 됐어."

그럼 내가 둘 다 먹기로 하자.

구입할 때 넣어준 종이 냅킨으로 허니 글레이즈를 듬뿍 묻힌 도넛을 집어 한 입 베어 물었다. 혀 위에 바사삭한 글레이즈의 단맛이 남아 있을 때 커피를 한 모금 마신 후 눈을 감고 음미했다. 저절로 미소가 맺혔다.

"아 참, 후시미야 중학교와 연결해줘서 고마워. 이런저런 조건이 붙었지만 학교 안을 보여주겠대."

"오, 그거 잘됐네. 요즘 학교는 특히나 외부인의 출입에 엄격하니까 걱정했어. 후시미야 중학교가 사립이었으니 그나마 말이 통한 거지."

"학교 안에 못 들어가면 의뢰 자체를 거절해야 했을 테니 다행이야. 솔직히 이제 불륜 조사는 질렸거든."

"하하. 불륜 조사가 섭섭해하겠네, 그걸로 먹고살면서."

구치키는 다리를 꼬고 나서는 "참 맛있게도 먹는다"고 웃으며 말했다.

구치키는 아직 40대 초반일 테지만 턱과 코 밑의 거뭇거뭇한 수염과 케케묵은 디자인의 안경 때문에 제 나이보다 늙어 보인다. 호리호리한 몸에 새카만 양복을 입은 모습은 변호사라기보다 상조회사 직원 같다.

"아무튼 그렇다니 너한테는 좋은 소식이겠네. 일을 가져왔어. 불륜 조사 말고."

나는 입을 우물우물하며 눈을 들었지만 손에 도넛과 종이컵을 들고 있어서 메모는 할 수 없다.

구치키는 개의치 않고 말을 이었다. "지난달에 자택에서 요양하던 자산가 노인이 몸 상태가 갑자기 나빠져서 사망했어. 원래 나을 가능성이 없는 환자라 병으로 죽은 걸로 처리됐지만, 장례식이 끝나고 나서 딸이 아버지의 죽음에 수상한 점이 있다고 주장했지."

자산가의 수상쩍은 죽음이라니 영화나 드라마 같은 이야기다. 나는 무심코 몸을 내밀려다 의구심이 들었다.

구치키는 노인이 병으로 죽은 걸로 처리됐다고 했다. 그리고 장례식이 끝났다면 시신은 없는 상황이다.

"사망했을 당시에는 사건성이 없다고 판단했다는 거로군. 부검은 하지 않았어?"

"응. 사망 진단서를 쓴 주치의는 병사로 판단했고, 유족도 딱히 부검을 원하지 않았지. 처음부터 끝까지 경찰도 관여하지 않았고."

"그럼 왜 이제 와서? 딸도 아버지가 돌아가신 직후에는 아무 의심도 하지 않았다는 말이잖아."

"유언장이 공개됐거든. 피상속인의 의뢰로 내가 작성한 건데, 재산의 대부분을 같이 사는 중학생 손자에게 물려준다는…… 법적으로는 문제가 없는 내용이야. 하지만 딸은 자신의 몫이 생각보다 너무 적어서 유언을 받아들일 수 없는 모양인가 봐."

하즈미 기리쓰구라는 그 노인은 자신의 당대에 회사를 번창시킨 실업가로, 여든 살이 가까운 나이에도 여러 회사의 이사와 회장을 겸임했지만 2년쯤 전에 몸이 상한 뒤로는 일선에서 물러나 은거 생활을 했다고 한다.

그런 사람의 유산이라면 액수가 막대할 것 같았다. 자산가의 유산을 상속할 때 분쟁이 일어나는 일은 드물지 않겠지만, 변호사가 유언을 작성했으니 법률을 위반하지는 않았을 것이다.

"받아들일 수 없다니…… 유언이 그렇다는데 뭐 어쩌겠어. 그리고 그 영감님이 어쩌다 죽었든 상속할 유산은 바뀌지 않을 텐데."

무슨 이유로 유언 자체가 무효라고 주장한다면 그나마 이해가 간다. 하지만 유언이 법적으로 유효하고, 내용도 유언자의 뜻을 반영했다면 아무리 억울해도 상속인 입장에서는 별 방도가 없지 않을까. 무엇보다 유언의 내용을 받아들일 수 없다는 것과, 유언자가 죽은 원인을 의심하는 게 무슨 상관이란 말인가.

구치키는 커피가 든 종이컵을 가볍게 흔들더니 플라스틱 뚜껑을 열었다. 뜨거운 것을 잘 못 먹는 체질이라 뚜껑에 뚫린 작은 구멍으로는 마시기가 불편한 모양이다. 구치키는 물기를 제거한 뚜껑을 테이블에 뒤집어서 내려놓고 덤덤하게 말했다.

"유언의 유효성은 변함없지만, 유언으로 지정한 상속인의 수가 줄면 그만큼 남은 상속인의 몫이 늘어나니까."

한순간 무슨 뜻인지 알아듣지 못해 나는 도넛을 문 채 구치키를 바라보았다.

구치키는 쓴웃음을 지으며 덧붙여 말했다. "피상속인을 살해한 상속인은 상속권을 잃는다는 말, 들어본 적이 있을 텐데."

나는 입안의 도넛을 꿀꺽 삼켰다.

"그렇다면…… 딸은 중학생인 손자가 할아버지를 죽였

다고 의심하는 거야? 망상이 지나친 거 아닌가."

유언에 기록된 손자의 몫이 많다고 해서 보통 그렇게까지 비약해서 생각할까.

"나도 지나친 생각이라고 하긴 했는데……." 구치키는 컵을 들어 커피를 후 불며 말했다.

"뭔가 의심할 근거라도 있어? 그 아이가 의심스럽다고 여길 만한."

"기리쓰구 씨가 사망한 날 낮에 딸 사쿠라코 씨가 오빠와 병문안을 갔는데, 그때는 기리쓰구 씨가 멀쩡했대. 그런데 자기들이 돌아간 후에 갑자기 몸 상태가 나빠졌다니 이상하다, 첫 번째 발견자가 수상하다는 게 사쿠라코 씨의 주장이야. 기리쓰구 씨는 손자와 둘이서 살았으니 손자가 제일 먼저 발견하는 건 당연한데 말이지. 아무튼 함께 살았으니 뭔가 저지를 기회는 얼마든지 있었을 거래."

사쿠라코 본인도 처음에는 딱히 신경 쓰지 않았으면서 유언이 공개되자마자 그게 마음에 걸렸다는 말인가. 순 억지다.

"상속 문제 이외에도 기리쓰구 씨는 손자를 각별히 아낀 구석이 있어. 난 기리쓰구 씨의 대리인이자 유언 집행자이지 사쿠라코 씨의 대리인은 아니니까, 그 점에 대해서는 자세하게 말할 수 없지만…… 아무튼 그래서 사쿠라코 씨가 못마땅해했던 건 확실해. 기리쓰구 씨가 죽어서 제일 이득을 본 사람은 손자고, 손자는 병석에 누운 할아버지에게 위해를 가할 수 있는 입장이었다. 그러고 보니 자신들이 돌아간 후에 몸 상태가 나빠졌다는 것도 이상하다. 그렇게 자꾸 의문시하다 보니 이제는 그런 생각밖에 안 드는 모양이야. 원래부터 외고집이 심한 성격이기도 하고."

구치키가 드디어 컵에 입을 댔다. 한 모금 홀짝이고 맛있다는 듯이 눈을 감았다.

"하지만 병사로 판단해 시신은 부검도 하지 않고 화장했고, 이제 와서는 경찰도 움직여주지 않겠지. 수사를 요청할 근거가 없으니까."

"뭐…… 유족의 한쪽에 치우친 주장만으로는."

"그래서 경찰이 수사에 나설 계기가 될 만한 증거를 찾아달라는 게 의뢰 내용이야."

나는 남은 도넛을 입에 넣고 팔짱을 꼈다.

확실히 드라마틱한 의뢰이기는 하다. 평소의 불륜 조사나 뒷조사보다는 훨씬, 탐정 일을 하기로 마음먹었을 때 머릿속에 품고 있던 업무 내용에 가깝다. 하지만 아마 존재하지 않을 사건의 증거를 찾아내라고 한들…… 그렇다고 증거를 날조할 수도 없다. '찾아봤습니다만 없었습니다'라는 보고를 의뢰인은 받아들일까.

"물론 가능성은 희박하다고 단단히 못을 박았어. 그래도 조사 비용은 내겠대. 프로가 조사할 만큼 조사했는데 아무것도 발견되지 않으면 사쿠라코 씨도 포기하지 않을까 싶어. 너도 일거리는 필요할 테고."

나는 허니 글레이즈로 끈적끈적해진 종이 냅킨을 뭉쳤다. 쓰레기통은 구치키가 앉은 소파 뒤편, 벽 앞에 있다. 내가 종이 냅킨을 버리러 일어서도 구치키는 말을 멈추지 않았다.

"그리고 증거가 남아 있지 않더라도 너라면 뭔가 알아낼 수 있을지도 모르잖아. 이번에는 사람이 죽었으니까."

내가 돌아보자 구치키는 소파 등받이에 한쪽 팔을 걸친 채 이쪽을 보고 있었다.

"의뢰인 사쿠라코 씨는 사망한 기리쓰구 씨의 딸이니까 기리쓰구 씨가 죽은 방에도 들어갈 수 있을 테고, 부탁하면 재워도 주겠지. 꼼꼼히 조사할 수 있을 거야."

"구치키 씨도 그 아이 짓이라고 생각해?"

"설마." 구치키는 대번에 고개를 저었다. "다만 난 유언 집행자니까. 이미 보수를 짭짤하게 받은 데다 상속인이 다른 상속인의 상속 자격을 문제로 삼은 이상, 유언대로 분배하고 나 몰라라 할 수는 없는 노릇이거든. 사쿠라코 씨를 편들 생각은 없지만, 그렇다고 무시할 수도 없어. 손자 가에데는 좀 별난 아이라서 사쿠라코 씨가 의심하는 것도 이해가 안 되는 건 아니야."

가에데. 그게 막대한 유산을 상속한 아이의 이름인가.

나는 소파로 돌아가 구치키와 마주 앉았다.

"중학생이지?"

"응, 이름은 가에데지만 남자애야. 머리가 좋아서 기리쓰쿠 씨는 나중에 걔를 후계자로 삼을 생각이었나 봐. 언젠가 이렇게 말씀하셨지. '회사를 이렇게 키우면서 나도 온갖 짓을 다 해봤지. 남에게 짓밟히면서 살기는 싫었어. 밟히지 않기 위해 남을 서슴없이 짓밟기도 했고. 녀석은 날 닮았지. 남을 짓밟고서라도 흔들림 없이 앞으로 나아가는 인간이야.' 그게 중학생 손자를 두고 할 말인가 싶었지만, 실제로 만나보니 무슨 뜻인지 알 것 같더군."

마실 수 있을 정도로 식었는지 구치키는 커피 컵을 기울이며 할 말을 찾는 것 같았다. 어쨌든 상대는 중학생이다. 남을 짓밟고서라도 흔들림 없이 앞으로 나아간다는 말이 칭찬이라고 보기는 힘들다. 가에데의 할아버지는 과연 손자를 높이 평가하고자 그런 말을 한 게 맞을까.

"만났다고 해도 한두 번이야. 잘 알지는 못하니까 이런 말을 하는 건 좀 그렇지만, 아우라랄까 분위기랄까 그게 기리쓰구 씨와 비슷하더라고. 심지가 굳은 느낌이나, 무슨 생각을 하는지 알 수 없는 느낌이."

당연하지만 그런 인상만으로 살인 혐의를 씌울 수는 없다. 구치키도 가에데가 그랬다고는 생각지 않는다고 했다. 한편으로 아이가 어떻게 그런 짓을 하겠느냐고 일소에 부칠 수도 없는 모양이었다. 사쿠라코가 간곡히 부탁해서 어쩔 수 없는 측면도 있겠지만, 구치키 입장에서도 뭔가 마음에 걸리는 점이 있는지 모른다. 하지만 말로 표현할 수 있을 만큼 확실하지는 않은 듯했다.

"그렇게 위험해 보이는 애야? 할아버지랑 사이가 안 좋았다던가?"

"뭐라 말하기가 그러네. 아까 한두 번 잠깐 인사를 나눈 정도라고 했잖아. 하지만 내가 보기에 기리쓰구 씨한테 반항적인 낌새는 아니었어. 기리쓰구 씨도 손자를 예뻐했고. 개가 할아버지를 죽였다고 의심하느냐? 그렇게 묻는다면 개인적으로는 아니라고 답하겠어. 하지만 죽일 수는 있다고 생각하느냐? 그 물음에는 솔직히 아니라고 말할 자신이 없네. 난 걔를 그렇게까지 속속들이는 모르지만, 기리쓰구 씨가 후계자로 삼으려고 할 만한 이유는 있었겠지."

동기 유무와 실행 여부는 제쳐두고, 능력상으로는 가능하다고 여긴다는 뜻인 듯하다. 그런 까닭도 있어 구치키도 사쿠라코의 하소연을 못 들은 척할 수 없었던 것이겠지.

구치키의 감은 무시할 수 없다. 내 능력과는 달리 그는 경험에서 비롯된 관찰안을 지니고 있다. 물론 죄다 들어맞는다는 보장은 없지만, 그가 뭔가 걸린다면 조사해볼 가치가 있다.

"알았어. 구치키 씨가 그렇게 말한다면 조사해볼게. 일 거리도 필요하고 말이야."

"응, 잘 부탁해. 덕분에 한숨 놓겠네. 사쿠라코 씨한테는 내가 말해둘게. 네 조사 방법에 대해서도."

나를 잘 챙겨주는 구치키를 위해서라도 할 수 있는 일이라면 하고 싶다.

성과가 없어도 없으면 없는 대로 괜찮다고 말하며 구치키는 컵을 테이블에 내려놓았다.

"뭐, 분명 우연일 테지. 하즈미 가에데가 별난 아이라는 것도, 유언장이 개한테 유리했던 것도, 기리쓰구 씨의 몸 상태가 갑자기 나빠진 타이밍도. 우연히 겹친 탓에 의심스러워 보일 뿐이야. 하지만 나도 유언 집행인으로서 '혹시' 하고 의심하며 일하고 싶지는 않거든. 자세한 이야기는 사쿠라코 씨한테 직접 들어. 진상에 대해서는 가능하면 본인에게 물어보도록 하고."

*

의뢰를 받아들이겠다고 구치키에게 말한 그날 오후에 오가미 사쿠라코가 전화를 걸어왔다.

착수금을 들고 갈 테니 즉시 계약하고 싶다고 했다. 그래서 일정을 정하려고 하자 이미 근처에 와 있다는 모양이다. 달리 볼일은 없으니 상관은 없지만, 나는 오늘 남과 만날 약속이 없어서 티셔츠와 카고팬츠라는 아주 캐주얼한 복장으로 출근했다. 자산가의 딸이 아버지의 죽음에 대해 조사해달라고 부탁하러 오는, 드라마 같은 상황은 좀처럼 없기에 실은 좀 더 탐정다운 복장으로 만나고 싶었다. 이럴 때를 위해 장만해둔 스리피스 정장이 있는데.

옷을 갈아입을 여유는 없었지만, 책상에 쌓아둔 사진 더미를 급히 치우는 등 손님을 맞을 만한 상태로 사무실을 정리한 직후에 사쿠라코가 나타났다.

샤넬로 추정되는 재킷과 스커트 차림에, 보테가 베네타의 가방을 들었다. 나이는 40대 중반으로, 눈 화장이 조금 진하지만 미인이다.

"그 아이가 아버지의 죽음에 관여했다는 증거를 찾아내 줘요."

내게 어느 정도 설명했다고 구치키에게 들었는지 사쿠라코는 대뜸 그렇게 말했다.

이야기 진행이 빠른 건 다행이지만 좀 진정하라고 달래고 싶어졌다.

팔짱을 낀 채 소파에 앉아 다리를 꼰 모습이 어쩐지 몹시 고압적이다. 가느다란 눈썹을 치켜세운 게 기분이 나쁜 탓인지, 그런 식으로 화장을 했기 때문인지 모르겠다.

"관여했는지, 하지 않았는지는 아직 모릅니다. 그걸 이제부터 조사해야겠죠."

"알아요. 하지만 조사해주시는 거죠?"

고압적인 태도와는 정반대의 말투에 어라, 싶었다.

사쿠라코는 의뢰를 거절당할 가능성이 있다고 생각했다는 뜻이다. 터무니없는 의뢰임을 스스로도 알고는 있는 모양이었다.

"만약 정말로 그 아이가 관여했다고 해도 증거가 남아

있지 않을 수도 있습니다. 이제 시신을 조사하기는 불가능하니, 가능한 범위에서 조사를 진행해야 할 텐데요. 현재로서는 무엇을 찾아야 하고 어디를 조사하면 되는지도 모르는 상황이니, 좋은 결과를 약속드리지는 못하겠습니다."

"그것도 알아요. 찾아내지 못하면 깔끔하게 포기할게요. 구치키 선생님도 밑져야 본전으로 생각하라고 말씀하시더라고요."

착수금을 돌려달라고는 하지 않겠습니다, 하고 사쿠라코는 퉁명스럽게 덧붙였다.

고맙게도 구치키가 못을 아주 단단히 박아둔 모양이다.

"일단 일주일 정도 조사해보고 별 성과가 없으면 그렇다고 말씀드리겠습니다. 가능성이 있어 보이면 일주일 더 조사하고요. 그랬는데 아무것도 나오지 않으면 조사를 끝내겠습니다."

희망도 없는데 시간만 질질 끌면 조사 비용만 늘어난다.

사쿠라코도 그건 알고 있는지, 알았다며 고개를 끄덕이고는 팔짱을 고쳐 꼈다.

"그나마 믿어볼 만한 사람은 당신 정도라고 구치키 선생님이 말씀하셨어요. 증거가 어디 있는지 모르는 사건에서 특히 실력을 발휘하는 탐정이라면서요. 경찰에 협조한 적도 있다고 들었는데요. 실마리가 보이지 않던 사건에서 아무도 몰랐던 증거를 찾아냈다죠?"

"지나친 평가에 몸 둘 바를 모르겠네요. 그저 우연이었습니다."

겸손을 떠는 게 아니다. 정말로 운이 좋았다. 거기에 증거가 있다고 내가 알아차린 건 살해당한 본인이 살해 현장에 서 있었기 때문이다. 나한테만 그 사람이 보였으니까 내가 해결한 것처럼 받아들여질 뿐인데, 과대평가하면 민망하다. 나는 사쿠라코에게서 시선을 돌리고 가죽 커버를 씌운 노트를 꺼냈다. 2년 전에 구치키가 개업 축하 선물로 준 것이다.

"몇 가지 확인하겠습니다. 사쿠라코 씨는 조카…… 그러니까 가에데가 아버님인 기리쓰구 씨를 살해한 게 아닐까 생각하시는 거죠? 살해 방법이랄까, 뭔가 짚이는 점은 있으신가요?"

"그런 건 몰라요. 상대는 침대에서 몸을 일으키기도 힘겨운 노인인걸요. 목을 조르든지 베개로 얼굴을 누르든지 방법은 얼마든지 있었겠죠."

"아버님은 거의 저항도 할 수 없는 상태였습니까?"

"……그래요. 옛날에는 검도니 합기도니 무술을 해서 몸을 단련했지만…… 근력도 떨어졌을 테고, 몸에 마비도 온 모양이니까요."

아버지의 쇠약해진 모습이 떠올랐는지 사쿠라코는 어두운 표정으로 대답했다. 엷은 보라색으로 칠한 손톱이 위팔을 꽉 파고들었다.

"사쿠라코 씨가 보시기에 아버님의 시신에 이상한 점은 없었다고 받아들여도 되겠습니까?"

"목을 조른 자국같이 눈에 확 띄는 흔적은 없었어요. 있었다면 누가 알아챘겠죠. 스가이 선생님…… 아버지의 주치의도 별말 없었고요. 하지만 철저하게 조사한 건 아니니까, 겉으로는 알 수 없는 방법으로 무슨 수작을 부렸을지도 모르죠."

눈에 띄는 상처가 있었다면 시신을 씻기고 옷을 갈아입힐 때 알아차렸겠지만, 작은 주사 자국 정도라면 못 보고 넘어갔더라도 이상할 것 없다. 그리고 부드러운 천으로 목을 조르거나 기도를 막아서 질식시키면 몸의 표면에는 흔적을 남기지 않고 사람을 죽일 수 있다.

"아버님이 돌아가셨다는 소식은 언제 들으셨습니까?"

"돌아가신 날…… 4월 28일 저녁 7시쯤이었을 거예요. 가에데가 집에 돌아오고 잠시 후에 할아버지가 돌아가신 걸 알고…… 가정부 고이케 씨한테 연락이 왔어요."

"시신과 방을 보고 뭔가 알아차린 점은 없으시고요?"

"딱히는 기억이 안 나네요. 아버지는 주무시는 것 같았죠. 우리가 갔을 때는 스가이 선생님도 와 계셨고…… 아, 가에데는 아주 침착하더군요. 평소처럼 말이 거의 없었고, 울지도 않더라고요."

사쿠라코는 화난 표정이었다.

남 앞에서 울지 않았다고 꼭 슬퍼하지 않는 건 아니다. 하지만 사쿠라코 눈에는 그 모습이 차갑게 보인 것이리라. 그걸 두고 사쿠라코를 나무랄 수는 없다.

그러나 가에데가 할아버지의 죽음을 애통해하지 않았는지는 확인할 방도가 없고, 설령 정말로 슬퍼하지 않았다고 해도 살해한 것 아니냐고 의심하는 건 너무 비약적이다.

"가에데가 뭔가 저지른 게 아닐까 생각하신 이유는 뭔가요? 울지 않는 것만 보고 그렇게 생각한 건 아니시겠죠. 뭔가 의심할 계기가 있었던 것 아닙니까?"

사쿠라코가 발끈하지 않게끔 말을 골라서 질문했지만, 그녀는 불쾌한 듯이 눈썹을 모았다.

"잘 모르겠지만 뭔가 느꼈어요. 위화감이 들었죠. 원래부터 알 수 없는 구석이 있는 애였는데, 그때도 얘가 뭔가 감추고 있구나 싶더라고요. 휙 지나가는 생각이라 그때는 따져 묻지 않았지만요."

아주 애매하다.

그런 내 생각이 전해졌는지 사쿠라코는 강한 어조로 말했다.

"옛날부터 이상한 애였어요. 시계를 분해하질 않나, 봉제 인형의 솔기를 풀어버리지 않나, 정상이 아니었다고요. 동물 인형을 갈기갈기 조각내다니, 위험한 분위기가 풍기잖아요?"

"어, 뭐…… 그러니까 그, 아버님이 돌아가신 날은 유독 해괴한 느낌이 들었다는 말씀이십니까."

"해괴하달까…… 그래요, 뭔가 이상하다 싶었어요. 지금 생각해보니 평소와는 좀 다른 느낌이었죠. 감각이니까 어디가 어떻게 다른지는 설명할 수 없지만."

단순히 원래부터 가에데에게 호감을 품지 않았기에 그렇게 느꼈을 가능성도 충분하다. 더구나 구치키 말에 따르면 사쿠라코가 아버지의 죽음에 수상한 점이 있다고 주장한 건 유언이 공개된 후부터였다.

사망 직후부터 느꼈던 위화감이 유언의 내용을 들었을 때 좀 더 확고한 불신감으로 바뀌었을 수도 있지만, 설득

력 있게 다가오지는 않는다. 적어도 경찰은 기리쓰구의 재산 대부분을 상속한 가에데를 시샘하는 거라고 판단하고 상대해주지 않으리라. 사쿠라코가 느낀 위화감을 뒷받침해줄 만한 증거가 없다면.

"만약 그 아이가 뭔가 저질렀다면 동기는 뭐라고 생각하십니까?"

"우리로서는 상상도 못 할 이유로, 상상도 못 할 짓을 할 만한 아이예요. 평범하게 생각하면 유산을 노렸다고 봐야겠지만……."

시원치 못한 말투다. 의외였다. 돈을 노린 범행이라고 단정할 줄 알았는데.

'뭐, 중학생이 돈을 노리고 보호자를 죽인다는 것도 딱 와닿지 않는다고 할까, 그거야말로 위화감이 있으니…….'

사쿠라코 자신도 동기로서는 무리가 있다고 여기는지 모르겠다. 하지만 현재 유산 이외에는 동기다운 동기가 보이지 않으니, 일단 거기서부터 파고드는 수밖에 없었다.

"아버님이 가에데에게 꽤 많은 돈을 남기셨다고 들었는데요."

"맞아요. 우리 남매는 다들 비슷한 금액이고, 가에데의 몫만 특별히 많았죠. 아버지가 돌아가실 때까지 살던 집도…… 걔가 지금도 살고 있으니까 그건 어쩔 수 없지만."

사전에 구치키가 알려준 정보에 따르면 하즈미 기리쓰구의 유산 상속인은 네 명이다. 죽은 큰아들의 아들인 가에데, 작은아들, 해외에 있는 셋째 아들, 그리고 딸 사쿠라코다. 법률로 정해진 대로라면 유산은 4분의 1씩 분배된다. 하지만 기리쓰구의 유언에 따라 유산은 대부분 가에데에게 상속됐다. 구치키 말로는 기리쓰구는 법률로 정해진 유류분보다 약간 웃도는 금액을 세 자식에게 남긴다는 내용으로 유서를 썼다고 한다.

유언과 다르게 유산을 나누려면 상속인이 모두 별도로 합의를 하든가, 유산대로 나누지 않을 이유가 있어야 한다. 그 이유가 예를 들면 상속인의 상속 자격이다. 상속인이 피상속인을 살해했을 경우, 그 상속인은 유산을 받을 권리를 박탈당한다.

"아버지는 가에데를 예뻐했어요. 솔직히 속상하기도 했지만 어쩔 수 없죠. 제게 아버지는 언제나 손이 닿지 않는 곳에 있는, 어쩐지 무서운 사람이었지만 가에데는 아버지를 무서워하지 않았거든요. 가족 중에서 걔가 제일 아버지 가까이에 있었고, 아버지는 그게 기쁜 눈치였어요."

눈썹을 모은 사쿠라코의 표정은 그 말마따나 속상해 보

이는 동시에, 구슬퍼 보이기도 했다.

아버지가 자식들보다 손자인 가에데에게 유산을 많이 남긴 것 자체를 부당하게 여기는 건 아니라고, 기쁘지는 않지만 어쩔 수 없다는 건 안다고 사쿠라코는 눈을 내리깐 채 말을 이었다.

"아버지 눈에는 자식들이…… 저희가 부족해 보였겠죠. 걔한테 제일 기대하셨어요. 하지만 만약 걔가 그걸 이용해서, 예컨대 돈 때문에 아버지에게 무슨 짓을 했다면 용서할 수 없어요."

유산 액수를 떠나 사쿠라코도 자기 나름대로 아버지에게 애증이 있는 것이리라.

사쿠라코의 이야기를 들어본 바, 중학생인 하즈미 가에데가 할아버지를 죽였다고 의심할 만한 근거가 있을 것 같지는 않았지만, 조사해달라고 의뢰하면 조사하는 게 탐정이다. 최선을 다하겠다며 의뢰를 받아들였다.

사쿠라코는 내내 언짢은 표정으로 팔짱을 낀 채 다리를 꼬고 있었지만, 그때 아주 잠깐 어깨에서 힘이 빠진 것처럼 보였다.

사쿠라코는 그 자리에서 착수금을 전액 지불했다.

계약을 마치자 사쿠라코는 일어서서 "그럼 가죠"라고 말했다.

일단 하즈미 기리쓰구가 죽은 집을 보여달라고 요청은 했지만, 지금 당장이라는 뜻은 아니었다.

"지금요?"

"네."

당연하다는 듯이 사쿠라코는 가슴을 펴고 대답했다.

그러고 무슨 볼일이라도 있느냐고 묻기에, 솔직하게 없다고 대답한 시점에서 내 패배였다.

지금이라면 가에데는 학교에 있고, 출퇴근하는 가정부도 집에 없어서 집을 조사할 거면 이 시간대가 제일 좋다고 했다.

사무실을 나서자마자 사쿠라코가 냉큼 잡은 택시에 고분고분 올라탔다. 하즈미네는 내 사무실에서 차로 10분쯤 걸린다는 모양이었다.

"가정부 고이케 씨는 아침에 와서 아침 식사 준비를 한 후 가에데가 등교하면 빨래와 청소를 하고 일단 돌아갔다가, 저녁에 식사를 준비하러 와요. 그러니 앞으로 두 시간은 아무도 없을 거예요. 혹시 마주치더라도 저와 함께 있으면 의심하지 않을 테고요."

가에데나 가정부에게 들키면 나는 기리쓰구의 유산을 조사하기 위해 사쿠라코가 고용한 감정사라고 둘러대기로 했다. 그럴 거면 좀 더 그럴싸한 옷을 입어야 하지 않을까 후회했지만, 택시 안에서 생각났으니 이미 늦었다.

"가정부도 열쇠를 가지고 있는 거로군요."

"네, 아버지 생전부터요. 오랫동안 보던 사이라 믿음직하고, 아버지가 침대에서 못 내려오시니까 자유롭게 드나들지 못하면 곤란하거든요."

내비게이션의 안내를 받아 달리던 택시가 하즈미네 앞에서 멈췄다.

사쿠라코는 1,000엔짜리 두 장을 택시 기사에게 건네고 거스름돈은 받지 않았다. 거스름돈은 됐다며 택시에서 내리는 사람을 나는 처음 봤다.

담으로 둘러싸인 집 정면에 지붕 달린 외문이, 그리고 외문 옆에는 우편함과 문패, 인터폰이 있었다. 외문은 잠겨 있지 않은 듯했다.

외문을 열고 안으로 들어간 사쿠라코가 가방에서 가죽 키 케이스를 꺼내 현관 자물쇠를 열었다. 가에데도 가정부도 없는 집을 조사하겠다는 시점에서 알아차렸는데, 사쿠라코도 이 집 열쇠를 가지고 있다. 사쿠라코의 본가니까 이상한 일은 아니다.

현관문은 미닫이였다. 사쿠라코가 당기자 가볍게 드르르륵 하고 소리가 났다.

"가에데, 고이케 씨, 나 왔어."

이름을 부른 것은 물론 없는지 확인하기 위해서다.

대답이 없자 사쿠라코는 고개를 살짝 끄덕인 후 현관 바닥에 구두를 벗었다.

"얼른 조사하죠. 가에데 방은 이쪽이에요."

사쿠라코는 나를 재촉하며 재빨리 걸음을 옮겼다.

당연하지만 의뢰인과 함께 조사하기는 처음이다. 아무래도 껄끄러웠다.

하지만 나 혼자 아무도 없는 집에 숨어들어 마음대로 뒤질 수는 없는 노릇이니 어쩔 수 없다. 하다못해 내일부터는 혼자 움직일 수 있도록, 사쿠라코의 협조가 필요한 부분은 오늘 안에 조사를 끝내고 싶었다.

나는 널빤지를 깐 복도를 성큼성큼 나아가는 사쿠라코를 다급히 불러 세웠다.

"가에데의 방이라고요?"

"독극물을 숨겨놨을지도 모르고, 병사로 위장해 죽이는 방법을 조사한 증거라든가…… 그리고 독극물을 인터넷에서 샀다면 컴퓨터에 방문 기록이 남아 있을 수도 있겠죠."

과연 그렇구나 싶었지만 인터넷 방문 기록 등은 딱히 내가 아니라도 확인할 수 있다.

"그건 나중에…… 일단은 아버님이 돌아가신 현장을 보여주십시오. 그리고 가능하면 30분쯤 저 혼자 있고 싶은데요. 그, 집중이랄까 정신 통일을 위해서요."

"정신 통일? 아…… 구치키 선생님한테 들었어요."

사쿠라코는 미심쩍은 표정이었지만, 내 '조사 방법'에 대해서는 구치키가 설명해준 모양이다. 완전히 이해한 건 아닌 듯했지만 복도 끝에 있는 방을 가리켰다.

"그럼 저는 이쪽을 먼저 조사할게요. 아버지 침실은 저기 막다른 곳에서 오른쪽이에요. 링거대나 간호용 침대는 치웠지만, 다른 건 그대로 남아 있을 거예요."

사쿠라코는 앞에 있는 다른 방으로 들어갔다. 거기가 가에데의 방일 것이다.

내 조사에 입회할 뿐만 아니라 직접 증거를 찾을 작정인가 보다. 직접 찾을 거면 탐정을 고용할 필요도 없으련만. 사쿠라코라면 얼마든지 가에데와 가정부가 집을 비웠을 때 집을 수색할 수 있을 텐데.

흔히 눈에 띄는 곳만 찾아봐서는 증거가 나오지 않을 것 같고 샅샅이 뒤졌어도 아무것도 찾지 못했기 때문에 일부러 나를 고용했겠지만, 그래도 뭔가 하지 않고 가만히 있을 수는 없는 모양이었다. 가령 하즈미 가에데가 무슨 짓을 저질렀더라도 증거를 처분할 시간은 충분했을 것이다. 방에 독극물을 그대로 두었으리라고는 보기 힘들고, 현장에서 물적 증거가 발견될 가능성도 낮지만 심정은 이해가 간다.

기리쓰구의 침실이었다는 방은 다다미 열두 장(다다미 한 장은 약 0.5평으로, 1.65제곱미터다 - 옮긴이) 정도 크기의 전통식 방이었다. 다다미 위에 침대를 놓고 요양했는지 방바닥에 희미하게 자국이 남아 있었다.

다리가 달린 훌륭한 장기판, 오동나무 옷장, 비젠 도자기로 추정되는 꽃꽂이 그릇, 그 사이에 어울리지 않게도 물병을 갈아 끼우는 가습기가 놓여 있었다. 요양 중에 마련했을 것이다. 방은 깨끗하게 정리하고 청소해놓았지만, 기리쓰구가 생전에 썼던 물건이 아직 대부분 그대로 남아 있는 듯했다.

의식을 집중해 실내를 둘러보자 침대를 놓아두었던 것

으로 보이는 곳 근처에 희미한 사람 형체가 서 있었다.

　나에겐 죽은 사람의 모습이 보인다. 대부분의 경우 그들은 윤곽만 남은 형체 또는 아지랑이처럼 보이며, 생김새도 성별도 모호하다. 그리고 대개 그들은 움직이지 않고 가만히 있는다. 목소리도 들리지 않으며 그냥 거기 있다는 것만 보인다. 아마도 영혼일 테지만, 누구의 영혼인지까지는 모른다.

　하지만 지금 이 장소에 있으니 이 형체는 기리쓰구의 영혼일 것이다. 내게 보이는 건 죽은 지 얼마 되지 않은 인간의 영혼뿐이다. 사라질 때까지 걸리는 시간은 저마다 다른 듯하지만, 요 몇 년 사이에 이 집에서 죽은 사람은 기리쓰구뿐인 것으로 알고 있다.

　실례합니다, 라고 속으로 말하며 실루엣을 향해 고개를 숙였다.

　나는 영혼과 의사소통은 하지 못한다. 말을 주고받으려고 시도해보았지만 성공한 적은 한 번도 없다.

　물론 영혼이 거기 있다는 것 자체가 가끔은 유용한 정보지만, 이번에는 그것만으로는 의미가 없다. 하즈미 기리쓰구가 이 방에서 죽었다는 사실은 모두 안다.

　'사쿠라코 씨는 가에데의 방에 있고…… 30분 정도는 나

혼자 놔두겠지.'

사쿠라코의 기척이 아직 멀게 느껴지는 것을 확인하고 심호흡을 했다.

나에게는 '거기 있다는 것' 이상의 정보를 영혼에게 얻을 방법이 있다. 바로 영혼이 있는 장소에서 잠을 자는 것이다.

의식이 흐려지면 영혼의 의식을 받아들이기가 수월해지기 때문이겠지만, 잘은 모르겠다. 서로 맞고 안 맞고의 문제도 있는지 잠이 들어도 전혀 보이지 않을 때가 있지만, 이렇게 희미하게나마 모습이 보이니까 기리쓰구와 나는 어느 정도 파장이 맞는 셈이다. 그러므로 뭔가 정보를 얻을 수 있을 터였다.

영혼이 있는 곳에서 잠잘 수 없으면 나는 그저 영혼 같은 존재가 거기 있다는 것밖에 모른다. 현장 폐쇄 또는 남의 시선 때문에 사람이 죽은 곳에서는 보통 잠을 잘 수 없으므로, 내가 그런 식으로 영혼에게서 정보를 얻을 수 있는 기회는 한정된다.

하지만 이번에는 안심이다.

사쿠라코는 약간 미심쩍어하는 눈치였지만 일단 내가 하고 싶은 대로 놔둘 모양이었다. 구치키를 크게 신용하기 때문이리라. 구치키 만세다.

전통식 방이라 자물쇠는 없지만, 장지문을 꼭 닫아서 공간을 구분했다.

수면 유도제도 가지고 다니지만, 그걸 먹고 자면 머리가 아파서 되도록 사용하고 싶지 않았다. 30분이면 아마 어떻게든 될 거다.

방바닥에 무릎을 꿇고 엎드렸다.

수면 장애는 없고 어디서든 비교적 잘 자는 편이지만, 역시 실내가 편하다.

몸에서 힘을 빼고 숨을 들이마시자 골풀 냄새가 났다.

'무슨 일이 있었는지 가르쳐주세요. 하고 싶은 말씀은 없으신지요.'

눈을 감고 말을 걸었다.

대답이 없으리라는 건 알지만 내 의식을 조금이라도 더 기리쓰구의 의식에 접근시키기 위해서다.

'혹시 살해당한 건가요?'

하즈미 기리쓰구는 자신의 당대에 회사를 번창시킨 실업가로, 각 방면에서 존경을 받은 인물이었다고 한다. 자신이 죽은 뒤에 자녀들이 유산을 놓고 다투는 사태를 본인도 바라지는 않았으리라.

만약 살해당했다면 그렇다고, 그렇지 않다면 아니라고 기리쓰구의 기억이 가르쳐줄 터였다.

눈을 감고 가만히 있자 닫힌 장지문 너머로 발소리와 문을 여는 소리가 잘 들렸다. 사쿠라코가 다른 방에 드나들거나 서랍을 여닫는 것이리라.

정말로 가에데가 할아버지를 죽였다면, 그는 상속권을 잃고 유산은 다른 상속인들이 나누어 가지게 된다. 그러면 각자의 몫이 크게 늘어난다.

하지만 이번 조사는 탐정인 내가 보기에도 전망이 그리 밝지 않았다. 현재 객관적으로 가에데의 범행을 의심할 요소는 전혀 없었다.

기대한 금액보다는 적을지언정 사쿠라코가 상속할 몫은 상당하다. 좋은 결과가 나올 가능성이 낮은 조사에 큰돈을 쓰기보다, 유언대로 돈을 받고 만족하는 편이 분명 경제적이다. 사쿠라코도 그건 알고 있을 것이다.

그러니 역시 사쿠라코 말마따나 돈 문제만은 아닌 것이리라.

정신이 가물가물해졌다. 몸이 부드러운 잠기운에 감싸였고 사쿠라코의 기척이 멀어졌다.

의식이 날아가려는 찰나, 어디에서 뭔가가 스륵 하고 스치는 듯한 소리가 났다.

다음 순간.

"뭐해요?"

무덤덤한 목소리가 머리 위에서 떨어져 내려 나는 단숨에 의식을 되찾았다.

눈을 뜨고 몸을 일으키자 하얀 셔츠와 검은 바지를 입은 소년이 방 입구에 서서 장지문에 손을 댄 채 나를 내려다보고 있었다.

자세가 좋다. 머리카락은 새까맣고, 시원스러운 눈매가 인상적이다.

"……하즈미 가에데?"

"누구?"

"어, 그러니까."

낯선 남자가 집에 들어와 방에 누워 자고 있는데도 그렇게 동요하는 낌새가 없었다. 냉정하게 물어봐서 오히려 내가 당황했다.

"가에데, 일찍 왔구나. 이쪽은 감정사 아마노 하루치카 씨야. 할아버지의 유산에 얼마나 가치가 있는지 알아보려고 불렀어."

바쁜 발소리와 함께 사쿠라코가 얼굴을 디밀었다.

사쿠라코가 애써 웃음을 지으며 상황을 얼버무리려고 했지만 별 효과는 얻지 못했다. 가에데는 흥미 없다는 듯 그렇군요, 하며 방으로 들어왔다. 더 이상 추궁하지는 않았지만, 그가 사쿠라코의 말을 믿지 않는 건 분명했다. 수상쩍다는 눈으로 나를 바라보았다.

아주 자연스럽게 다다미 테두리를 밟지 않고 걷는 발에 신은 양말도, 풀을 빳빳이 먹인 셔츠도 새하얗다. 바지 매무새도 단정했다.

사진으로 보면 얌전한 소년으로 느껴질지도 모르겠다. 하지만 실제로 보니 독특한 분위기와 박력이 감돌았다.

구치키 말로는 기리쓰구와 분위기가 비슷하다더니, 바로 이건가.

가에데는 내 앞을 가로질러 방에 있던 장기판을, 그 위에 놓인 장기짝 주머니와 함께 들어올렸다.

"그거, 어쩌려고?"

사쿠라코가 엉겁결에 묻자 가에데는 방을 나서기 전에 잠깐 걸음을 멈추고 돌아보았다.

"이제 내 것이니까요."

그는 그렇게 딱 한마디만 하고 그대로 가버렸다.

"싸가지 하고는." 가에데의 발소리가 멀어지자 사쿠라코가 불쾌한 듯이 중얼거렸다. "귀염성이라고는 하나도 없어요. 사람을 깔보기나 하고. 옛날부터 그랬어요. 키워준 은혜도 있으니 좀 귀엽게 굴면 얼마나 좋아……. 쟤, 아버지 장례식 때도 슬픈 기색 하나 없었다니까요. 이상하죠? 지금도 저 태도 좀 봐요."

큰 목소리는 아니었지만 장지문이 열려 있다. 가에데에게 들리지 않을까 조마조마했지만, 사쿠라코는 전혀 개의치 않는 표정이었다.

내가 적당히 맞장구를 치며 가에데가 사라진 방향을 신경 쓰자 사쿠라코는 그제야 목소리를 낮추고 예상한 대로라는 듯이 말했다.

"방에는 수상한 게 없었지만, 컴퓨터가 잠겨 있더라고요. 역시 켕기는 구석이 있는 거예요."

그게 뭐가 수상하냐 싶었지만, 지금 여기서 사쿠라코에게 반박해본들 헛일이다. 그럴지도 모르겠다는 대답으로 어물쩍 넘어갔다.

"당신은 뭔가 발견했어요? 이 방을 궁금해했잖아요."

"아, 네. 하지만 아직입니다."

나는 방 안에 서 있는 흐릿한 형체를 힐끗 바라보았다.

그에게서는 아직 아무 정보도 얻지 못했다.

"가에데가 돌아오긴 했지만 좀 더 조사하고 갈래요? 아니면 날을 새로 잡을까요? 언제든지 좋아요. 당장 내일이라도요."

"그러게요. 그럼 날을 새로 잡아서 다시 오죠……. 다음에는 가에데와 가정부 고이케 씨가 있을 때 와서 이야기를 듣고 싶습니다. 고이케 씨에게도 소개해주십시오."

"알았어요. 그럼 내일 괜찮겠어요?"

"네. 그리고 기리쓰구 씨의 사망 진단서를 쓴 의사를 만나보고 싶은데요."

이 부탁도 사쿠라코는 쾌히 승낙했다.

그리고 한 가지 더, 이게 제일 중요한 사항이다.

"그리고…… 기리쓰구 씨가 돌아가신 이 방에서 하룻밤 지내고 싶습니다만."

*

하즈미 기리쓰구의 사망 진단서를 쓴 의사 스가이는 하즈미네에서 걸어서 10분 거리에 있는 개인 병원의 원장이었다. 노인이지만 혈색이 좋은 것이 척 보기에도 건강한 인상이다. 분홍색 뺨이 반들반들했다.

기리쓰구와는 개인적으로 친분이 있었는지 그가 자택에서 요양을 시작한 뒤로는 매일 간호사를 보냈고, 이틀에 한 번은 왕진도 다녔다고 한다.

지금은 병원을 아들에게 맡기고 본인은 오래된 단골 환자만 느긋하게 진료한다면서 사쿠라코에게 소개를 부탁한 다음 날 아침에 시간을 내주었다.

"시신에 상처는 없었어. 병으로 작고했으니 구석구석까지 살펴본 건 아니지만."

몸집이 작고 강아지처럼 눈이 동그란 의사는 원장실 가죽 소파에 앉아 녹차를 마시며 말했다.

그에게는 상속과 관련해서 기리쓰구의 죽음에 수상한 점이 없었는지 만약을 위해 조사하는 중이라고만 일러두었다.

"선생님이 사망 진단서를 쓰셨죠. 가족이 부검을 요청하지는 않았나요?"

"병으로 죽었다는 걸 의심할 이유도 없었으니까."

스가이는 찻잔을 잔 받침에 내려놓고 복스러운 턱을 쓰다듬었다.

기리쓰구는 몸속에 생긴 악성 종양의 영향으로 다리에 마비가 왔다고 한다. 상반신은 움직였지만 결국은 생명 유지에 필요한 기관에까지 증상이 퍼질 게 명백했다.

"원래 나을 가망이 없었어. 생명을 연장하기 위한 치료를 했을 뿐……. 입원하면 퇴원을 못 할 테니 집에서 삶을 마감하고 싶다고 하더라고."

"기리쓰구 씨의 몸 상태가 그렇게 안 좋았습니까?"

"음, 아니, 전동 침대로 몸을 일으켜서 병문안을 온 사람과 이야기 정도는 할 수 있었어. 손도 움직였고. 작고하기 한 달 전까지는 느릿하게나마 나랑 장기도 뒀을 정도야."

그러고 보니 방에 장기판이 있었다.

"사쿠라코 씨 말로는 그날 낮에 병문안을 갔을 때만 해도 기리쓰구 씨의 상태가 평소와 다름없었는데, 그 후에 몸 상태가 갑자기 나빠졌다던데요……."

"내가 불려갔을 때는 심장이 완전히 멈춘 뒤였어. 확실히 갑자기 일어난 변고였지. 앞으로 좋아지지는 않더라도 한동안, 어쩌면 1~2년은 더 살 줄 알았는데. 사람 일은 참 모를 일이라니까."

"그렇군요."

몸 상태가 갑자기 나빠졌다는 사쿠라코의 말은 맞았지만, 스가이는 그걸 특별히 이상하게 여기지는 않는 듯했다. 경험이 풍부한 의사이니만큼 그런 일을 제법 겪어봤는지도 모른다.

"하지만 기리쓰구 본인은 남은 수명이 길지 않다는 걸 알고 있었던 것 같아. 만에 하나 일이 발생해도 연명 치료는 바라지 않으니 조용히 보내달라고 늘 말했지. 나도 유족도 그 뜻을 존중해 입원은 권하지 않았어."

그와는 고등학교 동창이라서, 하고 덧붙이며 스가이는 눈을 가느스름하게 떴다.

"내가 특별히 왕진을 갔어. 몸에 마비가 온 뒤로도 녀석은 끝까지 멋졌지. 한 달 전에 마지막으로 장기를 뒀을 때도 내가 완패했다니까."

이제 저세상에 갔지만, 하고 씁쓸하게 덧붙였다.

친구로서 고인의 죽음을 슬퍼하는 그에게 상속인 중 한 명이 기리쓰구를 죽였을 가능성은 없느냐고 물어볼 수는 없었다. 묻지 않아도 그의 대답은 불 보듯 뻔했다.

"기리쓰구 씨는 병으로 돌아가신 게 틀림없습니까?"

"그럼. 그러니 혹시 보험 같은 것 때문에 조사하는 중이라면 의사인 내가 보증할 테니, 자식들과 손자에게 돈이 지급되도록 해주게. 보험회사의 의료 조회에도 답변함세."

보증까지 받았다.

보험이 아니라 상속 관련 조사라고 처음에 말했지만 굳

이 정정할 필요는 없다. 웃으며 협조해주셔서 감사하다고 답했다.

수완 있는 경영자로서 각계에 영향력을 발휘했고, 고문 변호사인 기리쓰구는 물론 친딸인 사쿠라코마저도 경외심을 품고 있던 하즈미 기리쓰구가 어떤 인물이었는지 나로서는 상상할 수밖에 없다. 하지만 구치키는 기리쓰구가 죽은 후에도 그의 유지를 따르려 애쓰는 중이고, 사쿠라코는 복잡한 심경을 토로하면서도 아버지가 살해당했다면 그 원한을 풀고 싶다고 탐정까지 고용했으며, 스가이는 그를 그리워하며 상속인들을 위해 자신이 할 수 있는 일을 하겠다고 나섰다.

하즈미 기리쓰구가 매력적인 인물이라는 사실은 확실한 듯하다.

*

아침 일찍 의사 스가이를 찾아가 이야기를 들은 후, 사무실로 돌아와 불륜 조사 의뢰인에게 보고서를 건넸다.

저녁에는 하즈미네에 갈 예정이다. 하지만 그전에 마쳐야 할 다른 일이 있었다.

하즈미네와 같은 지역에 있는 사립 중학교의 옥상에서 학생이 뛰어내려 사망한 일을 조사해달라는 의뢰를 받았다. 공립이었다면 이렇게 잘 풀리지는 않았을 거라고 생각하며 서무실에 들러 방문객 명부에 이름, 주소, 전화번호를 적고 방문객용 완장을 받았다. 이걸 차지 않으면 수상한 사람으로 간주되어 쫓겨난다.

일정상으로는 오후 3시나 4시경까지 학교에서 조사를 마친 후, 하즈미네를 방문해 가정부와 가에데에게 이야기를 듣기로 했다. 미술품 등을 감정하기 위해 집을 방문하는 걸로 위장했으므로 너무 의심을 살 만한 질문은 삼가야 하지만, 어차피 가장 큰 목적은 그들이 아니라 기리쓰구 본인에게 정보를 얻는 것이다.

마침 점심시간인 듯 교정에는 학생들이 있었다. 나는 교복을 입은 소년 소녀들을 곁눈질하며 눈에 띄지 않도록 학교 건물 벽을 따라 이동했다.

수업이 시작되기를 기다렸다가 들어와야 했다고 약간 후회했다. 완전히 우연이지만 가에데도 여기에 다닌다고 하니 혹여나 마주치지 않도록 조심해야 한다. 나는 감정사라고 거짓말을 했으니 학교에 있는 건 이상하다.

뛰어내린 학생은 뒤뜰에 떨어졌다고 들었다. 실제로 현

장에 가보니 학교 건물 뒤쪽, 동아리 방과 학교 건물 사이의 좁은 공간을 뒤뜰이라고 부르는 듯 벤치와 화단이 있는 건 아니었다. 자갈과 그 틈새에 돋은 풀을 보건대 손질은 별로 하지 않는 모양이었다. 학교 건물을 빙 둘러싸듯이 심은 분홍색 철쭉만이 화사한 느낌을 주었다.

동아리 방 쪽에는 어른 가슴 높이의 녹색 컨테이너 두 개가 나란히 놓여 있었다. 쓰레기 수거함인 모양이다. 하지만 튼튼해 보이는 뚜껑이 달려 있어 냄새는 전혀 나지 않았고, 동아리 방에 가려지지 않은 부분은 볕도 잘 들었다.

변고가 있은 지 두 달이나 지났으니 당연하다면 당연하지만, 얼핏 보기에는 아무 흔적도 없었다. 그리고 교정과는 비교도 안 될 만큼 조용해서 처음에는 몰랐지만, 거기에는 먼저 온 손님이 있었다.

학교 건물 뒷문에서 이어지는 몇 단 안 되는 나지막한 계단에 소년 하나가 앉아 책을 읽고 있었다. 점심시간이 끝나면 다시 오기로 하고 발걸음을 돌리려다 알아차렸다.

하즈미 가에데다.

나는 재빨리 학교 건물 뒤편에 몸을 숨겼다.

그는 내가 있는 줄 모르는 듯 무심히 책장을 넘겼다.

'어휴, 하필이면.'

사쿠라코의 지인이라는 핑계로 한번 봤으니 수상한 사람이 아니라는 건 알겠지만, 지금 마주치면 학교에까지 자기를 쫓아왔다고 오해할 것이다. 조사 대상에게 괜한 경계심을 심어주고 싶지는 않았다.

미술품 감정사라는 설정만 잘 유지한다면, 예를 들어 교내에 있는 그림이나 낡은 장식품을 감정하러 왔다는 식으로 둘러댈 수 있겠지만 들키지 않는 게 최고다.

갈 때까지 숨어 있기로 마음먹고 숨을 죽이자니, 내 반대편에서 소년 네 명이 뒤뜰로 들어오는 모습이 보였다.

교복 바지를 볼썽사납게 내려서 입었고 머리카락도 갈색이나 회색 계열이라 가에데와 비교하면 겉모습이 아주 요란했다.

특히 한가운데 있는 소년은 키가 꽤 크고 눈에 확 띄는 외모였다. 눈빛은 사나웠다. 가에데도 눈빛이 온순하다고는 할 수 없지만, 그는 가에데보다 공격성이 전면에 드러나는 인상이었다.

학교 건물 뒤쪽에 담배라도 피우러 온 걸까.

소년들이 시끄럽게 이야기를 하면서 뒤뜰로 들어왔지만 가에데는 얼굴도 들지 않았다.

한가운데 있는 키가 제일 크고 긴 머리를 회갈색으로 물들인 소년이 가에데를 본 듯 친구 세 명에게 뭔가 말하더니 무리에서 벗어나 가에데에게 다가갔다.

만약 눈앞에서 괴롭힘이나 금품 갈취 같은 일이 벌어진다면 당장 말리러 가야 한다. 나는 긴장해서 자갈을 밟은 발끝에 힘이 들어갔다.

소년이 눈앞에 서자 그제야 가에데는 책에서 고개를 들었다. 회갈색 머리 소년이 뭔가 말하고 가에데가 대답했다. 소년은 찡그린 표정이었지만 가에데의 표정은 변함없었다. 전혀 겁먹은 낌새가 아니었다.

약간 다투는 것 같았지만 무슨 내용인지는 알 수 없었다. 가에데는 성질을 부리는 걸로 보이는 소년에게 귀찮다는 듯이 뭐라고 말하더니, 들고 있던 책으로 시선을 되돌렸다. 본인에게 그럴 의도가 있는지 없는지는 모르겠지만 화가 난 상대에게 이건 아주 도발적인 행동이다.

하지만 가에데는 얻어맞지 않았다. 소년은 짜증스럽게 혀를 차더니 친구들을 데리고 왔던 방향으로 되돌아갔다.

가에데는 아무 일도 없었다는 듯이 책을 읽었다.

'우아, 멋지다…….'

너무 단순한지도 모르겠지만 척 보기에도 힘이나 교내 먹이사슬에서 우위에 있을 법한 상대를 의연하게 대했다는 것만으로 가에데에 대한 내 평가는 높아졌다. 같은 반이었다면 분명 내가 먼저 친구가 되자고 말을 걸었겠지. 상대해주지 않을 것 같은 기분도 들지만.

가에데는 잠시 더 앉아 있다가 손목시계를 보더니 책을 덮고 일어섰다. 지금까지 앉아 있던 계단을 올라가 뒷문으로 들어갔다. 그 후에 바로 벨이 울렸다.

벨소리가 그치자마자 주변은 고요해졌다.

나는 숨어 있던 곳에서 나와 아무도 없는 교정을 천천히 돌아다녔다. 그러곤 카메라를 꺼내 사진을 몇 장 찍었다. 학생은 찍으면 안 된다는 조건부로 교내 촬영을 특별히 허가받았다.

옥상에서 뛰어내린 학생이 정확히 어디에 떨어졌는지는 모르지만, 적어도 눈길이 닿는 곳에 비극의 흔적은 남아 있지 않았다. 자갈은 교체했는지도 모르겠다.

뒤뜰 한복판에 서서 학생이 뛰어내렸다는 옥상을 올려다보았다.

옥상을 둘러싼 울타리 모양의 난간 바깥쪽에 나중에 설치한 것으로 보이는 철망이 있었다. 높지는 않지만 난간 밖으로 나갈 수 없도록 조치한 모양이다.

옥상의 철망을 밑에서 찍었다. 저게 언제 설치됐는지는

나중에 교장에게 확인해야 한다.

그 학생이 떨어진 건지, 뛰어내린 건지는 아직 확실하게 모른다. 어디에도 영혼은 보이지 않았지만 일단 카메라를 가방에 넣은 후, 나일론 캠핑 시트를 꺼내서 깔고 그 위에 무릎을 꿇었다.

깨어 있을 때는 내 의식 때문에 방해가 되지만, 잠들면 뛰어내린 학생의 의식을 받아들일 수 있을지도 모른다. 영혼은 본인이 죽은 장소에 나타날 가능성이 제일 높다.

시선을 낮추고 나서야 알아차렸다. 남색 종잇조각 같은 것이 돌계단 아래에 떨어져 있었다. 무릎에 묻은 먼지를 털고 다가가서 살펴보자 천으로 된 책갈피였다. 가에데가 떨어뜨린 걸까. 보아하니 쪽 염색이었다. 중학생의 소지품 치고는 원숙함이 느껴졌지만 가에데에게는 잘 어울렸다.

어차피 나중에 하즈미네를 방문할 예정이니 그때 돌려주면 된다. 집 앞의 길에서 주웠다고 할까, 집 안에 떨어져 있던 걸로 하는 편이 나을까. 아무튼 이야기를 나눌 계기 정도는 만들어줄 것이다. 주름이 지지 않도록 조심해서 책갈피를 가방의 바깥 주머니에 넣었다.

다시 캠핑 시트에 앉아 가방을 베개 삼아 위를 보고 누웠다. 앞으로 45분은 아무도 오지 않을 것이다.

하늘이 보인다. 학교 건물의 창문과 옥상도 보였다.

'저렇게 높은 곳에서 뛰어내린 건가……'

멍하니 생각하며 눈을 감았다.

최대한 머리를 쓰지 않도록 마음을 비우고 몸에서 힘을 뺐다. 음악실에서 피아노 소리와 합창하는 소리가 희미하게 들려왔다.

의식이 흔들흔들 떠올랐다.

꿈은 꾸지 않았다. 영혼의 의식과 연결됐다는 감각도 없었다. 다만 어쩐지 인기척이 느껴졌다.

눈을 뜨자 가에데가 바로 옆에 서서 나를 내려다보고 있었다.

"뭐해요?"

그는 하즈미네에서 처음 만났을 때와 똑같은 말을 똑같은 어조로 꺼냈다.

나는 허둥지둥 몸을 일으켰다.

그렇게 오래 잤나 싶어 시계를 보니 한 시간 가까이 지나 있었다. 그러고 보니 멀리서 벨소리가 들린 것 같기도 했다.

"왜 이러고 있어요? 취미예요?"

"아니, 이, 일……."

내가 엉겁결에 대답하자 가에데는 즉시 따져 물었다.

"중학교에서?"

나는 웃음으로 얼버무리려고 했지만 가에데는 무표정이었다.

어제 일단 자기소개는 했고 사쿠라코에게 오늘 내가 찾아올 거라는 말도 들었겠지만, 가에데가 내게 친밀함을 느끼는 낌새는 전혀 없었다. 완전히 수상한 사람을 보는 눈이다. 학교 안에서 시트까지 깔고 낮잠을 잤으니 어쩔 수 없다면 어쩔 수 없는 일이지만, 기가 죽을 만큼 차가운 태도였다. 게다가 내가 몸을 일으킨 후 은근슬쩍 거리를 두었다.

"신고할게요."

"일이라니까! 두 달 전에 옥상에서 뛰어내린 학생이 있는데, 그 이유를 조사하는 중이야!"

무심코 말해버린 후에야 아차 싶었지만 이미 늦었다. 표정에도 드러났는지 가에데는 깔보듯이 콧방귀를 뀌었다.

"감정사가 아니라는 건 알고 있었어요." 그러곤 사정없이 결정타를 날렸다. "그 장기판, 분명 그 방에서 제일 비싼 물건일 텐데 내가 들고 가는데도 아무 말 하지 않았으니까."

처음부터 다 꿰뚫어 본 모양이다.

중학생을 상대로 한심한 이야기지만 이제 다 틀렸다. 스스로 생각하기에도 내가 부동산이나 미술품 감정사로 보일 것 같지는 않았다.

"경찰일 리는 없고, 탐정?"

"아니, 그……."

"그럼 나를 조사하는 거예요? 의뢰는 고모가 했으려나, 아니면 변호사?"

"하하……."

그 정도까지 짐작했다면 웃기밖에 더하겠나.

"학교까지 오다니, 고생이 많네요."

무응답을 대답이라고 판단했는지 가에데가 더욱 차갑게 쏘아붙였다.

"아니야, 정말로 옥상에서 뛰어내린 학생에 대해 조사하러 온 거래도. 너희 학교였던 건 우연이고. 한 가지 업무에만 매달려 있어서야 먹고살 수가 없으니까."

그 오해만은 풀어두려고 나는 부리나케 일어섰다.

"여기가 바로 뛰어내린 현장인데."

"알고 있어요." 가에데는 고개를 옆으로 홱 돌리고 말했다. "난리가 나기도 했고, 봤거든요."

뛰어내리는 장면을? 아니면 떨어진 후의 시체를? 생각지도 못한 발언에 한순간 말문이 막혔다.

"……봤구나. 충격이었겠네."

뭐라고 말해야 좋을지 망설인 끝에 진부한 말을 꺼내자 가에데는 쌀쌀맞게 대꾸했다.

"딱히요."

내가 어쩔 줄 몰라 하자 가에데는 다시 이쪽을 보고 아무 일도 없었다는 것처럼 화제를 되돌렸다.

"학교 안에서 조사를 하다니, 용케 허가를 받았군요."

"응, 뭐 여러모로 연줄을 사용했지. 이건 비밀이다. 학생에게 이야기를 들을 때는 일단 담임을 통해 전달하고, 학생이 원하면 담임도 동석한다는 조건부지만."

그 이야기는 하고 싶지 않다는 뜻으로 판단하고 나도 맞춰주었다.

옥상에서 있었던 변고에 대해 학생에게 뭔가 물어볼 때는 충분히 배려해달라고 학교 측이 요청했다. 가에데가 이야기하는 건 상관없지만, 본인이 그럴 마음이 없는데 이쪽에서 캐묻는 건 좋지 않으리라.

"나도 학생이에요. 약속을 어겼네요. 일러바칠까."

"어, 우리 아는 사이잖아. 그리고 학생이 뛰어내린 일에 대해 물어본 건 아니니까 좀 봐주라."

어디까지 진심인지는 모르겠지만 담담한 말투라 무서웠다. 가에데는 웃음기 하나 없이 나를 가만히 쳐다보았다. 또 무심코 속내가 드러나지 않도록 더 이상 눈을 마주치지 않기로 했다.

"그러는 너야말로 왜 여기에?"

"가끔 여기서 책을 읽어요. 사람이 거의 오지 않아서 조용하니까."

책이라는 말에 생각이 났다.

"이거 네 거지? 아까 여기서 주웠어."

나는 가방 바깥 주머니의 지퍼를 열고 쪽 염색한 책갈피를 꺼내서 내밀었다.

가에데는 고맙다고 말하며 받았다. 의외로 순순한 태도였다. 분실물을 돌려받고 감사를 표하는 건 예사로운 일이지만, 방금 전까지 취했던 태도와는 차이가 커서 어쩐지 귀여워 보였다.

가에데는 들고 있던 책을 펼쳐 책갈피를 조심스레 끼우고 나서 고개를 들었다. 그의 눈에서 기분 나쁜 것을 보는 듯한 빛은 사라졌다. 일단 내가 위험한 사람이 아니라는 건 이해해준 모양이었다.

"그런데 왜 이런 데서 자고 있었어요?"

"응?"

"우리 집에서도 잤었죠."

"아……."

가에데가 고개를 들어 이쪽을 보길래 나는 다시 눈을 돌렸다. 눈을 마주치면 동요했다는 걸 금방 들킬 것 같았다.

"아무리 허가를 받았기로서니 이런 데서 자는 건 이상해요. 하물며 일하는 중에. 이유가 있는 거겠죠. 잠자는 게 일이랑 관계있어요?"

"……그야 뭐."

"뭣 때문에 자는 건데요? 이런 것까지 준비한 걸 보니, 처음부터 여기서 잘 작정으로 온 거네요."

표정과 목소리는 별로 달라지지 않았지만 가에데는 발뺌을 용납하지 않을 기세로 다그쳤다. 이런 면은 호기심이 왕성한 중학생답다고 할 수 있을까.

"어, 그러니까 죽은 사람의 기분을 알기 위해서……라고 할까……." 나는 머뭇머뭇 대답했다.

가에데가 아무 말도 없길래 그쪽을 힐끔 보았는데 가에데의 시선은 여전히 내게 꽂혀 있었다. 화났거나 의심하는 기색 없이 그저 가만히 기다리고 있었다.

나는 위를 보고 숨을 내쉬었다. 눈을 질끈 감고 마음을 정했다. 더는 어물어물 넘어가지 않기로.

"난, 죽은 사람이 보여."

섣부르게 속여 넘기려 한들 금방 들통날 것이다. 믿어주지 않을지언정…… 어차피 믿어주지 않을 거라면, 그런 기분으로 사실만을 직설적으로 말하자.

가에데가 눈을 두 번 깜박거렸다.

"영혼이라고 할까. 깨어 있을 때는 윤곽이 희미하게 보이는 정도…… 거기 있다는 걸 아는 정도지만."

즉시 거짓말이라고 쏘아붙여도 어쩔 수 없다고 각오했지만 가에데는 잠자코 나를 바라볼 뿐이었다. 좀 더 자세한 설명을 요구하는 느낌이라 방금 전까지 내가 누워 있던 캠핑 시트를 눈으로 가리키고 최대한 알아듣기 쉽도록 말을 골랐다.

"영혼이 있는 곳에서 자면 좀 더 도움이 될 만한 게 보일 때가 있어. 영혼과 의식을 공유한다고 할까, 영혼이 생전에 본 광경이나 죽은 후에 본 광경이……. 음, 죽은 사람의 시점으로 과거의 일이 무성 영화처럼 보이는 거지."

나 스스로도 확실하게는 모르기에 말로 표현하기가 힘

들다. 결국 아주 두루뭉술한 설명으로 끝났다.

가에데는 거짓말로 속이려는 거냐, 어린애라고 무시하는 거냐고 화를 내지는 않았다. 그저 말없이 나를 쳐다봤다. 어떤 표정을 지어야 할지 망설이는 것 같았다.

어쩌면 정신이 이상하다고 생각하는 건지도 모르겠다.

"못 믿겠니?" 나는 슬쩍 물어보았다.

"모르겠어요." 가에데는 나를 똑바로 쳐다보며 대답했다. "하지만 모르는 것과 맞닥뜨렸을 때 알아보려고 하지도 않고 자신의 상식만으로 판단하는 것은 위험하다고 배웠죠."

당장은 믿기 힘들지만 무턱대고 부정할 생각은 없다는 뜻인 듯했다.

일단 신고할 마음은 없어진 것 같아서 한숨 놓았다.

까다로운 아이라는 인상이었지만 생각보다 사고방식이 유연한 듯하다.

어쩐지 적당한 말로 얼버무려도 가에데에게는 금세 들통날 것 같았다. 그러면 더더욱 마음을 열어주지 않겠지. 그러기보다는 차라리 이게 낫겠다는 생각으로 사실을 밝혔는데, 올바른 판단이었나 보다.

"그렇구나."

"이해가 가지 않는 일을 이해가 가지 않는다는 이유만으로 부정하는 건 어리석은 짓이라고도 했어요."

"너희 할아버지가?"

별 뜻 없이 물어보자 가에데의 눈이 동그래졌다.

"그 사람이 그렇게 말했어요?"

그 사람이 기리쓰구를 가리킨다는 걸 알아차렸다.

"아니, 그냥 내 맘대로 짐작해봤을 뿐이야."

내 대답에 가에데는 "아, 네" 하더니 약간 쑥스러운 듯 눈을 돌렸다.

"만약 정말이라면 흥미롭네요. 죽은 사람의 시점으로 보인다, 죽은 후에 본 광경이 보인다고 했죠?"

가에데는 말하면서 눈치를 살피듯, 돌렸던 시선을 다시 내게로 향했다.

"응, 보이지 않을 때도 있고, 보였더라도 알고 싶은 정보와 관계없을 때도 있어서 불편하지만."

"죽은 후에도 의식이 남아 있어요? 사고는 뇌로 하는 거잖아요."

"아, 음……."

그러니까 이상하다고, 거짓말이라고 부정하는 게 아니라 단순히 의문을 제기했을 뿐이라는 건 표정과 목소리로 알 수 있었다.

하지만 나는 해답을 줄 수 없었다. 나도 모르니까. 내가 보는 것이 무엇인지, 왜 보이는지.

영혼이 죽기 직전이나 직후에 본 것, 강하게 인상에 남은 기억, 또는 영혼이 내게 보여주려는 광경이 보이는 거라고 나름대로 해석했지만, 그것도 확실하지는 않다. 어쩌면 영혼의 의사는 없고 그저 현장에 강하게 남은 생전의 사념 따위를 받아들이는 건지도 모른다. 추측밖에 하지 못한다. 애당초 그렇게 진지하게 생각해본 적도 없었다.

"감정이나 사고를 관장하는 뇌가 없는데, 의식만 있는 건 이상해요."

"어, 그게…… 어째서일까…… 하지만 보이는걸."

그렇게 대답하는 것이 고작이었다.

"그렇군요."

내가 머리를 긁적이고 있자니 가에데는 그렇게 말하고 입을 다물었다.

역시 안 믿는 건가 싶어 약간 아쉬웠다. 흔한 일이다. 하지만 대놓고 거짓말쟁이 취급은 하지 않았으니 나은 편이었다.

가에데가 기리쓰구의 죽음과 관련이 있다면 내가 죽은

사람의 영혼을 본다는 말에 동요하거나 적어도 경계심을 품을 것이다. 그 반응을 보고 뭔가 힌트를 얻을 수 있을지도 모르겠다고 생각했다. 하지만 그것도 가에데가 내 이야기를 믿는 게 전제 조건이다.

이 반응만 보고서는 뭐라고도 판단을 내리기가 어렵다.

"하지만 여기에는 영혼이 없는 모양이야. 학생이 뛰어내린 현장이라기에 와봤는데. 나한테 보이지 않는 것뿐일지도 모르지만."

내가 뒤뜰을 둘러보고 말하자 가에데는 잠시 생각하는 듯하더니 입을 열었다.

"아저씨 이야기가 사실이라 치고…… 죽기 직전의 강렬한 감정이 어떤 장소에 들러붙듯이 남는 게 영혼이고, 그게 보인다는 이야기라면."

"응?"

"여기가 아니라 뛰어내린 옥상을 살펴보는 편이 낫지 않겠어요?" 가에데는 옥상을 올려다보고 내게 시선을 옮기더니 말했다. "떨어져서 땅에 부딪혔을 때 과연 의식이 있었을지는 의문이죠."

"……그런가."

듣고 보니 그랬다.

영혼은 본인이 죽은 곳에 나타나는 경우가 많다. 만약 죽을 때의 감정이 그 자리에 들러붙어 있기 때문이라면. 이번 경우, 강렬한 감정은 오히려 뛰어내리기 직전에 머물렀던 옥상에 남아 있을 터였다.

"그렇구나. 고마워!"

나는 가에데의 손을 양손으로 잡고 흔들며 고마움을 표했다. 가에데는 약간 놀란 표정이었지만 바로 내 손을 쌀쌀맞게 뿌리치고 어이없다는 듯이 말했다.

"이상한 사람이네."

"우아, 해결책을 찾았어. 너 머리 좋구나. 그럼 가볼게."

"맘대로 해요."

가에데는 등을 휙 돌려 쌩하니 걸어갔다.

책을 들고 온 걸 보니 여기서 읽을 생각이었겠지만, 쉬는 시간이 얼마 안 남아서 독서는 포기한 모양이었다.

가에데는 뒷문 앞에서 문득 생각난 것처럼 걸음을 멈추더니 돌아보고 물었다. "오늘 우리 집에서 잘 거라고 고모한테 들었는데요. 몇 시에 올 거예요?"

"앗, 가도 돼?"

감정사가 아니라는 게 들통났으니 거절당할 줄 알았다.

"상관없어요. 조사한다고 켕길 것도 없고, 내가 없을 때 여기저기 쑤시고 다니는 것보다는 낫죠."

"어, 그럼 6시에 갈게."

가에데는 아무 대꾸도 없이 문에 손을 댔다.

그가 가버리기 전에 서둘러 말을 걸었다. "아, 잠깐만! 자살한 학생이랑 아는 사이였어?"

그 일에 관해 질문하는 건 규칙 위반이라고 했지만 이 정도라면 용서해주겠지.

가에데는 문에 손을 댄 채 돌아보며 대답했다. "학년도 다르고, 처음 보는 학생이었어요."

"그러면 뛰어내린 이유라든가, 짐작이 가는 점은…… 없겠네."

"네. 내 알 바도 아니고요." 가에데는 무뚝뚝하게 말하고 문을 열었다. "그거야 그 사람 마음이겠죠."

무거운 소리와 함께 철문이 닫혔다.

*

하즈미네의 부엌에서 가에데, 가정부 고이케와 함께 식사를 했다.

큼지막한 사각형 식탁 맞은편에는 가에데가, 오른쪽에

는 고이케가 앉았다. 고이케 옆에는 나무 밥통이 놓여 있었다. 고이케가 거기서 밥공기에 밥을 퍼주는 것이다.

식탁 위에는 밥과 된장국 외에 생선구이, 오징어 무찜, 시금치와 당근 무침 등 반찬이 놓여 있었다. 홀로 자취하는 남자로서는 좀처럼 보기 힘든, 균형 잡힌 식단이다.

"저녁까지 얻어먹다니 죄송합니다."

"아니에요. 사쿠라코 씨께 들었으니까요."

고이케 스미레는 하즈미네에서 몇 년이나 일한 가정부로, 기리쓰구가 요양 중일 때는 그의 수발도 들었다고 한다. 지금은 청소, 세탁, 가에데의 아침과 저녁을 만드는 게 주된 업무인 모양이다. 나이는 50대 후반이나 60대 초반일까. 뺨이 통통하니 몸집이 아담한 여자로, 현관에서 맞이해주었을 때도, 식사 준비를 할 때도, 그리고 지금도, 항상 생글생글 웃는 표정이다.

집은 하즈미네 근처고 자식이 독립한 걸 계기로 가정부일을 하게 됐다고 명랑하게 이야기해주었다. 최근에 보호자를 잃은 가에데 입장에서는 고이케 같은 사람이 매일 와주는 게 마음에 위안이 될 것이다.

고이케가 웃는 얼굴로 밥을 더 먹겠느냐고 묻기에 나는 사양 않고 달라고 했다. 나무 밥통에서 퍼주자 그냥 밥마

저 더 맛있었다.

"그나저나 남의 집에 묵어야 하다니 감정사도 힘든 일이네요."

느닷없는 말에 미역을 넣은 된장국이 기도로 넘어갈 뻔했다. 고이케는 내가 적당히 늘어놓은 자기소개를 전혀 의심하지 않는 모양이었다.

"그렇죠. 시간대에 따라…… 기압이나 이런저런 요소가 달라지면 상태가 변하기도 하니까요……. 고미술은 섬세하답니다."

스스로 생각하기에도 수상쩍은 설명이었지만, 고이케는 "그렇군요" 하고 감탄한 듯 고개를 끄덕였다. 가에데는 기가 찬다는 눈으로 우리를 바라보았지만 아무 말도 하지 않았다.

가에데가 학교 뒤뜰에서 집에 오라고는 했지만 실제로 하즈미네를 방문할 때까지는 역시 불안했다. 그러나 가에데는 나를 쫓아내지 않았다. 고이케에게도 말하지 않았던 모양이다.

"잘 먹었습니다."

가에데가 젓가락을 놓고 일어섰다. 그릇을 겹쳐서 싱크대에 가져다놓은 후, 고이케에게 "방에 있을게요"라고 말하고 나갔다.

내가 감정사가 아니라는 걸 알면서 왜 집에 들여 보내준 걸까. 가에데가 무슨 생각인지 모르겠다. 자기가 집에 없을 때 쑤시고 다니는 것보다는 낫다고 했는데, 정말로 그 이유뿐일까.

'내게 하고 싶은 말이 있다든가……?'

하지만 그런 것치고는 냉큼 방에 틀어박혔다.

학교에서 이야기한 내 능력에 반신반의하면서도 흥미를 품은 것 같았으니, 그 진위를 확인하고 싶은 건지도 모르겠다.

가에데처럼 그릇을 싱크대에 가지고 가자, 마침 고이케가 소매를 걷어붙이고 설거지를 시작한 참이었다.

"아, 도와드릴게요."

"괜찮아요, 손님은 앉아 계세요. 나중에 차를 내갈게요."

그때 부엌 구석에 놓여 있는 골판지 상자가 눈에 들어왔다. 뚜껑이 열린 상자에는 '정제수'라고 적혀 있었다. 두어 개 분량의 빈틈을 빼면 반투명한 흰색 플라스틱 병으로 가득했다.

"이건 뭔가요? 정제수?"

"아, 그건 어르신 침실의 가습기에 쓰던 거예요."

그러고 보니 기리쓰구의 침실에는 가습기가 있었다.

"대량으로 구매해서 사용했는데 너무 많이 남았네요."

이제 그 가습기를 사용하는 사람은 없다. 그 사실이 생각났는지 고이케는 구슬프게 눈을 내리뜨고 싱크대 위에 있던 수세미를 집었다.

"그럼 마지막으로 사용한 건 기리쓰구 씨가 돌아가신 날인가요?"

"네, 그럴 거예요. 매일 사용했으니까요."

고이케는 세제를 묻힌 수세미를 한두 번 주물거려 거품을 낸 뒤, 물에 담가둔 그릇을 하나씩 씻기 시작했다.

"사쿠라코 씨가 그날 병문안을 오셨다고 들었는데요."

"네, 그날은 아드님 류지 씨도 병문안을 오셨어요. 지금 생각해보니 돌아가시기 전에 자녀들 얼굴을 봐서 그나마 다행이었네요."

어떻게든 의심받지 않고 기리쓰구가 죽은 날에 대해 묻고 싶었다. 내가 유도하자 고이케는 그릇 안과 바깥면을 꼼꼼히 닦으며 천천히 대답해주었다.

"그날 어르신은 웬일로 수액 팩을 준비해달라거나 튜브를 연결해달라거나 하시며 평소에는 저나 방문 간호사가 하는 일을 아드님과 따님에게 시키셨대요. 평상시 엄하고 무뚝뚝한 분이셨지만, 역시 가족이 돌봐주는 게 기뻐서 괜히 챙겨달라고 하신 건지도 모르겠네요."

그렇듯 약한 모습을 보이며 의지하는 것이 기리쓰구가 자식들에게 다가가는 방식이었을까.

아버지 눈에는 자식들이 부족해 보였을 거라고 했던 사쿠라코는 사소한 일일지언정 기리쓰구가 자식들을 의지해주어서 기쁘지 않았을까.

하지만 그 바로 직후에 기리쓰구는 세상을 떠났다.

"가족분도 링거를 준비하고는 했나요?"

"네, 유치침이라 링거를 맞을 때마다 바늘을 꽂을 필요는 없으니까…… 수액 팩 정도는 배우면 누구나 갈 수 있거든요. 순서는 주치의 선생님께서 단단히 가르쳐주셨고요. 가에데 씨도 자주 도와줬답니다."

그렇게 말하며 고이케가 수도꼭지를 돌렸다. 물이 좍 흘러나왔다.

중학생이 링거를 준비하기까지 했다니 놀라운 기분과는 별개로 마음에 걸리는 부분이 있었다.

"가에데 씨라고 부르시는군요."

"어머, 네. 본인이 원했거든요."

고이케는 흐르는 물로 그릇에 묻은 거품을 씻어내며 후

후, 하고 소녀처럼 웃었다.

"처음에는 도련님이라고 불렀어요. 그런데 어느 날 이름으로 불러주지 않겠느냐고 해서요."

"오!"

그건 의외다.

내가 흥미를 보이자 기뻤는지 고이케는 기분 좋게 이야기를 계속했다.

가에데가 아직 초등학생이고 기리쓰구도 건강했던 시절의 일이라고 한다. 가에데가 학교에서 돌아오자 고이케는 어서 오세요, 하고 말을 붙였다. 오늘은 도련님이 좋아하는 과자가 있다고 하자 가에데는 짐을 내려놓고 고이케 앞으로 와서 도련님이 아니라 이름으로 불러주지 않겠느냐고 요구했다.

"어느 집의 도련님이나 누구 씨네 도련님이라고 하면 집이나 사람에 딸려 있는 것 같잖아요. 사실 그러니까 싫다고는 할 수 없겠지만, 만약 이름으로 불러주면 스미레 아줌마가 더 좋아질 거예요."

가에데는 고이케에게 진지한 얼굴로 그렇게 말했다고 한다.

고이케는 그릇을 식기 건조대에 올려놓고는 마치 친손

자 이야기라도 하듯 입에 웃음을 머금으며 말했다. "더래요. 더 좋아질 거라고. 참 귀엽죠. 어찌나 기쁘던지."

그때부터 가에데 씨라고 불러요, 라고 덧붙이고는 마지막 접시를 식기 건조대에 올렸다.

가에데 군이 아니라 가에데 씨라는 명칭을 선택한 건 어린아이로 대하지 않는다는 걸 보여주기 위해서겠지.

어쩐지 그 기분이 이해가 갔다.

고이케가 초등학생이었던 가에데의 요구에 응한 것도, 이렇게 웃으며 추억을 이야기하는 것도 무리는 아니다. 얼핏 보기에 무뚝뚝한 그 소년이 그런 소리를 하면 나도 분명 기쁠 것이다.

어른스럽다고 할까 되바라졌다고 할까, 초등학생답지 않은 언동이지만 그것도 가에데답다.

고이케는 물을 잠그고 수건으로 손을 닦더니 그럼 차를 끓이겠다고 말했다.

"가에데는 오랫동안 할아버지와 둘이서 살았죠?"

"네. 부모님이 돌아가신 후로 쭉요."

나는 고이케가 찬장에서 찻잔을 세 개 꺼내 작고 동그란 쟁반에 놓는 모습을 바라보며 물었다.

"기리쓰구 씨는 깐깐한 분이었다는 이야기도 들었습니

다. 가에데 정도의 나이라면 함께 살면서 불만이 생겼을 법도 한데요. 반항기라든가……."

"어머나." 그렇지 않다며 고이케는 대번에 고개를 저었다. "확실히 어르신은 엄격한 분이었지만, 그건 누구에게나 마찬가지셨죠. 가에데 씨를 특별히 더 엄하게 대하신 적은 없답니다."

찻잔이 있던 곳에서 주전자와 차통을 꺼낸 고이케는 차통 뚜껑으로 찻잎의 양을 재서 주전자에 넣었다. 그리고 전기포트의 뜨거운 물을 찻잔에 따라 약간 식힌 후에 주전자에 부었다.

"가에데 씨는 대찬 면이 있어서 가끔은 건방져 보일지도 모르지만, 어르신은 신경 쓰지 않으셨을 거예요. 오히려 가에데 씨를 예뻐하셨죠. 장래가 유망하다면서요."

우리는 함께 부엌을 나서서 식탁 앞으로 돌아갔다.

차가 우러나기를 기다리는 동안 고이케는 잠시 말이 없다가 생각난 것처럼 입을 열었다.

"……이따금 둘이서 장기 두는 걸 봤어요. 사이가 안 좋았다면 그랬을 리 없죠."

"그러고 보니 멋진 장기판이 있었죠. 꽤 오래돼 보이는."

"아주 비싼 물건이래요. 자기가 죽으면 주겠다고 어르신이 가에데 씨에게 말씀하셨어요. 자신의 여생이 길지 않다는 사실을 가에데 씨에게 일깨워서 각오를 다지게 하려던 것이겠죠."

과연 그래서 '이제 내 것'인가.

이야기를 하면서 고이케는 눈물을 살짝 글썽거렸다.

"어르신이 반신불수가 된 후로도 침대 옆에 장기판을 놓고 장기를 뒀어요. 역시 어르신 실력이 더 좋아서 가에데 씨는 언젠가 꼭 이기겠다며 승부욕을 보였고요."

"이야……."

"얼마 안 있으면 너랑 장기도 못 두게 될 거라고 말씀하시는 걸 듣고 불길하게 그런 말씀은 왜 하시나 생각했는데, 정말로 그렇게 되고 말았네요." 고이케는 앞치마 끄트머리를 눈가에 대고 눈물 어린 목소리로 말했다.

아무리 친해도 고이케는 가정부고, 기리쓰구와 가에데의 가족은 아니다. 그러나 요 몇 년간 고이케는 그들과 한 핏줄인 사쿠라코 남매보다 훨씬 오래 두 사람과 함께 지냈다. 가족에 가까운 심정을 그들에게 품고 있었는지도 모른다. 그러니 가에데도 고이케를 잘 따르는 것이리라.

"고이케 씨가 계셔서 다행입니다. 가에데가 이 집에 홀로 남지 않아도 되겠네요."

내 말에 고이케는 고개를 번쩍 들더니 가슴을 폈다.

"물론 가에데 씨를 홀로 남겨둘 수는 없죠. 어르신이 병석에 누우신 후, 만에 하나의 일이 생겼을 때를 위해서라며 월급을 아주 많이 당겨서 주시기도 했고요."

고이케 입장에서는 기리쓰구에게 가에데를 맡은 기분일지도 모르겠다.

법적으로는 고이케에게 아무 권리도 의무도 없건만, 기리쓰구가 죽은 후에도 변함없이 매일 드나든다. 그것만으로도 가에데에게는 힘이 될 것이다.

그러도록 월급을 미리 지불했다는 건 틀림없이 기리쓰구의 애정이었다.

"기리쓰구 씨는 그 정도로…… 언제 돌아가셔도 이상하지 않을 상태였습니까?"

"네, 꿋꿋하게 행동하셨지만 아주 안 좋았던 모양이에요. 저는 전문가도 아니고, 들은 이야기지만요."

고이케는 손바닥으로 가볍게 감싸듯이 주전자를 들고 찻잔 세 개에 차례대로 녹차를 따랐다.

"내년 이맘때쯤에는 죽을지도 모른다, 하지만 조금씩 약해지면서 이대로 몇 년이고 더 살지도 모른다. 그런 불안한 상황에서도 약한 소리 한 번 없이 의연한 모습을 보이셨죠. 훌륭한 분이었어요."

감정사라고 속이고 집을 찾아온 입장이라 식사 후에 한 시간쯤 일부러 고이케의 눈에 띄는 곳에서 흰 장갑을 끼고 꽃병과 미술품을 뒤집거나 여러 각도에서 들여다보며 감정하는 시늉을 했다.

밤 9시가 되자 고이케는 기리쓰구의 방에 손님용 이부자리를 준비하고 퇴근했다. 내일 아침에 아침 식사를 준비하러 다시 온다고 한다.

방에 있던 가에데는 고이케가 돌아갈 때 현관까지 나와서 배웅했다.

문단속 단단히 하라는 둥, 혹시 밤에 배고프면 수프가 있으니 먹으라는 둥 어머니처럼 당부하는 고이케에게 "네" 정도의 대답밖에 하지 않았지만 가에데는 성가셔하지 않고 순순히 귀를 기울였다.

현관문이 닫히고 고이케의 발소리가 멀어지자 가에데는 시킨 대로 문을 잠근 후, 옆에 있는 나는 안중에도 없는 기색으로 몸을 돌려 걸어갔다.

둘만 남으면 학교에서처럼 나름대로 이야기를 해주지 않을까. 내 멋대로 그렇게 기대했지만, 가에데는 그럴 마음이 없는 듯했다.

"어…… 음, 화장실은 어디야?"

일단 대화의 물꼬를 트려고 말을 걸자 가에데는 복도 끝에 있는 문을 가리켰다. 장지문이나 미닫이문이 아니라 서양식 문이다.

"아, 저어!"

가에데가 그대로 자기 방으로 들어가려기에 서둘러 불러 세웠다. 기껏 기회가 찾아왔는데 이러다가는 이야기 한 번 제대로 못 듣고 오늘이 끝난다.

"시계."

내가 말을 꺼내자 가에데는 걸음을 멈추고 이쪽으로 몸을 돌렸다.

"……분해했다고 들었는데. 왜지?"

"어떤 구조인지 궁금해서요."

느닷없이 무슨 소리냐고 할 줄 알았는데 의외로 선선히 대답해주었다.

"봉제 인형을 조각낸 것도?"

"아마 그쪽이 먼저였을 걸요. 구조가 단순한 것부터 시도했으니까요." 그렇게 대답한 후에 덧붙였다. "하지만 옛날 일이에요. 초등학생 때."

지금은 다른 쪽으로 흥미가 옮겨갔다는 걸까.

"지금 흥미가 있는 분야는?"

"여러 가지인데요."

"인간이라든가?"

"그것도 있겠네요."

"내가 중학생 때는 인간은 왜 죽을까, 죽으면 어떻게 될까 생각을 많이 했었지."

"살아 있는 것이 더 신기해요. 메커니즘을 잘 모르겠거든요."

"죽는 건?"

"잘 모르는 메커니즘이 정지한 상태가 죽음이라고 생각하지만, 그것도 역시 잘 모르겠네요."

이제 충분히 어울려줬다는 뜻인지 말을 마치자 가에데는 자기 방의 문을 열었다. 더 이상 말할 마음이 없다는 의사 표시다.

"나를 집에 들여보내준 것도 그런 쪽과 관련이 있어? 흥미가 있으니까?"

그 질문에는 대답하지 않았다.

"화장실은 저기."

가에데는 복도 끝을 다시 한번 가리키고 문을 닫았다.

기리쓰구의 침대가 놓여 있었던 곳에 이불을 깔고 누웠다. 불을 끈 방에 기리쓰구의 영혼만이 불을 끄기 전과 똑같은 윤곽을 드러냈다.

위를 보고 누운 나는 고개만 기울여 기리쓰구의 영혼을 멍하니 바라보았다.

기리쓰구는 손자를 소중히 아꼈던 모양이다.

가에데가 할아버지를 어떻게 생각했는지는 모르지만, 고이케의 이야기를 듣기로 사이는 나쁘지 않았던 것 같다.

현재 가에데가 할아버지의 죽음에 관여했음을 입증할 증거는 전혀 없다. 의심할 근거도 아주 약하다.

그 연령대라면 보호자에게 약간 건방진 태도를 취하는 건 특이한 일이 아닐 테고, 엄격한 할아버지를 성가셔했다고 하더라도 죽일 동기가 있었다고까지는 할 수 없을 것이다. 둘이서 살았으니 첫 번째 발견자가 가에데인 것도 당연하다. 그 또한 의심할 이유는 아닐 듯했다.

'확실히 좀 별나기는 하고, 살아 있는 게 더 신기하다느니…… 가끔 가슴이 철렁하는 소리를 하지만.'

살인을 저지른 범인이라면 자기를 의심하는 어른에게 굳이 그런 소리는 하지 않으리라. 내가 아마도 사쿠라코에게 고용돼 할아버지의 죽음에 대해 조사한다는 걸 알면서 집에 들이지도 않을 테고.

결코 싹싹하지는 않지만 저렇게 이야기에 응해주는 건, 가에데 본인도 말했다시피 조사를 당해도 켕기는 점이 없기 때문일 것이다. 죽은 사람의 시점으로 본 광경이 보인다고 밝혔을 때조차 가에데는 반신반의하는 눈치이기는 했지만 동요하는 기색은 없었다.

할아버지의 의식을 봐도 상관없다는 건 가에데가 기리쓰구의 죽음과는 무관하다는 뜻일까.

그런 인상을 심어주는 게 목적일 가능성도 있다. 영혼이 보인다는 내 이야기 자체가 엉터리라고 판단하고서 켕기는 구석은 없다고 강조하는 거든지, 또는 설령 내 이야기가 진짜더라도 그것만으로는 증거가 되지 않는다는 걸 알고 있는지도 모른다. 자신이 관여했음을 증명할 물적 증거는 남기지 않았다는 자신감 때문에 나를 위험하게 느끼지 않을 가능성도 있다.

한심한 이야기지만 아주 그럴싸한 추측이었다.

아무튼 가에데가 나를 어떻게 생각하는지는 제쳐놓고, 아직 아무것도 확보하지 못했으니 어디까지나 내 심증이지만, 역시 가에데가 기리쓰구에게 무슨 짓을 했을 것 같지는 않았다.

고이케에게 확인한 바, 여벌 열쇠는 사쿠라코뿐만 아니라 상속인 모두가 가지고 있다고 한다. 원래 여기는 그들의 본가이며, 기리쓰구는 침대에서 내려오지도 못하고 고이케는 입주 가정부가 아니라서 없을 때도 있다. 가에데가 학교에 있을 때도 병문안을 올 수 있도록 각자 열쇠를 가지고 있었다는 이야기다. 그렇다면 가에데 말고 다른 상속인들도 범행을 저지를 수 있었던 셈이다.

애당초 기리쓰구가 살해당했을 가능성 자체가 낮지만, 만약 살해당했다고 하더라도 가에데가 특별히 살인을 준비하고 실행하기 쉬운 입장에 있었다고는 볼 수 없다. 기회는 누구에게나 평등했다.

동기도 그렇다. 사쿠라코는 유언 내용이 가에데에게 유리하다는 사실을 유언이 공개될 때까지 몰랐다. 다른 상속인들도 그렇고, 가에데 본인도 마찬가지였으리라. 다들 유산은 균등하게 분배될 줄 알았을 것이다.

그렇다면 동기라는 측면에서도 가에데 혼자 수상쩍다고는 볼 수 없다. 돈에 쪼들린 상속인 중 누군가가 빨리 유산을 받고 싶어서 죽였을지도 모른다. 오히려 중학생인 가에데보다 어른들에게 동기가 있을 법하게 느껴진다.

동기가 있을 법한 상속인이 달리 없는지 조사해볼까?

그건 의뢰의 범위에서 벗어나나.

사쿠라코는 가에데가 기리쓰구의 죽음에 관여한 증거를 찾아달라고 의뢰했다. 하지만 '증거는 없었습니다'라는 보고만으로 사쿠라코가 받아들일지는 의문이었다.

타살이었는가 병사였는가, 그 정보는 기리쓰구의 영혼에게 얻을 수 있을 것이다. 그러나 증거가 발견될 가능성은 낮다. 무죄의 증거든, 유죄의 증거든.

증거를 찾지 못하면 포기하겠다고 했지만, 실제로 그렇게 쉽게 마무리되지는 않으리라. 아니, 처음부터 증거가 있을 리 없다고 단정해서는 안 된다. 내 의뢰인은 사쿠라코니까.

베개 위에서 머리를 흔든 후 눈을 꼭 감았다가 떴다.

기리쓰구의 윤곽은 변함없이 제자리에 있었다.

내가 어렸을 적에 동경한 명탐정은 작은 증거를 바탕으로 추리력을 발휘해 진실을 찾아냈지만, 나는 그 반대다. 사실을 알고 나서 그걸 뒷받침할 증거를 찾는다.

그러려면 역시 '본인'이 알려주기를 바라는 수밖에.

'뭔가 보이면 좋겠는데…….'

나는 하품을 하고 눈을 감았다.

제일 먼저 보인 것은 하얀 가루였다.

플라스틱 병 속에 사르르 녹아든다.

부엌에서 본 정제수 병이다.

그러고 나서 침대보 위에 흩어진 빈 약봉지와 약국 봉투, 다음으로 수액 팩을 링거대에 달고 있는 누군가의 손이 보였다.

전부 고작 몇 초의 단편적인 영상이었다. 시점의 당사자는 기리쓰구의 침실에 있는 침대 위에서 그것들을 보고 있었다.

수액 팩과 손이 사라지고 네 번째 영상이 시작됐다.

시점의 당사자는 천장을 올려다보고 있다. 얼굴을 기울여 시선을 옆으로 향하자 사쿠라코와 중년 남자가 침대 곁에 서서 뭔가 이야기하는 모습이 보였다.

시점의 당사자, 기리쓰구가 손가락으로 가리키며 뭔가 지시했고 그에 응하듯 사쿠라코가 뭔가를 찾는 동작을 취했다. 사쿠라코가 찻잔을 집어서 내밀었을 때 영상이 바뀌었다.

다섯 번째 영상이다. 역시 침실이지만 이번에는 가에데 혼자 침대 곁에 서 있다. 방에는 석양이 비쳐들고 있었다. 사쿠라코와 중년 남자가 있었을 때는 침대 위에서 바라봤지만, 이번에는 그때보다 시선이 조금 높아진 것 같았다.

가에데는 내용물이 거의 없어진 알루미늄 용기를 들고 있었다. 라벨에 적힌 글자도 보였다. 염화칼륨이라는 글자다. 다른 손에는 약국 봉투를 움켜쥐고 있었다.

'어?'

나 자신의 의식이 섞이기 시작했다.

이러면 얼마 지나지 않아 잠에서 깬다.

안 돼, 조금만 더. 그렇게 생각한 순간 뛰어 들어오듯이 또 영상이 바뀌었다.

장기를 두는 손가락이 보였다. 뼈가 불거지고 주름이 쪼글쪼글한 건 기리쓰구의 손이다. 장기짝을 든 그 손에서 시선을 들자 지금보다 어려 보이는 가에데가 부루퉁한 표정으로 이쪽을 보고 있었다.

교복 차림으로 꿇어앉아 양손을 무릎 위에 얹은 가에데와 기리쓰구 사이에 장기판이 있었다.

장소는 이 집의 툇마루일 것이다. 햇빛이 비쳤다. 맑은 아침이나 낮인 것 같았다.

몇 달, 어쩌면 1년이 넘은 옛날 영상이리라.

뜰에 면한 유리창에 두 사람의 모습이 비쳤다.

가에데가 뭔가 말한 것 같았다.

목소리는 들리지 않는다. 가에데는 뭔가 말하고 나서 입을 꾹 다물었다.

나는 잠에서 깨어났다.

*

"일어나셨어요. 가에데 씨는 학교에 갔어요."

내가 이부자리를 개고 방에서 나가자 고이케가 부엌에서 얼굴을 내밀며 아침을 들라고 말했다.

벌써 오전 8시가 지났다. 고이케가 온 줄도, 가에데가 나간 줄도 전혀 모르고 쿨쿨 잤다. 아무래도 영 겸연쩍었다.

"앉으세요. 된장국을 데울게요."

"감사합니다."

식탁 앞에 앉아 고이케가 차려주는 아침을 기다리며 꿈속에서 본 광경이 무슨 의미일지 생각했다.

늦잠을 잔 걸 알고 부랴부랴 방에서 나왔지만 아직 머릿속이 혼란스러웠다.

빈 약봉지, 가습기용 정제수에 녹아드는 하얀 가루, 그리고 침대 곁에 서 있던 그건 분명 가에데였다. 가에데가 들고 있던 약국 봉투와 알루미늄 용기. 그건 뭘 의미할까.

'가에데인지 아닌지는 제쳐놓고, 누군가가 정제수 병에 약품을 녹인 건 확실해. 그리고 그 방에 약봉지가 잔뜩 있었던 것도.'

기리쓰구는 매일 가습기를 사용했다. 그 사실을 알고 있던 누군가가 정제수에 독을 탔다면. 독이 포함된 증기로 사람을 죽일 수 있을까. 만약 가능하다면 몸에 흔적을 남기지 않고 살해할 수 있다.

'아니, 아무래도 그건 아닌가…… 침실에는 다른 사람도 드나들고, 문을 꽉 닫아놓는다고 증기가 방 밖으로 새어나가지 않는다는 보장은 없어. 위험성이 너무 높아.'

무엇보다 상대는 몸을 거의 움직이지 못하는 병자니까 그렇게 번거로운 방법으로 죽일 필요가 없다. 증기를 들이마셔도 죽을 만한 독이라면 먹이는 편이 손쉽고 확실하다.

게다가 애당초 아직 살인이라고 확정된 건 아니다.

내게 보인 건 누군가가 수용액을 만드는 장면뿐이다. 그걸 기리쓰구에게 먹이거나, 무슨 형태로 투여하는 장면이 아니다.

예를 들어 정제수에 섞은 가루는 가습기용 아로마 분말이고, 약국 봉투와 약봉지도 그냥 버리는 걸 잊어버렸을 가능성도 있다. 그걸 가에데가 보고 버렸는지도 모른다.

뭔가 있었을지 모른다고 의심하는 마음을 품으니까 수상하게 느껴질 뿐, 내가 본 환시에 기리쓰구가 타살됐음을 보여주는 결정적인 증거는 없었다.

'그래. 음, 분명 무슨 졸랍이랑 염화칼륨……'

약국 봉투에 적혀 있던 글자는 긴가민가했지만, 알루미늄 용기에 적힌 글자는 똑똑히 기억났다. 스마트폰을 꺼내 검색해보았다.

검색 바에 단어를 넣자마자 자동 완성 기능으로 '염화칼륨 안락사', '염화칼륨 주사'라는 흉흉한 단어가 표시됐다.

염화칼륨 자체에는 독성이 없고 식품에도 사용되므로 간단히 구할 수 있지만, 정맥에 주사하면 심정지를 일으킨다. 미국의 몇몇 주에서는 사형 집행에도 사용돼…….

읽어나갈수록 등골이 오싹해졌다.

정맥에 주입하면 심정지를 일으키는 약품. 그게 기리쓰구의 침실에 있었다. 누군가가 그 방에서 그걸로 수용액을 만들었다.

기리쓰구는 병으로 죽은 것이 아니었다.

환시를 본 직후에는 생각이 미치지 않았지만, 수액 팩이 보였으니 거기에도 의미가 있다고 받아들여야 하리라.

약물은 링거 수액 속에 주입된 걸까.

시신에 수상한 점은 없었다고 스가이는 말했지만, 요양 중이었던 기리쓰구의 몸에는 원래부터 링거 바늘 자국이 있었을 것이다. 링거 수액에 독극물을 섞으면 의심받지 않고 범행이 가능하다.

가에데 씨도 자주 도와줬답니다, 라는 고이케의 말이 떠올라 가슴이 철렁했다.

아니, 가에데뿐만이 아니다. 고이케도, 사쿠라코를 포함한 다른 가족도 링거를 놓는 순서는 알고 있었다.

염화칼륨 수용액을 섞은 수액 팩을 여느 때처럼 링거대에 매달고, 튜브로 유치침과 연결한다. 그렇게만 하면 아무에게도 들키지 않고 기리쓰구의 심장을 멈출 수 있다.

이 방법이라면 증거는 몸속에만 남는다.

방법상으로는 가에데와 고이케는 물론, 다른 상속인들도 범행이 가능하다. 가에데와 고이케는 평소 링거 기구를 다루었고, 고이케 말로는 병문안을 온 가족이 링거를 준비하기도 했다고 한다.

가에데도, 고이케도, 다른 가족들도 그 집에서 기리쓰구와 단둘이 남는 건 간단했다. 범행의 기회라는 측면에서도 누가 범인이든 이상하지 않다.

하지만 굳이 탐정을 고용해서 조사를 시킨 사쿠라코가 범인일 것 같지는 않고, 이해관계가 없는 고이케는 가에데보다 더 동기가 없다. 그렇게 따지자면 가에데와 다른 상속인에게도 동기라고 할 만한 동기는 없지만…… 내 개인적인 감정을 빼고 보자면 현 단계에서 제일 수상한 사람은 역시 가에데다.

그는 할아버지의 침실에서 약국 봉투와 염화칼륨 용기를 손에 들고 있었다. 넣는 장면을 본 건 아니지만 적어도 가에데는 그게 거기 있었다는 사실을 안다. 염화칼륨이 뭔지는 모르더라도, 가에데라면 할아버지가 죽은 직후에 방에서 뭔지 모를 물건이 눈에 띄었을 때 조사해보았을 것이다. 검색하면 바로 나온다.

가에데가 범인이 아니라면, 그 물건이 할아버지의 죽음에 관련됐을 수도 있다는 걸 알면서 입을 다물고 있는 이유를 모르겠다. 하지만 내가 보기에 가에데는 돈을 마음대로 쓰기 위해, 또는 원한 때문에 할아버지를 해칠 아이 같지는 않았다.

가에데는 머리가 좋고 배짱도 있어 보인다. 구치키 말마따나 범행을 저지를 능력은 있으리라.

하지만 그렇게 이기적이고 유치한 이유로 그가 살인을 저지를까. 고작 이틀 보았지만 그건 아니라는 감이 강하게 왔다. 확신에 가까웠다.

가에데가 당치도 않은 짓을 한다면 분명 뭔가 중요한, 양보할 수 없는 이유 때문이다.

그것이 열쇠일 것 같았다.

그때 고이케가 아침 식사를 가져다주었다.

"자, 드세요."

"감사합니다."

계란 프라이, 무 샐러드, 두부 부침, 거기에 된장국, 밥, 김, 채소 절임이 식탁에 차려졌다.

새로이 얻은 찜찜한 정보에 동요해 마음이 어두웠지만, 웃음으로 얼버무리고 일단 차를 한 모금 마셨다. 인간은 참으로 간사한지라 김이 피어오르는 음식을 보고 있자니 점차 식욕이 솟았다.

두 손을 모은 후 감사한 마음으로 젓가락을 들었다.

몸에 스며드는 듯한 맛이었다.

"아, 저어."

"네?"

차를 더 따라주러 온 고이케에게 물어보았다. "부엌에 가습기용 정제수가 있었죠? 그거 빈 병은 어쩌셨어요?"

고이케는 별걸 다 묻는다는 듯이 고개를 갸우뚱하며 대답했다. "빈 병은 전부 재활용품으로 내놓아서 지금은 없는데요…… 왜요?"

"아, 아니요. 저도 가습기를 살까 싶어서요. 하지만 병이 거추장스러울 것 같아서요."

듣고 보니 당연했다. 지난달에 사용한 빈 병이 남아 있을 리 없다.

웃는 얼굴로 넘긴 후에 두부 부침을 젓가락으로 잘라 입에 넣었다. 정말 맛있다는 내 말에 고이케는 미소를 지으며 근처 두부집에서 샀다고 알려주었다.

뜬금없는 질문이었지만 그리 수상하게 여기지 않은 모양이다. 하지만 고이케가 싹싹하게 대답해준다고 해서 미주알고주알 캐묻다가는 역시 의심을 살 것이다. 질문을 엄선해서 최대한 자연스럽게 물어보아야 한다.

게다가 고이케가 이 일에 관해 결정적인 뭔가를 알고 있을 것 같지는 않았다. 만약 가에데가 범인이더라도 고이케에게 들킬 만한 짓은 하지 않았을 테고, 가에데 말고 다른 사람이 범인이라면 더더욱 고이케는 아무것도 모를 것이다.

식사를 마친 후 고이케에게 광을 보여달라고 부탁했다. 재산 목록에 실리지 않은 골동품이 없는지 조사하기 위해서라고 설명했지만, 혹시나 염화칼륨 용기나 의료 기구가 숨겨져 있지 않은지 확인하기 위해서였다.

예상대로 지금 계절에는 사용하지 않는 난방기구 등을 보관해두었을 뿐, 기리쓰구의 죽음에 관련됐을 법한 물건은 없었다.

뭔가 있다면 가에데의 방이겠지만 본인 허락도 없이 남의 방을 뒤지려니 거부감이 들었고, 사쿠라코가 이미 살펴봤다고 했으니 찾아본들 헛수고일 것이다.

약국 봉투, 약봉지, 염화칼륨 용기는 다른 쓰레기와 함께 버리면 간단히 처분할 수 있다.

사건 직후라면 '범인'이 몰래 가지고 있을 가능성도 있겠지만, 이제 이 집에는 없다고 봐야 한다.

약국 봉투와 용기에 대해 확실하게 알고 있는 유일한 인물은 가에데지만, 그가 용의자인 이상 현재로서는 직접 물어볼 수가 없다.

가에데에게 이야기를 한다면 적어도 일정한 증거에 근거한 가설을 세우고 나서다.

고이케에게 저녁 식사와 아침 식사를 차려주어 고맙다고 인사하고 하즈미네를 나섰을 때는 이미 정오가 지난 시각이었다.

나는 걸으면서 스마트폰을 꺼내 최근 기록에서 구치키의 번호를 찾아 전화를 걸었다. 발신음이 두 번 울리고 구치키가 전화를 받았다.

"아, 어땠어?"

"하즈미 기리쓰구 씨의 방에서 가습기용 정제수에 하얀 가루가 녹는 장면을 봤어. 가루가 들었던 리필용 세제 같은 용기에 염화칼륨이라고 적혀 있더군. 그리고 빈 약봉지 여러 개와 약국 봉투도 있었고."

나는 구치키에게 인사도 없이 다짜고짜 내가 본 장면을 전달했다.

"약국 봉투와 염화칼륨 용기를 가에데가 들고 있는 모습도 봤어. 아까 알아보니 염화칼륨은 정맥에 주입하면 심정지를 일으킨대. 누군가가 그걸 정제수에 녹였어. 아마도 수액 팩에 섞어서 투여한 거겠지."

말이 빨라지자 전화 저편에서 구치키가 진정하라며 달랬다.

"순서대로 물어볼게. 무슨 약인지는 모르고? 봉투에 이름이 안 적혀 있었어?" 구치키가 물었다.

"분명, 음, 브…… 무슨 졸람……."

"브로티졸람?"

"맞아, 그거야." 내가 맞장구를 쳤다.

"수면제야. 흔히 구할 수 있는 거지."

"수면제……."

"기리쓰구 씨도 처방받았을 거야. 그런 유의 약은 안전
성을 고려하거든. 많이 먹는다고 죽지는 않아."

"그럼 독극물을 투여할 때 저항하지 못하도록 사용했는
지도 모르겠네."

또는 하다못해 잠자면서 고통 없이 죽기를 바랐던 걸까.

"수면제가 든 약국 봉투와 염화칼륨 용기를 가에데가 들
고 있는 걸 봤다는 거지? 그리고 정제수에 염화칼륨이 녹
아드는 장면…… 그밖에는?"

"사쿠라코 씨와 남자 한 명이 병문안을 온 모습이 보였
어. 그러고는 누군가가 수액 팩을 링거대에 달고 있는 모
습이랑…… 아마 옛날 기억일 텐데 가에데가 할아버지와
장기를 두는 모습도."

"수액 팩을 단 건 가에데야?"

"모르겠어. 아마 아닐 거야…… 가정부 고이케 씨일지도

모르지."

손밖에 보이지 않았지만 여자 손 같았다. 스가이네 병원
의 간호사일 가능성도 있다.

"사쿠라코 씨와 함께 온 남자는 아마 작은아들 류지 씨
일 거야. 기리쓰구 씨가 돌아가신 날 낮에 병문안을 갔다
니까 그때 모습이 보인 거겠지."

"사쿠라코 씨를 볼 때 난…… 아니, 시점의 당사자는 침
대 위에 있었지만, 가에데를 볼 때는 시점이 조금 위쪽이
었어. 사쿠라코 씨 일행이 왔을 때는 아직 살아 있었고, 가
에데를 내려다볼 때는 영혼이었을 거야."

그렇구나, 하고 구치키는 나지막이 말한 후 3초쯤 입을
다물었다. 그도 내가 사건일 가능성을 암시하는 환시를 볼
줄은 생각지 못했던 것이리라.

"기리쓰구 씨의 죽음에 하즈미 가에데가 관여했을 가능
성은 부정할 수 없다고 할까, 가능성이 상당히 높아 보이는
군. 사쿠라코 씨의 망상이라고만은 치부할 수 없는 건가."

"가에데가 수용액을 만드는 장면을 본 건 아니니까 아직
단정할 수는 없어……."

기리쓰구가 단순히 병으로 죽은 게 아니라는 건 확실하
다. 그렇다고 가에데가 반드시 범인이라는 건 아니지만,

그럴 가능성이 싹튼 것만으로도 마음이 무거워졌다.

　가에데와 이야기하거나 기리쓰구에 관한 이야기를 들을 때마다 그 소년이 살인자가 아니면 좋겠다, 하즈미 기리쓰구가 그냥 병으로 죽은 거면 좋겠다는 마음이 커졌다. 사쿠라코가 품은 근거도 없는 의혹이 억측에 불과함을 확인하기 위한 조사라고 생각했는데.

　"어쨌거나 증거가 없어서야 꿈에서 봤다고 주장한들 경찰도 움직여주지 않겠지." 구치키는 어디까지나 담담하게 말을 이었다. "누군가가 약물을 녹인 정제수를 수액 팩에 넣었다는 증거…… 하다못해 단서가 남아 있지 않은지 조사해줘. 한 달이나 지났으니 이미 처분했겠지만 혹시나 모르니까."

　나는 알았다고 대답하고 전화를 끊었다.

　내가 꿈에서 본 영혼의 기억은 증거 능력이 없다.

　기리쓰구의 방에 염화칼륨이 있었다. 누군가가 그걸 정제수에 녹였다. 가에데는 염화칼륨과 수면제의 존재를 알고 있었으면서 입도 벙긋하지 않았다.

　내가 '목격'한 사실은 그뿐이다.

　'그게 뭘 의미하는지 생각해.'

　그리고 그 사실을 알고 있는 것이 나뿐이어서는 의미가

없다. 사실을 뒷받침할 증거를 찾아내야 한다.

*

사쿠라코에게 전화해 가에데의 사진을 빌리고 싶다고 하자 쾌히 승낙했다. 바로 준비하겠다기에 하즈미네에서 그리 멀지 않은 그녀의 집으로 받으러 갔다.

해외에 있다는 셋째 아들을 빼면 기리쓰구의 상속인들은 전부 같은 시내에 살고 있다고 한다.

천장이 높은 로비에서 만난 사쿠라코는 이틀 전보다 수수한 복장이었지만 화장은 꼼꼼히 하고 나왔다.

"어때요? 조사를 시작한 지 이틀밖에 안 됐지만 뭔가 알아냈나요?"

"현재로서는 아무것도요. 하지만 빌린 사진을 가지고 몇 군데 탐문을 하고 오겠습니다."

"알았어요. 제대로 조사해주시는 것 같아서 안심이 되네요. ……이거."

나는 사쿠라코가 내민 봉투를 받아들었다.

"절 앞에서 친척들과 함께 찍은 사진밖에 없지만."

봉투에는 몇 명이 모여서 찍은 사진이 들어 있었다.

한가운데 있는 사람이 기리쓰구일 것이다. 척 보기에도 엄격한 인상의 노인이다. 작년에 찍었다는 그 사진에는 총 일곱 명이 담겨 있었다.

사쿠라코가 한 명 한 명 이름을 알려주었다.

기리쓰구, 가에데, 사쿠라코, 사쿠라코의 남편 아키라, 기리쓰쿠의 작은아들 류지, 류지의 아내 유미코, 류지와 유미코의 아들 유마.

검은색 양복을 입은 어른들 사이에서 아이는 가에데와 유마뿐이었다. 둘 다 교복 차림이었다.

류지의 얼굴은 낯익었다. 환시 속에서 사쿠라코와 함께 기리쓰구의 침대 곁에 서 있었던 남자다.

"기리쓰구 씨가 돌아가신 날, 사쿠라코 씨는 류지 씨와 함께 병문안을 가셨다면서요."

"맞아요. 올케와 유마는 전날 병문안을 갔지만 오빠 혼자 못 가서 그날 저랑 같이 갔죠. 오후 1시쯤이었던가."

"기리쓰구 씨는 상태가 어떠셨습니까?"

"전에 만났을 때보다 딱히 더 약해졌거나 괴로워 보이지는 않았어요. 저걸 가져다달라, 이걸 해달라 하면서 평소보다 이것저것 시키시더군요. 오빠랑 돌아오는 길에 아버지가 좀 부드러워졌다고 이야기했던 기억이 나네요."

그런데 그날 저녁에 느닷없이 세상을 떠났다.

사쿠라코는 말을 한번 끊더니 팔짱을 끼면서 고개를 숙였다.

"더 자주 뵈러 가야겠다고 그때 다짐했어요. 병 때문에 마음이 약해지셨구나, 그래서 오늘은 유독 다정하셨구나 싶었거든요……. 서로 옛날보다 편하게 대할 수 있을지 모르겠다고 기대도 했는데."

사쿠라코는 입을 다물고 잠시 침묵을 지켰다.

사쿠라코가 눈물을 글썽거리는 걸 보고 나는 서둘러 눈을 돌렸다.

"……하룻밤 머물면서 가에데랑도 이야기했죠? 걔, 참 별나죠?" 사쿠라코가 별안간 고개를 들고 말했다.

어느새 원래 모습으로 되돌아왔다.

"자기가 먼저 이야기하는 법은 없고, 늘 무표정 아니면 부루퉁한 얼굴…… 어른이 뭐라고 주의를 주면 오히려 이쪽이 움츠러들 만한 소리를 해요. 불량아는 아니지만 뭐랄까 좀 무서운 느낌이…… 질풍노도의 한가운데 있는 유마가 훨씬 알기 쉽다니까요."

이야기하는 동안에 당시의 일이 이것저것 떠올랐는지 사쿠라코가 점점 눈썹을 모았다.

"어, 음…… 별나기는 하더군요."

고모와 조카인 만큼 미간에 주름을 잡은 그 얼굴은 가에 데와 약간 닮았지만, 입 밖에는 꺼내지 않았다.

내가 감정사가 아니라는 사실을 가에데에게 이미 들켰 다고 하면 사쿠라코가 화를 낼 것 같아서 그것 역시 잠자 코 있기로 했다. 많은 것을 가에데에게 들켰지만 여전히 조사는 진행 중이므로 당장은 별다른 문제가 없다. 물적 증거를 찾지 못해 최악의 경우 본인의 '자백'에 의존해야 할 상황을 고려하면, 가에데와 대화를 나누는 관계를 만들 어두는 건 오히려 의뢰인에게 이익이다.

"하지만 기리쓰구 씨와는 사이가 나쁘지 않았던 모양입 니다. 가에데와 직접 기리쓰구 씨에 관한 이야기를 한 건 아니지만요."

내 말을 듣고 사쿠라코는 알아요, 하고 언짢은 투로 대 꾸했다.

"걔가 아버지와 제일 가깝게 지낸 건 틀림없어요. 하지 만 밤샘 때도 장례식 때도 가에데는 평소와 다름없었죠. 그 후에도요. 다들 넋을 잃고 우는 가운데 그 아이만이."

입구의 유리문이 열리고 택배기사가 들어왔다.

그가 안녕하세요, 하고 인사를 하길래 나도 가볍게 고개를 숙였다.

사쿠라코는 입을 다문 채 싹싹한 택배기사가 엘리베이터에 올라타기를 기다렸다가 다시 입을 열었다.

"아버지가 돌아가신 날, 저랑 오빠가 달려갔을 때도 개는 무표정했지만, 그때는 슬픈 기분을 억누르느라 그런 줄 알았죠. 안색도 좋지 않았고…… 정신을 단단히 차려야 한다고 스스로를 통제하는 줄로요. 아직 중학생인 애를 두고 그렇게 생각하다니 이상할지도 모르지만, 개는 그런 애인걸요. 하지만 장례식을 치르는 동안에도, 장례식이 끝나고 나서도 개는 전혀 슬퍼하는 기색을 보이지 않았어요. 그집에 홀로 남았는데 아무렇지도 않게 구니까…… 처음에는 화가 났지만 어쩐지 점차 무서워지더군요."

사쿠라코는 팔짱을 낀 채 로비의 소파에 털썩 앉았다.

"아버지의 유언이 공개되고 가에데에게 재산을 대부분 물려준다는 내용이라는 걸 알았을 때, 문득 이런 생각이 들었어요. 아버지가 돌아가신 날 가에데는 상태가 이상했다, 지금 돌이켜보면 그건 긴장한 게 아닐까…… 그때 가에데는 뭔가 숨기고 있었던 게 아닐까."

남편에게 말해도 상대해주지 않았지만요, 하고 사쿠라코는 입술 끄트머리를 끌어올리며 싸늘하게 덧붙였다.

"가에데는 자신에게 몹시 유리한 유언을 듣고도 동요하지 않았어요. 할아버지가 자기를 후계자로 삼으려고 했다는 건 알고 있었을 테니 예상했을지도 모르지만…… 그것도 제게는 수상해 보였죠. 너무 지나친 억측일지도 모른다 싶기는 해요. 하지만 아무래도 마음에 걸리더라고요."

처음에는 아무것도 발견되지 않았을 때 사쿠라코를 어떻게 이해시켜야 할지 고민했다. 지금은 아버지가 가족에게 살해당했다는 조사 결과를 의뢰자인 사쿠라코 본인도 바라지 않는다는 걸 안다. 사쿠라코는 만약 그렇다면 용서할 수 없다고 마음먹었을 뿐이다. 그렇지 않다고 보고하면 수긍하고 안심했을 것이다.

그러나 지금은 타살일지도 모른다고 나 스스로가 의혹을 품고 있다.

의심스럽지만 증거가 없다. 그건 사쿠라코에게 제일 가슴 쓰릴 보고다. 그런 결과로 끝나지 않도록 결의를 담아 선언했다.

"최선을 다해 조사하겠습니다."

소파에 앉은 사쿠라코가 시선을 들었다. 표정이 조금 누그러진 것 같았다.

기리쓰구의 방에서 어떤 환시를 보았는지 사쿠라코에게

는 말할 수 없다.

현재 시점에서 보고할 수 있는 건 하나도 없다.

＊

"또 왔나? 뭐가 그렇게 궁금한 게 많은지."

어이없어하는 스가이를 향해 나는 죄송하다며 머리를 숙였다.

오늘은 민감한 내용을 파고들어 물어보아야 한다. 스가이는 기리쓰구의 주치의인 데다 친구이기도 하니까 화를 낼지 모르고, 틀림없이 수상쩍게 여길 것이다. 이번이 그에게 이야기를 들을 마지막 기회라고 보는 게 좋을 듯했다.

"몇 가지 확인하고 싶은 게 있어서요. 음, 일단…… 하즈미 기리쓰구 씨께 수면제를 처방하셨습니까?"

"응, 처방했지. 늘 침대에 누워 있다 보니 밤에 잠이 안 온다길래."

"브로티졸람인가요?"

스가이가 고개를 끄덕였다. 이리하여 수면제의 출처는 확인했다.

음식물에 섞거나 해서 며칠분을 한꺼번에 먹이면 기리

쓰구를 깊이 잠재우고, 그 옆에서 수액 팩에 수작을 부리기는 간단했을 것이다.

"전에도 여쭤봤습니다만, 하즈미 기리쓰구 씨의 시신에 수상한 점은 전혀 없었습니까? 잘 생각해보십시오. 사소한 일이라도…… 예를 들면 평소와 다른 약품이 투여됐을 경우, 봐서 알 수 있을 만한 부분에 변화가 발생하지는 않을까요?"

두 번째 질문은 신중하게, 하지만 각오를 하고 물었다.

링거 바늘이 항상 꽂혀 있는 상태였다면 다른 주사 자국이 남을 만한 짓은 하지 않았을 것이다. 수액 팩의 내용물만 바꾸면 그만이다. 하지만 몸속에 이물질이 들어가면 구토나 피부색 변화 등, 그에 따른 증상이 나타나지 않을까.

꺼림칙한 질문에 스가이는 미간을 찌푸렸지만 "일이니까 자네도 어쩔 수 없나" 하고 숨을 한 번 내쉬고 나서 대답해주었다.

"독극물이 주사되면 아무리 병자라도 몸부림을 치겠지. 기리쓰구는 바늘이 빠진 흔적은 물론, 괴로워한 흔적도 없이 평온한 얼굴이었어."

"염화칼륨이라면 어떨까요?"

스가이는 무슨 뜻이냐는 듯이 이쪽을 보았다.

"염화칼륨으로 환자를 안락사시킨 사건이 있었다고 합니다. 염화칼륨을 투여하면 편안하게 죽어서…… 몸부림을 친 흔적도 안 남지 않을까요?"

"주사를 안 맞아봤으니 나도 몰라. 하지만 강제로 심장을 정지시키는 거니까 괴롭지 않을 리 없겠지."

스가이는 명백하게 불쾌해했다.

무섭게 노려봐서 기가 죽을 뻔했지만, 여기서 물러서면 의미가 없다.

"미국에서는 사형 집행에도 사용한다고 어느 책에서 읽었습니다. 몸부림도 안 치고 사망한다던데요."

"그건 이완제와 마취제로 의식을 잃게 만든 후에 주사하기 때문이야."

환시 속에서 보였던 수면제, 브로티졸람의 빈 봉지가 떠올랐다.

"그건…… 예를 들어 수면제를 대량으로 먹이고 나서 주사하면 잠드는 것처럼 죽는다는 말씀이십니까?"

"대체 무슨 뜻으로 하는 이야기인가?" 부아가 치민다는 듯 스가이가 콧김을 내뿜으며 말했다. "이만 돌아가게. 이제 환자가 올 거야."

"조금만 더 부탁드립니다. 기리쓰구 씨가 돌아가신 후에 수액 팩과 주삿바늘 등의 의료 기구는 회수하셨습니까?"

"가족이 처분했겠지. 내가 갔을 때는 이미 정리한 뒤였네. 주삿바늘 말고는 타는 쓰레기로 내놓으면 끝이야."

하즈미네에 의료 기구는 남아 있지 않았다.

역시 물적 증거를 찾아낼 가능성은 희박한가.

반쯤 낙담했지만 아직 희망이 전혀 없는 것은 아니라고 마음을 다잡았다. 스가이의 말대로 주삿바늘은 그렇게 쉽게 버릴 수 있는 물건이 아니다. 처리에 특별한 절차가 필요하다면 아직 집 안 어딘가에 놔뒀을지도 모른다.

하지만 주삿바늘을 아직 처분하지 않았다 치더라도 거기서 염화칼륨이 검출될 가능성은 아주 낮았다.

"뭘 의심하는지 모르겠지만, 안락사는 병이 나을 가능성이 없는 건 물론이고 더 이상 연명해봤자 괴롭기만 한 병자를 편하게 해주기 위한 수단이야. 기리쓰구는 아직 활력이 있었어. 간병하는 사람이 안락사를 고려할 만한 상태가 아니었다고." 스가이가 말했다.

하지만 뒤집어 말하면 그건 앞으로 몇 년이나 간병이 필요한 상태가 계속될지 미지수였다는 뜻이다.

실제로 함께 살았던 사람은 가에데이고 수발을 든 사람은 고이케와 간호사지만, 그들 외에도 동기가 있는 사람이 없었다고는 장담할 수 없다. 간병이 필요한 상황이 오래 지속되면 의료비로 재산이 점점 줄어들 것이라고, 돈에 쪼들리는 상속인은 걱정했을지도 모른다.

기리쓰구에게 원한은 없더라도 빠른 시일 안에 결판을 내야 한다고 생각했다면. 예를 들어 사쿠라코와 함께 병문안을 온 류지나, 그 전날 방문했다는 류지의 아내가 어떤 연유로 돈에 쪼들리고 있었다면.

"병석에 누운 뒤로도 장기를 두셨을 정도니까요. 가에데와도 장기를 두셨던 모양입니다."

"그래. 기리쓰구는 손자에게 꼴사나운 모습은 보여줄 수 없다고 늘 말했어. 언제까지 손자의 목표로 있을 수 있을까 염려했지. 몸이 상하기 전부터…… 녀석은 몸보다 머리가 쇠약해지는 걸 더 겁냈지."

"기리쓰구 씨는 뇌에도 뭔가 증상이 있었나요?"

"나이를 생각하면 자연스러운 일이야." 스가이는 차분하게 말했다.

온화한 표정으로 되돌아가 눈을 내리깔고, 서글픔이 가슴에 사무치는 목소리로.

"그래도 어지간한 젊은이에게는 뒤지지 않을 만큼 총기가 있었어. 갑자기 그런 일이 생겨서 나도 안타까울 따름

일세."

친구의 죽음을 애도하는 말에는 나도 고개를 숙일 수밖에 없었다. 내가 잠자코 고개를 숙이자 스가이는 천천히 얼굴을 들어 창밖에 눈길을 주었다.

"하지만 이걸로 잘됐는지 모르지. 조금씩 약해지며 옛날의 건강한 모습을 잃어가는 것보다는…… 다들 기리쓰구가 기리쓰구다웠던 시절의 모습만 간직할 수 있을 거야."

*

다행히 고이케는 하즈미네에 있었다.

청소와 저녁 식사 준비에 시간이 걸려서 평소보다 퇴근이 늦어졌다고 한다.

내가 물건을 깜박하고 갔다고 말하자 선선히 집에 들여보내주었다.

최대한 지나가는 말처럼 꾸며서 링거에 사용한 기구는 어쨌느냐고 물어보자, 예상대로 기리쓰구가 죽은 후에 바로 처분했다는 대답이 돌아왔다.

"의료 기구도 재산의 일부로 취급하나요?"

"앗, 아니요. 주삿바늘 같은 건 어떻게 처분하나 싶어서요. 단순한 호기심입니다."

내가 순간적으로 꺼내놓은 변명을 믿었는지 고이케는 아, 하고 고개를 끄덕였다.

"주삿바늘은 2초메의 은방울꽃 약국에 가지고 가면 회수해줘요."

전혀 의심하는 낌새가 없는 대답이었다.

"가에데 씨가 거의 도맡아 했죠. 어르신이 돌아가신 날, 자기도 슬펐을 텐데 평정심을 잃은 저 대신 앞장서서 정리를 해줬어요."

"······이야, 정말로 야무지네요."

서둘러 증거 인멸을 꾀한 것처럼 들리는 건 내가 그 환시를 봤기 때문이다. 선입관이 없으면 나도 고이케와 똑같이 생각했을 것이다.

'2초메의 은방울꽃 약국······.'

한 달 전에 주삿바늘을 가지고 갔다면 이미 남아 있지 않겠지만, 밑져야 본전이다. 나중에 가보자.

"기리쓰구 씨가 돌아가셨을 때 고이케 씨는 이 집에 계셨습니까?"

"아니요, 제가 저녁 식사를 준비하러 오기 조금 전에 가에데 씨가 집에 와서······ 돌아가신 걸 발견했대요. 그날 병문안을 오신 가족분들이 3시경에 돌아가시는 걸 배웅하고 집을 나섰는데, 그때는 아직…….”

고이케가 집을 나섰을 때 기리쓰구는 살아 있었다. 그 후 가에데가 귀가하기 전에 병사한 것으로 일단락됐지만, 발견했을 때 가에데는 집에 혼자였다. 기리쓰구와 단둘이었다고 해야 할까. 아무튼 ‘집에 왔더니 죽은 뒤였다’라는 가에데의 증언이 참말인지 거짓말인지 확인할 방도가 없다. 상황만 들으면 타살이었을 경우, 역시 가에데가 제일 수상하다.

“고이케 씨가 마지막으로 뵀을 때, 기리쓰구 씨는 어떠셨습니까?”

“주무시고 계셨어요. 가족분들과 이야기를 많이 해서 피곤하셨는지도 모르겠네요. 그래서 깨우지 않았죠. 링거는 준비가 되어 있었으니까 정해진 시간에 클램프를 열어서 수액을 투여하고…… 조용히 집을 나왔어요.”

그게 마지막이 될 줄이야, 하고 고이케는 숙연하게 말하며 고개를 숙였다.

“클램프?”

“아, 잘 모르실 수도 있겠네요. 튜브를 압박해서 수액 투여량을 조절하는 부품이에요. 그걸 열면 수액 팩의 수액이 떨어지죠."

만약 그 시점에 염화칼륨이 이미 수액에 들어 있었다면, 클램프가 시한장치 역할을 했다는 뜻이다. 사전에 수액 팩에 손을 써놓으면, 누군가 그걸 링거대에 달고 링거를 놓음으로써 범인은 그 자리에 없어도 기리쓰구를 죽일 수 있다. 그렇다면 이야기는 또 달라진다.

가에데가 등교하기 전에 수액 팩의 내용물을 바꿀 수 있듯이, 고이케에게도, 당일 병문안을 온 사쿠라코와 류지에게도 그럴 기회는 있었다. 여분이 여러 개였을 수액 팩 중 하나에 염화칼륨을 넣어두면 되니까 전날 병문안을 왔다는 류지의 아내와 아들도 가능했으리라. 이래서는 용의자의 범위를 좁힐 수 없다.

하지만 고이케가 집을 나설 때 하즈미 기리쓰구가 잠들어 있었던 게 수면제 때문이라면, 낮 동안 학교에 있었던 가에데는 기리쓰구에게 수면제를 먹일 수 없다. 그럼 용의선상에서 벗어나는 것 아닐까.

수면제를 먹일 수 있었던 사람은 낮에 병문안을 온 사쿠라코와 류지다. 하지만 고이케 말처럼 기리쓰구는 그저 피곤해서 잠들었을 뿐일지도 모른다. 그 시점에 수면제를 먹었다는 확실한 증거는 없다.

기껏 고이케에게 당일 이야기를 들었는데, 결국 한 걸음도 진척이 없었다.

"저는 부엌에 있을 테니 필요하시면 부르세요."

고이케는 사근사근하게 말하고 부엌으로 들어갔다.

고이케는 가에데를 전혀 의심하지 않는다. 애당초 기리쓰구의 죽음에 수상한 점이 있다고 생각지 않는다. 그래서 내게도 무방비하게 이것저것 이야기해주는 것이다.

관계자들 중에서 기리쓰구의 죽음에 의혹을 품은 사람은 사쿠라코뿐이다. 그런 사쿠라코조차 가에데를 의심하는 근거는 막연하다. 이래서는 경찰은커녕 가족도 설득하지 못하리라.

만약 정말로 가에데가 뭔가를 저질렀다고 친다면, 증거가 없는 이상 자백을 끌어내는 수밖에 없는데 과연 증거도 없이 범행을 자백시킬 수 있을까.

가에데가 범인이 아니라면 어떨까. 단순하게 생각하면 염화칼륨과 수면제에 대해 말하지 않는 건 누군가를 보호하고 있기 때문이다. 그러나 사망한 사람은 그를 예뻐하던 친할아버지다. 할아버지를 죽였을지도 모르는 상대를 가에데가 보호할까?

고이케가 부엌에서 뭔가 하고 있는 소리가 들려왔다.

이제 볼일은 거의 끝났지만, 잃어버린 물건을 찾는 척만
이라도 해야 한다.

문득 가에데의 방문이 눈에 들어왔다.

저번에 사쿠라코가 조사했으니까 눈에 띄게 수상한 물
건이 있었다면 그때 알아챘을 테고, 가에데가 자기 방에
증거가 될 만한 물건을 놔두었을 것 같지도 않았다.

하지만 들여다보고 싶다는 충동에 휩싸였다.

죄악감이 느껴졌지만, 가에데가 무슨 생각을 하는지 힌
트를 얻을 수 있을지도 모른다.

고이케에게 들키지 않도록 소리 없이 조심스레 문을 열
고 방으로 들어갔다.

방은 깔끔하게 정리되어 있었다.

아마 원래는 전통식 방이었겠지만, 이부자리가 아니라
침대가 놓여 있었다. 침대보와 커튼은 감색이었다. 왼쪽
벽 앞에는 책상이, 창문 옆에는 장기판이 있었다. 게임기
같은 건 보이지 않았다. 일반적인 남자 중학생의 방 같지
는 않았지만, 가에데답기는 했다.

책상 옆, 침대와 반대편 벽 앞에 있는 책장에는 추리소
설과 참고서에 섞여 장기 교본, 주식과 경영에 관한 책이
꽂혀 있었다. 그 면면을 보아하니 할아버지의 영향을 받은

것 같았다.

기리쓰구는 가에데를 자신의 후계자로 여겼다고 한다. 가에데도 그걸 느끼고 받아들였다는 뜻일까.

상상할 수밖에 없지만 느낌상 가에데는 할아버지를 싫어하지는 않은 것 같다. 오히려 존경하고 우러러본 듯했다. 죽일 만큼 미워했다고는 볼 수 없고, 재산을 노리고 죽였다는 것도 어불성설이다.

하지만 가에데가 범인이 아니라면 염화칼륨 용기를 발견해놓고 왜 아무 말도 하지 않는 건지 의문이었다.

가에데는 할아버지를 싫어하지 않았을 거라든가, 태연자약하게 사람을 죽일 만한 소년이 아니라는 건 어디까지나 내 인상이다.

한편 염화칼륨과 수면제의 존재를 가에데가 감추고 있다는 건, 입증은 할 수 없지만 사실이다. 그리고 할아버지의 죽음에 관련된 중대한 사실을 감추고 있는 건, 켕기는 일이 있어서 그 사실이 발각되면 곤란하기 때문이라고 판단하는 게 논리적이다.

수면제를 먹였는지 안 먹였는지 긴가민가하고 동기도 확실치 않지만, 가에데는 지금도 용의자 목록의 제일 윗줄에 있다.

애당초 사쿠라코는 가에데가 범인이라는 증거를 찾아달라고 의뢰했다.

내가 동경했던 추리소설의 명탐정들은 '그는 악한 사람으로 보이지 않으니까 범인이 아니겠지' 하고 감정적인 추리를 하지 않는다.

그래도 역시 가에데가 아니었으면 좋겠다는 생각이 들었다. 구치키에게 말하면 어처구니없어하겠지만.

조사를 날림으로 할 생각은 털끝만큼도 없고, 증거를 찾으면 물론 사쿠라코와 구치키에게 보고할 것이다. 하지만 중학생 아이가 단 하나뿐인 가족을 죽였다니, 그렇게 슬픈 일은 일어나지 않았으면 했다.

만약 정말로 그랬다면 하다못해 이유를 알고 싶었다.

*

은방울꽃 약국을 찾아가자 공교롭게도 점장은 쉬는 날이었지만, 흰 가운을 입은 젊은 여자 약사가 친절하게 맞아주었다.

"회수한 주삿바늘요? 전용 용기에 넣어서 가져다주시면 저희가 처분하는데요. 그 용기를 어느 정도 주기로 처분하는지는 잘 모르겠네요. 확인해드릴까요?"

하지만 한 달 전이라면 벌써 처리 센터에 보냈을지도 모르겠다고 약사는 미안한 듯이 덧붙였다. 물론 각오는 했다. 나는 밑져야 본전이다, 어디까지나 만약을 위해서 확인하는 거라고 황급히 말했다.

"잘 부탁드립니다. 혹시나 지난달에 회수한 분량을 아직 처분하지 않았다면, 처분을 미뤄주셨으면 해요. 번거로우시겠지만 이 번호로 연락을 부탁드려도 될까요?"

가능성은 낮을 것 같았지만 일단 명함을 건넸다.

약사는 탐정 사무소의 이름이 들어간 명함을 흥미롭게 들여다보았다.

"그리고 요 한 달 사이에 중학생쯤 되는 남자애가 주삿바늘을 가지고 온 적이 없었습니까?"

"음, 기억이 안 나네요. 하지만 저도 매일 있는 건 아니라서⋯⋯ 내일은 점장님이 나오시니까 그것도 같이 물어볼게요."

사용한 주삿바늘을 가에데가 여기에 가지고 왔는지 만약을 위해 확인할 작정으로 사진을 들고 왔지만 헛수고였던 듯하다. 뭐, 그 자체는 가에데 본인에게 물어보면 된다. 사건의 핵심을 건드리지 않는 일이라면 이야기해줄 것이다. 기리쓰구가 살해당했든 병으로 죽었든 어차피 처분할 주삿바늘이었으니까 그걸 누가 약국에 가져갔는지는 그렇게 중요하지 않다.

별생각 없이 약국을 둘러보았다.

하늘색 글자로 은방울꽃 약국이라고 적힌 유리문에는 '사용한 주삿바늘 회수 약국'이라는 스티커가 붙어 있었다. 평일 낮이라 그런지도 모르지만, 손님은 한 명도 없었다. 그래서 약사도 느닷없이 찾아온 나를 상대해주었는지 모른다.

어느 역 앞에나 있을 법한 드러그스토어(일반 의약품을 중심으로 건강 및 미용 관련 상품과 일용품, 식료품 등의 다양한 품목을 판매하는 상점 - 옮긴이) 체인점과 달리 화사하고 멀끔한 분위기는 없었지만, 선반에는 시판되는 약 외에 상자나 파우치에 든 건강 식품과 영양 보조 식품이 진열되어 있었다.

저염 소금이라고 적힌 상자를 보자 생각났다. 염화칼륨을 저염 조미료로서 소금 대신 사용하기도 한다고 인터넷에 적혀 있었다.

약사에게 염화칼륨은 취급하지 않느냐고 물어보았다.

"저희 약국에는 가루도 정제도 재고가 없어요. 주문은

하실 수 있는데요."

예상했던 대답이 돌아왔다.

염화칼륨은 의료용일 뿐만 아니라 비료 대신으로도 사용하니까, 구하려면 대형 마트에 가는 편이 나을지도 모른다. 온라인으로도 살 수 있다고 할까, 오히려 그게 일반적인 모양이니까 기리쓰구의 방에 있었던 염화칼륨을 구입한 인물을 탐문으로 알아내기는 어려울 것 같았다.

기대하지 않았으므로 실망도 하지 않았다.

그렇군요, 하고 물러가려 했을 때였다.

"한 달쯤 전에 고등학생 정도로 보이는 남자애가 똑같은 걸 물어보던데요. 텔레비전에서 뭔가 방송이라도 했나요?"

예상외의 말에 나는 무심코 카운터에 손을 짚고 몸을 내밀었다.

"염화칼륨을 사러 왔었나요? 고등학생으로 보이는 남자애가?"

"아, 중학생일지도 모르겠네요. 그러고 보니 교복이 요 부근에서 자주 보이는 중학교 것 같았어요."

"얼굴을 보면 아시겠습니까?"

"네, 아마도요."

나는 서둘러 사쿠라코에게 빌린 사진을 꺼내 카운터에

내려놓았다. 약사가 슥 보고서 고개를 끄덕였다.

"아, 이 아이예요. 온라인으로 사는 게 쌀 것 같다면서 결국 저희 약국에서는 안 샀지만요."

약사가 손톱을 짧게 깎은 손가락으로 틀림없다면서 가리킨 사람은 가에데가 아니라 가장자리에 찍힌 또 다른 소년이었다.

기리쓰구의 작은아들인 류지의 아들, 하즈미 유마.

예상외의 대답에 한순간 사고가 정지됐다.

지금까지 안중에도 없었다. 처음으로 사진 속 그를 유심히 들여다보았다.

그 직후에 갑자기 뭔가 위화감을 느꼈다.

지금까지 그다지 신경 쓰지 않았지만, 어디선가 본 듯한 얼굴이었다.

키가 크고 체격도 좋아서 약사가 고등학생으로 본 것도 이해가 간다 싶었을 때 번쩍 생각이 났다. 중학교 뒤뜰에서 가에데에게 시비를 걸던 그 남학생이다. 사촌 형제였구나.

유마가 염화칼륨을 사러 왔다? 결국 이 약국에서는 사지 못했지만 사려고는 했다.

혹시 환시 속에서 침대 곁에 서 있던 교복 차림의 소년

은 가에데가 아니라 유마였나? 아니, 틀림없이 가에데였
다. 얼굴까지 확실히 보였으니까.

가에데가 염화칼륨 용기를 들고 있었던 건 틀림없다.

그렇다면…… 뭐가 어떻게 된 거지?

유마가 사서 가에데에게 줬다? 설마 공범? 아니, 가에데
가 범인임을 증명할 결정적인 환시를 본 건 아니니까 공범
설은 전제부터 성립하지 않는다.

생각지도 못했던 새로운 정보를 어떻게 해석하면 좋을
지 몰라서 혼란스러웠다.

약사가 의아한 눈으로 나를 보길래 서둘러 고개를 들고
딴청을 피웠다.

나는 웃으며 인사하고 약국을 나섰다.

이제 어디로 갈지 결정하지 못해 일단 사무실 방향으로
걸으며 생각했다.

염화칼륨을 구입한 사람은 하즈미 유마였다.

확실하게 확인한 건 거기까지지만, 혹시 유마가 기리쓰
구에게 염화칼륨을 주사했다면 가에데가 염화칼륨 용기를
보고 있었던 그 환시는 어떤 의미일까.

가에데는 용기를 발견하고 할아버지에게 무슨 일이 일
어났는지 눈치챘을까. 범인이 유마라는 사실도? 사촌 형제

를 감싸기 위해 입을 다물고 있는 걸까.

하지만 유마 또한 중학생이다. 돈을 목적으로 살인을 저질렀다고는 생각하기 힘들다. 게다가 기리쓰구의 상속인은 유마의 아버지고, 유마 본인은 상속인이 아니다.

같은 손자인데 기리쓰구가 가에데에게만 유산을 물려줘서 분통이 터졌다? 그렇다고 죽일까? 무엇보다 기리쓰구가 죽고 유언이 공개될 때까지는 가에데에게 유리한 내용인 줄 몰랐을 것이다.

유언은 제쳐놓더라도 기리쓰구는 평소부터 가에데를 특별히 예뻐했으므로 사쿠라코뿐만 아니라 유마도 뭔가 꿍꿍이속이 있었을지 모른다. 하지만 그렇다고 기리쓰구를, 앞으로 약해지기만 하다 머지않아 세상을 떠날 노인을 굳이 죽일 정도로 미워했을 것 같지는 않았다.

물론 뭔가 나로서는 상상도 못 할 동기가 있었을지도 모른다. 하지만 그건 범인이 가에데든 유마든, 다른 사람이든 적용되는 가설이다.

하지만 짧은 기간이나마 조사해본 바, 기리쓰구는 엄하기는 해도 존경과 흠모를 받았고, 가족에게 살해당할 만큼 미움받는 사람은 아니었다는 것이 내가 받은 인상이었다.

궁극적으로 보면 동기는 사람의 마음속에만 존재한다.

따라서 조사할 방도가 없는 부분도 있고, 의심스러운 사항이 나온들 증거가 없으면 속수무책이다. 그래서 사쿠라코도 '증거를 찾아달라'고 의뢰한 것이다.

나도 동기에만 매달려서는 안 된다는 건 알지만 아무래도 뭔가 마음에 걸렸다. 동기야말로 기리쓰구의 죽음에 숨겨진 진상의 핵심일 것 같았다.

단 한 명의 가족을 죽일 동기. 이유.

생각을 거듭하다 문득 '염화칼륨 안락사'라는 검색어가 떠올랐다. '염화칼륨 주사'와 함께 검색 바에 자동 완성으로 표시된 검색어다.

맞다, 수면제나 마취로 의식을 잃게 한 후 염화칼륨 용액을 투여하는 건 그야말로 안락사에 사용되는 것과 똑같은 방법이다.

의사 스가이도 말했다시피 침대에서 몸을 일으키지 못하는 사람이더라도 죽음에 이르는 약물을 투여하면 괴로워서 몸부림을 칠 것이다. 수면제는 단순히 몸부림을 막아 조용히 죽이기 위해, 즉 성공률을 높이기 위한 수단 정도로 생각했는데…… 오히려 편안하게 죽을 수 있도록 기리쓰구를 배려한 것이라면.

그건 미워 마지않는 상대를 죽이기 위한 방법이 아니다.

—조금씩 약해지면서 이대로 몇 년이고 더 살지도 모른다. 그런 불안한 상황에서도.

　—옛날의 건강한 모습을 잃어가는 것보다는.

　고이케와 스가이의 말이 떠올랐다.

　기리쓰구는 모두에게 존경받는 존재였다. 병에 걸리고 나서도 마찬가지였으리라. 하지만 본인이 아무리 굳세게 행동한들 병의 진행은 아무도 막을 수 없다.

　사람을 죽이는 동기는 돈이나 원한만이 아니다.

*

　약국에서 바로 학교로 향한 후 쉬는 시간이 끝나기 직전에 뒤뜰로 향했다.

　예상했던 대로 가에데는 거기 있었다. 책을 덮고 일어선 그에게 단둘이 이야기하고 싶다고 했다. 무슨 이야기인지 가에데도 짐작은 했으리라.

　수업이 다 끝나고 교내에 사람이 적어진 후라면, 하고 가에데가 지정한 곳은 학교 옥상이었다.

　남학생이 뛰어내린 일에 대해 가에데에게 조언을 들은 후 직접 올라가봤지만 자물쇠가 채워져 있었다. 예상치 못한 불상사가 생겼으니 생각해보면 당연하다. 그날 하필이면 교장이 시에서 주최하는 행사에 참석해서 열쇠를 빌리지 못했으므로, 내가 옥상에 발을 들여놓는 건 이번이 처음이었다.

가에데는 먼저 와서 난간에 기대어 책을 읽고 있었다.

"다음 달에 여기에다 높이 2미터의 철조망을 새로 두른 대요. 경치가 좋아서 마음에 들었는데." 가에데는 책에 시선을 고정한 채 말했다. "무의미하고 보기에도 흉하죠. 안 그래요?"

가에데에게서 약간 떨어진 곳에 가에데와 비슷한 크기의 흐릿한 윤곽이 보였다.

가에데의 말이 옳았다. 뛰어내린 학생의 영혼은 여기에 마음을 남긴 모양이었다.

"어째서 여기……."

"학교는 열쇠 관리가 허술하거든요. 불상사가 생긴 지 얼마 되지도 않았는데."

"그게 아니라 왜 여기서 보자고 했느냐고 물은 거야."

"아저씨가 단둘이 이야기하고 싶다면서요. 여기라면 아무도 안 와요. 그리고…… 아저씨 논리라면 자살한 학생의 영혼은 여기에 있겠죠."

가에데는 그제야 책에서 고개를 들고 이쪽을 보았다.

"죽는 건 어떤 기분인지 묻고 싶어서요."

가에데가 정말로 알고 싶은 건 여기서 뛰어내린 학생의 기분이 아닐 것이다.

내가 영혼이 보인다고 말했을 때, 가에데는 덥석 믿지는 않았지만 그렇다고 거짓말이라고 단정하지도 않았다. 또한 나를 꺼리지 않고 집에 들여보내주었다.

내가 기리쓰구의 영혼에게 정보를 얻어 진상을 알아차린들 경찰에게 제시할 만한 증거 없이는 손쓸 방도가 없다는 걸 알고 있었을지도 모르지만, 그렇다고 그가 내 조사를 받아들일 필요는 없었다. 얼마든지 거부할 수 있었을 것이다. 자기가 없을 때 여기저기 쑤시고 다니는 것보다는 낫다고 했지만, 그것만은 아니리라.

가에데는 그때 내 말이 진짜일지도 모른다고, 진짜라면 좋겠다고 생각한 것 아닐까.

가에데는 세상을 떠난 할아버지에게 하고 싶은 말이 있었는지도 모른다.

그렇게 생각했지만 이렇게만 말했다.

"목소리는 안 들려."

"그렇군요······." 가에데는 약간 아쉬운 듯이 말했다.

처음부터 그다지 기대는 하지 않은 눈치였지만, 본심은 알 수 없다.

가에데는 시선을 다시 책으로 돌렸다.

"하고 싶은 이야기가 뭔데요?"

이제부터가 핵심이다.

나는 숨을 들이마셨다가 천천히 내뱉었다.

의문스럽고 망설여지는 데다 들이댈 만한 증거는 전혀 없다. 그래도 이제 정면 승부밖에 방법이 없다. 진실을 알고 있는 사람은 가에데뿐이었다.

"너희 할아버지…… 하즈미 기리쓰구 씨는 병으로 돌아가신 게 아니야."

나는 가에데와 정면으로 마주 보고 말을 꺼냈다.

"그날 기리쓰구 씨의 수액 팩에는 염화칼륨 수용액이 들어 있었어. 기리쓰구 씨는 수면제를 먹고 잠에 빠진 채 세상을 떠났지."

"보고 온 것처럼 말하네요."

할아버지의 죽음에 수상한 점이 있다고 이야기하는데도 가에데는 안색 하나 변하지 않았다. 염화칼륨과 수면제라는 말을 들어도 동요하지 않고, 염화칼륨이 뭐냐고도 묻지 않는다.

그러한 반응이 바로 그가 모든 것을 알고 있음을 뒷받침하는 증거였다.

　　"아니야?"

　　"왜 나한테 물어요?"

　　"보였어. 기리쓰구 씨의 방에 대량의 수면제와 염화칼륨 용기가 있었지. 너도 봤을 텐데. 그리고 누군가가 염화칼륨을 가습기용 정제수에 녹였어."

　　중학생을 상대로 한심한 이야기지만, 내가 그와 밀고 당기기를 할 수 있을 것 같지는 않았다. 그러니 정면으로 부딪치는 수밖에 없었다.

　　"사용한 링거 기구와 함께 염화칼륨 용기랑 수면제 봉지를 버린 거, 너지?"

　　가에데는 감탄했다는 듯이 고개를 약간 기울이고 입꼬리를 끌어올렸다. 어쩐지 재미있어하는 표정으로 책을 덮어 옆에 내려놓았다.

　　"정말이었네요. 어떤 원리로 보이는 거예요?"

　　여유 있는 웃음이었지만, 의도적으로 지은 것으로 보였다. 사람에 따라서는 그 태도를 도발적으로 느낄지도 모르겠다. 하지만 나는 오히려 안심했다. 이쪽을 시험하듯 말하고 행동한다. 요컨대 이야기를 할 마음이 없지는 않다는 뜻이다.

아무 말 없이 떠날 수도 있건만 그러지 않고 이쪽이 어디까지 알고 있는지, 무슨 생각인지 살핀다.

"버린 건 인정하는구나."

"쓰레기를 버린 게 잘못이에요?"

"어떤 이유로 버렸느냐에 달렸지."

"쓰레기를 버리는 데 이유는 없어요. 난 부탁을 들어줬을 뿐이에요." 가에데는 기죽는 기색 하나 없이 태연하게 답했다. "할아버지는 깔끔한 걸 좋아했으니까요. 자기가 죽고 나면 조문객이 오기 전에 더러워진 시트와 기구를 버리고 말끔하게 정리하라고 했어요. 선반장에 든 물건들도 처분해달라고요. 예전부터요."

"아무것도 몰랐다면 수면제와 염화칼륨을 발견하고서 수상하게 여겼을 거야. 하지만 넌 잠자코 버렸어."

가에데는 약간 신기하다는 듯이 나를 보았다.

"난 내가 본 광경을 믿는 수밖에 없어. 그 방에서 염화칼륨 수용액이 만들어졌다는 것, 그 방에 수면제가 있었다는 것, 기리쓰구 씨의 몸 상태가 갑자기 나빠져서 세상을 떠났다는 것, 그리고 네가 염화칼륨과 수면제 봉지를 아무에게도 말하지 않고 처분했다는 걸."

아무것도 모르는 사람이 취할 행동이 아니다.

그 사실만으로도 가에데가 무관하지 않다는 건 안다. 그러나 그가 범인이든 범인이 아니든 모르겠는 일이 있었다.

"네가 기리쓰구 씨를 좋아했다는 건 알아. 그래서 네가 뭔가 저질렀을 리 없다고 믿었지. 그럴 이유도 없을 거라 생각했고. 하지만 그게 기리쓰구 씨를 위한 행동이었다면 이야기는 별개야."

나는 난간 앞에 선 가에데에게 다가갔다.

가에데는 눈을 돌리지 않았다.

"약해져가는 모습을 보고 있을 수 없었던 거야? 기리쓰구 씨를 편하게 해주고 싶어서 네가."

입속이 바짝 말랐다. 혀가 꼬일 것 같아서 입을 다물었다가 천천히 핵심을 찌르는 질문을 가에데에게 던졌다.

"네가 그런 거니?"

마주 보고 선 우리 사이에 침묵이 흘렀다.

가에데가 뒤쪽 난간에 살짝 기대어 가볍게 팔짱을 끼더니 숨을 푹 내쉬었다.

"……영혼이 보인다는 건 진짜인 모양이지만."

그리고 눈을 가늘게 뜨고 말했다. 어처구니없다는 듯이.

"추리는 영 글렀네요."

내 입에서 어, 하고 얼빠진 소리가 새어나왔다.

"네가, 아니라고……?"

"무슨 탐정이 그래요? 알아서 추리해요."

가에데의 얼굴에 맺힌 웃음은 비웃음에 가까웠다.

"단서는 전혀 없고, 아저씨가 봤다는 광경도 그것뿐이잖아요. 내가 무슨 말을 한들 참말인지 거짓말인지 알 수 없어요. 내가 그런 게 아니라고 하면 믿을 거예요?"

"네가 그런 거 아니야?"

"그러니까."

"가정은 그만두고 솔직하게 말해줘. 너한테 직접 듣고 싶어서 온 거야."

힘주어 말하자 가에데는 망설이듯 잠시 입을 다물었지만 이윽고 시선을 오른쪽 아래로 살짝 돌리고 짤막하게 대답했다.

"……내가 그런 거 아니에요."

어깨에서 힘이 쭉 빠졌다.

"그렇구나. ……다행이다."

가에데가 살인자가 아니라서 다행이다.

기리쓰구가 제일 예뻐하던 손자에게 살해당한 게 아니라서 다행이다.

나는 숨을 내쉰 후 무심코 웃음을 지었다.

가에데가 놀란 얼굴로 나를 쳐다보았다.

"앗, 아니, 누가 범인이든 다행은 아니지만!" 나는 허둥 지둥 손을 내저으며 정정했다.

범인이 아니라면 가에데는 피해자 유족이다. 다행이라는 발언은 부적절했다. 게다가 그가 범인이 아니더라도 가족의 범행이라는 사실에는 변함이 없다.

"나도 네가 범인이 아니길 바랐어. 믿을게. 그러니까 가르쳐줘. 아무리 생각해도 모르겠더라고."

가에데는 나를 가만히 쳐다보다 이상한 사람이네, 하고 말했다. 전에도 그런 말을 들었다 싶어서 쓴웃음이 나왔다. 하지만 거절은 당하지 않았으므로 질문을 계속하기로 했다.

"누군가가 염화칼륨을 정제수에 녹이는 장면은 보였지만, 그 사람이 누구인지는 알 수 없었어. 단 하나 확실한 사실은 네가 그 방에서 염화칼륨 용기를 봤다는 거야. 그런데도 잠자코 있었으니 네가 범인을 알고 있는 게 아닌가 싶었지. 너 자신이 범인인지, 누군가를 감싸고 있는지는 몰랐지만."

기리쓰구가 병으로 죽은 것이 아니라는 사실을 가에데

도 알고 있었다. 범인의 정체까지 알고 있었는지 환시만으로는 파악할 수 없었지만, 가에데도 상상 정도는 갔을 것이다.

그렇지 않다면 가에데가 염화칼륨에 관해 입도 벙긋하지 않았을 이유가 없다. 따라서 범인은 가에데가 감쌀 이유가 있는 사람이었다고 추정된다.

"나는 꿈속에서 상황을 볼 뿐이야. 그때 네가 무슨 생각이었는지, 어떤 기분이었는지까지는 몰라. 네게 묻는 수밖에 없다고. 네가 그런 게 아니라면…… 누가 기리쓰구 씨의 수액 팩에 염화칼륨을 넣었는지 알아?"

가에데는 침묵을 지켰다. 시선을 왼쪽 난간 쪽으로 향하고 입을 다문 채.

"가에데."

"이제 와서 누가 그랬는지 따져봤자 뭐해요." 가에데는 나를 보지 않고 말했다.

병으로 죽었다고는 하지 않았다. 나는 확신했다. 역시 가에데는 범인을 알고 있다.

뭔가 힌트가 없을까 싶어 기리쓰구의 방에서 잠들었을 때 본 광경을 하나씩 떠올렸다.

수액 팩을 링거대에 매다는 손이 떠올랐다.

옅은 색이지만 매니큐어를 칠한 것 같은.

"그 손…… 수액 팩을 링거대에 매단 건 여자였어……."

가에데가 눈만 돌려 이쪽을 힐끗 보았다.

고이케의 얼굴이 제일 먼저 떠올랐다.

염화칼륨이 든 수액 팩의 튜브를 연 사람도 고이케다. 고이케 본인이 그렇게 증언했다.

기리쓰구와 단둘이 있을 기회도 많았던 고이케라면 범행은 가능하다.

하지만 동기는? 게다가 아무리 좋은 가정부라도 가족을 죽였는데 가에데가 감쌀 것 같지는 않았다.

다음으로 사쿠라코의 얼굴이 떠올랐다.

그렇다, 기리쓰구가 죽은 날에 병문안을 온 사쿠라코가 링거를 준비했다고 고이케가 증언했다. 사쿠라코도 그렇게 말했고. 그렇다면 꿈속에서 본 그 손은 사쿠라코의 손이었다고 받아들여야 하리라. 하지만 사쿠라코는 기리쓰구와 같이 살지 않았다. 외부에서 염화칼륨을 용기째로 들여와서 수액 팩에 넣을 수 있을까?

가에데가 발견했으니까 용기는 그 방에 있었다.

사쿠라코나 병문안을 온 다른 사람이 범인이고, 염화칼륨을 그 방에 가지고 갔다면 범행 후에 빈 용기는 당연히 가지고 갔을 것이다.

당일 사쿠라코와 함께 왔다는 류지도, 전날 병문안을 왔다는 류지의 아내와 아들 유마도 같은 이유로 범인이라기에는 의문이 남는다.

고이케가 범인이라고 해도 가에데의 눈에 쉽게 띄는 곳에 용기를 남겨놓는 건 이상하다고 할까, 누가 범인이라도 이상하다. 왜 스스로 처분하지 않고 가에데의 눈에 쉽게 띌 만한 곳에 증거를 방치한 걸까.

생각에 잠긴 나를 가에데는 말없이 바라보았다.

누군가가 염화칼륨 수용액을 준비했고, 사쿠라코가 링거대에 매달았고, 고이케가 클램프를 열어서 기리쓰구는 죽었다.

수액 팩에 넣을 목적으로 염화칼륨 수용액을 만든 사람이 범인인 셈이다.

염화칼륨 가루를 구입한 사람은 아마도 유마이겠지만, 용액을 만든 사람도 유마라고 단정할 수는 없다. 남에게 부탁받아서 샀을 뿐일지도 모르니까.

염화칼륨 수용액을 넣은 수액 팩을 진짜 수액 팩과 바꿔치기한 사람은, 그럴 수 있었던 사람은 누구지?

'……어라?'

뭔가가 마음에 걸렸다.

지금까지 몇 번이고 되새겨본 환시에 결정적으로 부자연스러운 점이 있다는 걸 깨달았다.

정제수 병에 하얀 가루가 녹는 광경을 분명히 봤다. 내가 본 그 환시는 기리쓰구가 본 장면이다. 즉, 염화칼륨 수용액은 그 방에서, 기리쓰구의 눈앞에서 만들어진 셈이다. 그렇다면.

그때 기리쓰구에게는 의식이 있었다. 범인은 기리쓰구의 눈앞에서 위험한 용액을 만들어 수액 팩에 넣은 것이다. 그렇게 기본적인 사실을 왜 눈치채지 못했을까. 나 자신이 한심하게 느껴졌다.

'그걸 기리쓰구 씨는 잠자코 지켜보고 있었다는 건데.'

기리쓰구의 부탁을 들어주고자 염화칼륨 용기를 처분했다고 가에데는 말했다. 세상을 떠난 날, 기리쓰구는 사쿠라코와 류지에게 평소에는 고이케나 방문 간호사가 할 일을, 그러니까 링거를 준비시켰다고 고이케와 사쿠라코는 증언했다.

기리쓰구는 총명한 사람이었지만 나을 가망이 없는 병에 시달리고 있었다. 그리고 병은 뇌에도 점점 영향을 미치고 있었다고 의사 스가이가 말했다.

"······설마."

점과 점이 연결됐다.

해답은 처음부터 내가 본 환시 속에 있었다.

'범인'이 염화칼륨 용기를 스스로 처분하지 않은 건 그러지 못할 이유가 있었기 때문이다.

하즈미 기리쓰구를 고통에서 해방시키고 그의 존엄성을 지키는 것이 목적이었다면, 그걸 제일 바랐을 사람은.

가에데가 두둔하고 증거 인멸까지 도와줄 사람이라면.

단 한 명이 떠올라 나는 가에데를 깜짝 놀란 눈으로 바라보았다.

"자살······?"

가에데는 당장 입을 열려고 하지 않았다. 하지만 그 표정은 오히려 방금 전까지보다 평온해 보였다.

"······글쎄요." 가에데는 눈을 내리뜬 채 나를 보지 않고 말했다. "이제는 알아낼 방도도 없는걸요."

부정하지 않는 그 대답이 바로 긍정이나 마찬가지였다.

유마에게 염화칼륨을 구입하게 하고 가에데에게 그걸 처분시킬 수 있었던 사람은 기리쓰구뿐이다. 사쿠라코도, 류지도, 고이케도 그의 말이라면 뭐든지 들었으리라.

기리쓰구는 자살하기 위한 준비조차 스스로는 할 수 없

는 상태였다. 남에게 도움을 받아야 했다.

"그렇구나, 그래서…… 마지막 날, 할아버님은 너희 고모에게 링거를 준비시켰대."

"링거 튜브와 주삿바늘을 연결한 건 작은아버지였대요."

"들었니?"

"고이케 씨한테요."

아무래도 이야기를 들을 수 있을 것 같았다.

어디까지 대답해줄지는 모르지만, 묻고 싶은 건 산더미처럼 많았다.

"염화칼륨은 유마를 보내서 샀을 거야. 너희 할아버님은 침대에 누워만 계셨으니 혼자서는 준비할 방법이 없었을 테니까."

"그 정도까지 알고 있었다면 유마에게 물어보지 그랬어요? 누구 부탁으로 염화칼륨을 샀느냐고요. 물어보면 대답했을 거예요. 유마는 염화칼륨을 어디에 쓸지도 모르고 샀으니까."

"아, 학교 뒤편에서 다툰 건……."

"내가 염화칼륨에 대해 실컷 물어보고 이유를 알려주지 않았거든요. 그건 왜 물어봤느냐고 닦달하더라고요."

당시 상황으로 보건대 닦달해도 대답하지 않았을 것이

다. 가에데는 누구에게도 할아버지의 죽음에 관한 진상을 말하지 않았다.

고이케와 유마에게 확인하고 뒷받침할 증거를 모아 도달한 해답을 자기 혼자 끌어안고 있었다. 표정이 누그러진 듯이 보이는 건 가에데도 안도했기 때문인지 모른다.

"정제수에 염화칼륨을 녹여서 수용액을 만든 건."

"손은 움직였으니까 스스로 했을지도 모르지만, 병문안을 온 사람의 도움을 받지 않았으려나요. 그 사람은 일족의 왕 같은 존재였으니까 좀 수상쩍어도 거절은 못 하겠죠."

가에데는 난간에 기대어 숨을 내쉬었다. 약간 지쳤다는 듯이.

불어온 바람이 새카만 머리카락을 흐트러뜨렸다. 가에데는 귀찮다는 듯이 책을 들지 않은 손으로 앞머리를 정돈하고 눈을 가느스름하게 떴다.

"링거 바늘, 꽂혀 있었잖아요. 평소에는 수액이 다 떨어지면 튜브와 바늘이 막히지 않도록 생리식염수를 넣었어요. 다들 알고 있었죠. 그러니까 염화칼륨 수용액을 생리식염수라고 속이면 수액 팩을 만들도록 할 수도 있었을 거예요. 생리식염수 팩은 침실에 놔뒀지만, 병문안을 온 사람 중에는 그걸 어떻게 준비하는지 모르는 사람도 있었을 테니까요."

유마는 시키는 대로 염화칼륨을 구입했고, 사쿠라코와 류지는 아무것도 모른 채 염화칼륨 수용액이 든 팩을 링거대에 매달고 주삿바늘을 연결했다. 그리고 고이케는 기리쓰구가 잠든 후에 여느 때와 다름없이 클램프를 열어 링거를 놓았다.

모두가 조금씩 도와준 것이다. 아무것도 모르고서.

링거를 놓기 전에 모아둔 수면제를 먹으면 기리쓰구는 도중에 깨어날 일도 없다.

거동도 못 하고 침대에 누워 있는 병자가 가족, 가정부, 병문안을 온 손님에게 조금씩 도움을 받아 실행한, 상담도 동의도 없이 남을 이용한 자살이다.

"모두를 조금씩 가담시킨 건 책임을 분담시키기 위해서일까."

"들키지 않는 게 전제였겠지만, 만에 하나를 대비한 보험이었겠죠. 그리고 전부 한 명에게 시키면 아무래도 의심스러워할 테니까."

"왜 그렇게까지 해서……."

"자살 동기요? 내가 어떻게 알겠어요?" 가에데는 입꼬리를 끌어올리고 대꾸했다. "평소 아프다느니 힘들다느니 그런 소리를 하지 않는 사람이었지만, 낫지 않는 병이었다니까 고통 없이 편안하게 죽고 싶었던 게 아닐까 싶기는 해요. 주치의 선생님이 그 사람 친구인데, 앞으로 언어와 기억에 문제가 생길지도 모른다고 말하는 걸 들었거든요."

이야기하는 동안 비아냥거리는 듯한 웃음은 사라졌다. 가에데는 어른 같은 표정으로 바람을 맞았다.

"앞으로 점점 약해지는 모습을 보이느니 모두에게 존경받는 모습으로, 자신이 원할 때 끝내고 싶었던 거라면 이해는 가요."

존경받는 입장이었기에 자존심도 있었으리라. 쇠약해져 가는 모습은 보이기 싫다고 마음먹었는지도 모른다. 하지만 가에데가 냉정함을 유지하며 '이해가 간다'고 말할 수 있다니 믿기지 않았다.

"너무 제멋대로잖아! 가족의 도움을 받아 자살하다니, 자기는 그걸로 됐다 치더라도."

"분명 아무도 자기가 뭘 했는지…… 무슨 일에 가담했는지 모를 거예요. 어디에 쓸지 모르고 염화칼륨을 구입한들, 내용물이 뭔지 모르고 링거를 준비한들 죄는 아니죠. 죄의식도 없을 테고요."

확실히 그렇다.

하지만 '아무도' 모르는 건 아니다.

"넌 알아차렸잖아."

가에데의 표정이 바뀌었다.

"다 끝난 뒤에야 알아차렸죠." 하지만 가에데는 살짝 커진 눈을 바로 돌리고 차분한 목소리로 나지막이 말했다. "그것도 그저 상상이고요. 이제는 확인할 방법이 없으니까."

그날 기리쓰구는 가에데에게 집에 오면 선반장에 든 물건을 처분하라고 지시했다. 다른 사람이 방에 들어오기 전에 반드시 처분해달라고.

집에 돌아와 숨을 거둔 할아버지를 보고 가에데는 정신이 멍했으리라. 그럼에도 가에데는 할아버지의 분부에 따르기 위해 침대 옆 선반장을 열었다. 내가 꿈속에서 본, 염화칼륨 용기를 손에 든 가에데의 모습은 이때의 모습일 것이다.

선반장에 들어 있는 물건을 버리고 의료 기구도 처분하라고 지시한 이유를 가에데는 그때 깨달았다. 기리쓰구가 사람들에게 뭘 시켰는지를. 자신은 모두가 책임을 지지 않도록 증거를 인멸하는 역할을 맡았다는 것도.

"가령 말인데요." 가에데의 목소리 톤이 약간 달라졌다. "내가 그 사람이 자연사하지 않았을지도 모른다는 걸 알아챘고 그 사실을 잠자코 있었다고 한들, 그게 무슨 죄가 되는데요?"

도발하는 말투는 아니었지만 도전적인 표현이었다.

어차피 죄는 묻지 못한다고 뻗대는 것처럼 들렸다. 가에데답지 않은 느낌이었다.

"죄는 아닐지언정 넌 알고 있잖아. 사람들이 무엇에 이용되었는지."

"선택지는 없었어요. 본인은 이미 죽었고요."

나는 가에데를 나무랄 생각이 아니었지만 가에데는 그렇게 느꼈는지도 모르겠다.

가에데가 딱딱한 투로 말을 이었다. "이제 와서 그게 자살이었다고 밝혀봤자 무슨 소용인데요. 유마가 염화칼륨을 샀고, 고모와 작은아버지가 염화칼륨 수용액이 든 링거를 준비해 방문 간호사가 꽂은 주삿바늘에 연결했고, 스미레 아줌마가 튜브를 열었다는 걸 모두에게 알린들 그게 무슨 소용이냐고요. 자기도 모르게 자살을 도왔다는 사실을 알고 싶겠어요?"

가에데는 나를 노려보며 감정을 억누른 목소리로 단숨에 말했다.

"내 행동이 옳으냐 그르냐를 따지자는 게 아니에요. 그냥 선택지가 없었다는 거죠."

"나도 그런 걸 따지자는 건 아니야." 나는 목소리에 힘을 주었다. "너 혼자 알고 있는 진실을 앞으로도 홀로 끌어안고 살아가려면 힘들 거라는 뜻이었어."

아무것도 모르는 채 거들고 인생을 살아가는 것과는 비교도 안 된다.

기리쓰구는 죽었으니 진상을 아는 사람은 가에데 혼자다. 기리쓰구는 제일 괴로운 역할을 중학생인 손자에게 맡겼다.

'가에데라면 눈치챌 거라 예상했을 텐데.'

준비야 자기가 할 수 있더라도 죽은 후의 일은 남에게 맡기는 수밖에 없다. 병으로 죽었다고 추정되면 링거를 비롯한 기구를 조사할 가능성은 낮아지겠지만, 머리맡에 염화칼륨 용기가 있으면 아무래도 의심받을 것이다. 증거를 처분해야 한다.

그래서 가에데를 선택했다. 가에데라면 눈치채도 말하지 않을 거라 믿었으니까.

자기와 닮았다고 평가받던 가에데라면 맡길 수 있다고 믿었더라도, 중학생인 손자에게 짊어지게 하기에는 너무 무거운 짐이 아니었을까.

가에데는 모든 사정을 알아차리고도 증거를 처분했다. 할아버지가 시킨 대로. 그리고 아무에게도 말하지 않았다.

그게 신뢰일까.

"……난 결국 한 번도 그 사람을 이기지 못했지만."

나는 고개를 들었다.

"두 달쯤 전이었나. 장기를 두다가 승부가 나기 전에 그만둔 적이 있었어요. 그 사람이 장기짝을 움직이지 못해서요. 갑자기 뭐가 뭔지 모르겠던 모양이에요. 다음 수가 생각나지 않았던 게 아니라, 장기 규칙 같은 근본적인 부분요. 그런 적은 딱 한 번뿐이었죠. 하지만 그때 난 무슨 문제가 생겼는지 눈치챘고, 그 사람도 내가 눈치챈 줄 알았을 거예요."

나는 조용한 목소리로 느릿느릿 말하는 가에데를 신기한 기분으로 지켜보았다.

"그러고 한동안 장기는 두지 않았죠. 세상을 떠나기 전날 밤, 오랜만에 뒀어요. 그 사람, 그때는 정신이 또렷하더라고요. 평소처럼 강했어요."

이제 마음의 정리가 다 된 것처럼 분노도 불만도 없이 그저 추억을 들려주는 투로 가에데는 말을 이었다.

"아직 승부는 내지 못했어요. 다음 날 이어서 둘 생각이었죠. 나는요."

"……가에데."

"이길 기회도 주지 않고 가버린 기분이에요."

그렇게 말하고 가에데는 다시 저 멀리 바라보았다.

옥상에 부는 바람에 긴 앞머리가 흐트러져 표정이 훤히
드러났다.

"하지만 사실이 그러니까 어쩔 수 없죠. 그런 사람이었
어요."

가에데의 옆얼굴이 어쩐지 후련해 보였다.

"괴팍하고 제멋대로인 사람이지만, 내게 마지막 뒤처리
를 맡겨준 건 기분이 나쁘지만도 않고요."

그렇게 어른스러운 표정을 짓지 말라고 말해봤자 쓸데
없는 참견일 것 같아서 꿀꺽 삼켰다.

이런 어린애가 의연히 고개를 들고서 전부 감내하고 있
는데, 내가 발목을 잡을 수는 없었다.

하지만 가슴이 먹먹했다.

무슨 의도인지 알아차릴 줄 알면서도 마지막 뒤처리를
맡기는 데 의미가 있다는 둥, 그건 신뢰의 증표라는 둥, 거
기에 응한다는 둥, 마음을 받아들인다는 둥, 그렇듯 영특
하게 굴 필요 없다.

어린애니까.

승부를 내던지고, 스스로를 내려놓고, 할아버지가 돌아가셔서 슬프다고 말해도 되는데.

슬프지 않을 리 없다. 하지만 가에데는 그 마음을 남에게 드러내지 않을 것이다.

내가 해줄 수 있는 일이 없다는 건 잘 안다.

속상하고 가엾어서 콧속이 찡해지는 걸, 눈을 깜박이며 다른 곳으로 시선을 돌려서 얼버무렸다.

가에데는 내게 고개를 돌리고 어이없다는 목소리로 말했다. "왜 아저씨가 울어요?"

"울긴 누가."

"울상인데요."

가에데의 말을 무시하고 코를 훌쩍였다.

역시 나는 이해가 안 된다. 나라면 혼자 남을 소중한 사람에게 그렇게 잔혹한 부탁은 하지 못한다. 그러나 혼자 남겨두고 가야 하기 때문에 기리쓰구는 가에데에게 전하고 싶었는지도 모른다.

믿는다고.

네가 얼마나 강한지 잘 안다고.

"아저씨, 역시 이상한 사람이네요."

"……너한테 그런 소리 듣기 싫어…….."

나는 호주머니에서 티슈를 꺼내 코를 풀었다.

"그런데 어떻게 할 거예요?"

뭘, 하고 내가 고개를 들자 가에데가 시험하는 듯한 눈으로 쳐다보았다.

"다른 사람한테 말할 거예요? 의뢰인, 아니면 경찰에? 주삿바늘은 회수됐지만 아직 소각은 안 했을지 모르죠. 경찰이 수색하면 발견될 수도 있어요."

가에데는 남의 일처럼 말하고 걸음을 옮겼다. 내 옆을 지나쳐 철문에 손을 댔다.

"어떻게 할지는 아저씨한테 맡길게요."

입 다물어달라고는 하지 않았다.

정말로 어떻게 되든 상관없다는 뜻일까, 아니면 내가 어떻게 할지 알고 있는 걸까.

문 앞에서 한 번 돌아본 가에데는 대답도 기다리지 않고 옥상에서 나갔다.

*

반소매 차림의 중학생들이 차례차례 지나갔다.

날이 많이 길어져 하교 시간이 되어도 나름대로 햇빛이 비쳤다.

교내 출입 허가는 얻지 못했지만, 오늘은 조사하러 온 것도 아니고 딱히 급하지도 않다. 나는 통학로 가장자리에 얌전히 서서 가에데가 지나가기를 기다렸다.

사쿠라코에게는 가에데가 기리쓰구의 죽음에 관여했다는 증거를 찾지 못했다고 보고했다.

거짓말은 아니다. 전부 이야기하지 않았을 뿐이다.

그럴 리 없다든가 좀 더 조사해달라고 하지 않을까 싶었는데, 사쿠라코는 알았다며 순순히 조사 결과를 받아들였다. 어쩐지 안도한 듯한 표정이었다.

내가 미리 받은 비용 중에서 절반을 돌려주겠다고 했지만 사쿠라코는 됐다며 사양했다.

구치키에게만 가에데와 대화한 내용을 빠짐없이 들려주었는데, 그도 "그렇구나, 고생 많았어"라는 말뿐이었다. 내게 한 말은 아니지만 기리쓰구 씨답다고 중얼거리는 소리도 들렸으니 수긍이 가는 결말이었는지도 모르겠다.

가에데가 교문으로 나오는 모습이 보였다.

자세가 발라 건들건들 걷는 다른 학생들 사이에서 눈에 확 띄었으므로 다 같은 교복 차림이었지만 금방 알아봤다.

눈이 마주치자 그도 날 알아본 낌새라 다가가서 오른손을 들었다.

"안녕."

가에데는 눈을 들어 힐끗 쳐다보더니 딱히 놀란 기색도 없이 말했다. "탐정은 한가하군요."

"시끄러워."

밉살스러운 말투였지만 싫은 내색은 하지 않아서 안심했다. 우리는 나란히 걸으며 여럿이 뭉쳐서 하교하는 여학생들을 앞질렀다.

"주삿바늘은 지역 관리 센터에서 특별 관리 산업 폐기물 처리업자에게 넘겼어. 이미 소각 처분된 뒤였지."

"그걸 알려주러 일부러 온 거예요?"

"뭐, 일단 보고랄까."

기리쓰구가 저지른 짓의 증거가 남아 있지 않다는 걸 가에데도 확인하고 싶지 않았을까 생각했지만, 가에데는 무뚝뚝한 반응을 보였다.

처리되기까지 걸리는 기간을 알고 있었을지도 모르고, 설령 주삿바늘이 남아 있더라도 내가 이번 일을 표면화할 마음이 없다는 걸 알고 있었는지도 모른다. 모든 면에서 가에데가 뛰어나고, 나는 어른으로서도 탐정으로서도 한

심하기 짝이 없었지만 불쾌하지는 않았다.

기리쓰구의 눈을 통해 가에데를 한 번 봤기 때문일까. 기리쓰구가 가에데를 예뻐한 이유를 어쩐지 알 것 같았다.

"저기, 왜 나를 믿었어요?" 잠시 걷다가 가에데가 입을 열었다. "내가 그랬다는 증거는 없지만 안 그랬다는 증거도 없었잖아요."

단순히 궁금해서 물어보는 것이리라.

뭐라고 대답해야 하나. 확신했던 건 아니지만 가에데가 범인일 리 없다고 느꼈고, 범인이 아니기를 내내 바랐다. 그래서 본인이 부정했을 때 '아아, 역시 그랬구나' 하고 순순히 받아들였다. 하지만 그게 왜 믿었느냐에 대한 답은 아닌 것 같았다.

"네가 할아버지와 사이가 좋았다는 사실을 알고 있었으니까."

"……그렇군요."

가에데는 이해가 잘 안 되는 모양이었지만, 더 이상은 묻지 않았다.

나도 더 이상은 말하지 않았다. 물어도 설명할 수 있을 만큼 확실한 이유가 있는 건 아니다.

기리쓰구의 방에서 꿈을 꾸었을 때 마지막으로 장기판

너머에 앉은 가에데가 보였다.

지금보다 약간 어려 보이던 가에데는 나를 대할 때보다 조금 어린애 같은 표정이었다. 기리쓰구의 눈에 가에데가 그렇게 비쳤다면, 기리쓰구는 가에데를 후계자라기보다 손자로서 사랑했음이 분명하다.

가에데를 보는 기리쓰구의 얼굴도 유리창에 비쳤다. 온화한 표정이었다. 가에데와 함께 있을 때 기리쓰구가 그런 표정이었다면, 가에데도 할아버지를 싫어했을 리 없다.

그저 막연히 그런 기분이 들었다.

"그런데도 네가 염화칼륨에 대해 입도 벙긋하지 않는 건, 누군가를 감싸느라 그러는 게 아닐까 싶었지. 네가 감싼다면 그건 누구일까, 예를 들면 돌아가신 줄 알았던 부모님이 나타나 범행을 저질렀다는 사실을 알아차린 게 아닐까 등등 실은 이래저래 고민이 많았어."

드라마를 너무 많이 본 거 아니냐고 가에데는 기가 찬다는 표정을 지었다.

"아저씨는 균형이 안 맞아요. 아무도 모르는 정보를 알아낼 수 있지만, 그 정보를 짜 맞추는 솜씨가 별로라서 아까운 능력을 살리지 못하죠. 조사 대상에게 부주의하게 접근하고, 사람을 너무 쉽게 믿어요. 이번에는 그런 면이 좋은 방향으로 작용했을지도 모르지만, 요행이겠죠."

"으…….."

영혼이 보이는 체질을 제외하면 탐정으로서 완전히 틀려먹었다는 소리나 마찬가지였지만, 맞는 말인지라 되받아칠 수가 없었다. 하기야 원하는 대답만 보이는 건 아니니까 영혼이 보인다는 체질에 만족하지 말고, 능력을 살리는 방법을 좀 더 진지하게 고민해야 한다. 지금까지 능력 덕분에 과대평가를 받기도 했지만, 내게 탐정의 기본적인 소양이 부족하다는 점도 스스로 알고는 있었다.

"좀 더 신중하게 행동하고, 독순술과 초상화 그리기 정도는 공부하는 편이 좋을 거예요. 아저씨가 꿈속에서 본 장면이 무슨 의미인지 모를 수도 있잖아요. 아저씨가 꿈속에서 본 장면을 다른 사람들과도 공유할 수 있도록 그림으로 그려서 여러 사람의 힘을 빌리는 편이 나아요. 아저씨는 그게 뭔지 몰라도 다른 사람들은 그게 무슨 의미인지 알아볼 수도 있겠죠."

"그, 그렇구나……."

몹시도 올바른 지적이라 끽소리도 나오지 않았다.

"다른 사람의 힘을 빌리는 건 중요하지. 자기 혼자서는 아무래도 시야가 좁아지니까." 나는 반성하는 마음을 담아서 말했다. "가에데, 너도 뭔가 곤란한 일이 있으면 얼마든지 나한테 상의하렴. 변호사 구치키 씨한테 상담하는 것도 괜찮고. 아직 중학생이니까 뭐든지 혼자 해결하려고 애쓰지 않아도 돼."

가에데는 당신이 그런 소리를 할 입장이냐는 듯한 눈으로 나를 보았다. 그리고 문득 뭔가 알아차린 것 같은 표정을 짓더니 안쓰럽다는 투로 말했다.

"일이 없어요?"

"컥, 있습니다."

"좀 더 착실하게 회사를 경영해야죠. 탐정은 개인 사업자잖아요."

"너 정말 중학생 맞아?"

"탐정 일만 할 게 아니라 경비원 교육도 이수해서 업무 폭을 넓혀야 해요. 경비원 명목으로 우리 집에 고용해줄까요? 스미레 아줌마가 있어서 생활은 불편하지 않고 작은아버지가 내 후견인 노릇을 해주겠지만, 아동 상담소에서 방문할 때 가족 같은 얼굴로 집에 있어줄 사람이 필요하거든요."

"뭐야, 그게. 좀 더 자세히 이야기해봐."

역시 희대의 실업가가 후계자로 여겼을 만한 인물이다.

내가 혹해서 덤벼들자 가에데도 싫지는 않은 눈치였다.

어느덧 하즈미네 근처까지 왔다.

"스미레 아줌마가 오늘 저녁은 돼지고기 카레랬어요, 먹고 가든가요." 가에데가 약간 뽐내듯이 말했다.

제2장

실종자의 얼굴

내가 거울을 보면서 변장 연습을 하고 있는데, "들어갈
게"라는 목소리와 함께 사무실 문이 열리고 구치키가 들어
왔다.

의뢰인이 와 있을 때는 문에 '미팅 중'이라는 팻말을 걸
어두므로 구치키도 함부로 문을 열지 않지만, 평소에는 노
크조차 하지 않는다. 모자를 들고 안경을 낀 모습으로 거
울 앞에 있는 나를 보더니 구치키는 "한가한 모양이네" 하
고 웃으며 응접세트의 소파에 앉았다.

"어서 와, 구치키 씨. 커피 마실래?"

"응. ……업무상 알고 지내는 사장 부인이 탐정을 소개
해주지 않겠느냐고 해서 말이야. 부탁 좀 할까 싶은데. 너

무 갑작스러워서 미안하지만."

"사장 부인."

마음이 들뜨는 단어다. 아름다운 사장 부인이나 과부는 탐정 드라마나 소설에서 사연 있는 의뢰인의 대표격이지만, 실제로 본 적은 없었다.

진행 중이던 불륜 조사는 끝났고 당장 시작해야 할 일도 없다. 지난달부터 과외 아르바이트를 하고 있어서 수입이 있기는 하지만, 탐정 간판을 내걸고 있는 이상 탐정 일을 하고 싶다.

"2년 전에 실종된 남편을 찾고 싶다는데 어쩌다 보니 아는 탐정이 있다고 말해버렸어. 나, 법원에서 그 남편이 경영하던 가사노 운송이라는 회사의 청산인으로 선임돼서 지금 재산 목록을 작성 중이거든. 그러니까 네가 의뢰를 받아주면 나로서도 고맙지."

"물론 좋아. 그리고 나야말로 고마워."

구치키의 이야기에 따르면 의뢰인의 남편인 가사노 도시야는 혼자 작은 운송회사를 경영하다가, 2년 전 어느 밤에 많은 빚을 남긴 채 느닷없이 사라졌다고 한다.

실종인 찾기라니 그야말로 탐정다운 일이다. 나는 도수 없는 안경을 벗고 모자를 내려놓은 후 일어섰다. 전기포트로 물을 끓이고 얼마 전에 구입한 커피 봉지를 열었다. 막 갈아낸 원두의 좋은 향기가 풍겼다.

"기울어진 회사와 빚을 남긴 채 사장이 증발하다니, 드라마에서야 흔한 이야기지만…… 거래처에 사정을 설명하고 빚을 갚아야 했을 테니 부인은 정말 힘들었겠군."

"그런데 그렇지도 않아."

내가 커피를 내리기를 기다리며 구치키는 설명했다.

의뢰인 가사노 도모코는 남편 회사의 경영에는 관여하지 않았고, 남편이 개인 명의로 진 채무의 보증인도 아니었다고 한다. 즉, 경영 책임과 변제 의무를 지고 있던 사람은 가사노 도시야 혼자였다. 그런 그가 어느 날 사라지고 말았다.

실종 직후에 채권자들이 회사로 몰려왔지만, 유일한 종업원인 사장이 없어서야 속수무책이다. 자산 가치가 있는 물건이 회사에 남아 있었다면 채권자들이 가져갔을지도 모르지만, 팔 만한 물건은 이미 가사노 본인이 처분해 채무 변제와 사업 자금으로 충당했다고 한다.

상대가 없으니 교섭도 불가능하고, 소송을 걸어본들 차압할 만한 재산도 없다. 난감해진 채권자들은 가사노가 돌아오기를 그저 기다리는 수밖에 없었다.

회사도 빚도 방치된 채 2년이 지나자 결국 채권자들의 요청으로 회사는 청산 절차에 들어갔다. 건물을 매각하고 회사에 남은 재산을 처분해 채권자들에게 배당하는 절차를 밟기 위해서는 공정하고 중립적인 청산인이 필요하다. 법원에서 청산인으로 선임된 게 자신이었다고 구치키는 설명했다.

　구치키가 청산 절차를 진행하는 도중에 도모코가 남편을 찾고 싶으니 탐정을 소개해달라고 부탁했다. 기울어진 회사를 내버려두고 잠적한 사장의 부인이라지만 도모코 개인은 빚을 지지 않은 데다, 본가가 유복해서 조사 비용은 문제없이 마련할 수 있다고 한다.

　"그런 의뢰야 당연히 받아들여야지. 사람 찾기는 그야말로 탐정이 할 일인걸."

　쏨쏨이가 좋아 보이는 의뢰인의 실종자 수색 의뢰라니 오히려 내가 소개료를 내고서라도 일을 맡고 싶을 정도인데, 구치키가 '의뢰를 받아주면 고맙겠다'라고 조심스레 말하는 것이 이해가 가지 않았다. 의뢰인의 성격이 몹시 까다로운 걸까.

　나는 컵 두 개를 들고 응접세트로 가서 구치키의 맞은편에 앉았다. 테이블에 컵을 내려놓자 구치키는 "그게 말이야" 하며 머리를 긁적였다.

"의뢰인 말로는 남편이 이미 자살한 게 아닐까 싶대."

"빚에 괴로워하다 자살하는 일이 없지는 않겠지만……
집에 돌아오지 않는다고 해서 죽었다니 비약이 너무 심하
지 않나? 보통은 야반도주를 의심하겠지."

"물론 그럴 가능성도 있지. 하지만 자살을 의심할 만한
이유도 있어. 가사노 도시야가 실종된 밤에 가사노의 차가
회사에서 산으로 향하는 모습을 그와 알고 지내던 남자가
우연히 목격했는데, 다음 날 아침에 차가 산속에서 발견됐
거든."

산속이라곤 하지만 숲속에 버려진 건 아니고, 가사노가
업무차 드나들던 거래처의 주차장에 세워져 있었다고 한
다. 거기에서는 차에서 내려 바로 숲속에 들어갈 수 있다
는 모양이다.

"가사노 도모코는 그 회사 사람에게 남편의 차가 산속
주차장에서 발견됐다는 연락을 받았어. 그때 남편이 텔레
비전으로 후지산의 산림 영상을 보다가 자기도 죽는다면
저런 곳에서 아무도 모르게 죽고 싶다고 말했던 게 생각났
다더군. 그러니 남편은 산에 들어가서 목을 맨 게 틀림없
다나."

"음…… 뭐, 본인이 행방불명됐는데 차만 산에 있었다니 좀 찜찜하긴 하네."

확실히 차가 산속에 있고 운전한 사람의 모습은 보이지 않는다면 산에 들어갔으리라고 추측하는 게 자연스럽다.

"그럼 이번 의뢰는 가사노 도시야의 시신을 찾아달라는 거야?"

구치키는 고개를 끄덕였다.

남편은 그 산에서 목을 맨 게 틀림없지만, 자신은 도저히 산에 들어가서 시신을 찾을 자신이 없다. 그러니 탐정을 고용해서 시신을 찾아내고 싶다는 이야기다. 하지만 그렇게 큰 산은 아닐지언정 나무를 한 그루씩 확인하며 있을지 없을지도 모를 시체를 찾으려면 고생이 이만저만 아니다. 하려고 마음먹으면 못 할 것은 없지만, 상당한 인력이 필요하다. 시간도 비용도 너무 많이 든다.

탐정이 할 일이라고는 볼 수 없었다. 적어도 개인 사무소에서는 소화가 불가능하다. 구치키가 말을 꺼내기 어려워했던 이유를 알았다.

"넓은 산속 어디에 있을지 모르는 시신을 찾아달라니 그런 당치 않은 의뢰는 보통 받아들일 수 없겠지. 하지만 영혼이 보이는 너라면 이런 의뢰라도 어떻게든 할 수 있지 않을까 싶어서 말이야." 구치키가 다시 머리를 긁적이며 말했다. "분명 예전에도 유기된 시신을 찾아내서 유족과 경찰에게 감사 인사를 받았잖아."

"아아…… 하지만 그건 우연이었다고 할까."

그때는 시신이 묻힌 장소에 살해당한 본인이 서 있는 모습이 보였다.

영혼은 생전의 본인과 무관한 곳에는 나타나지 않는다. 대개 자기가 죽은 곳에 있거나, 아니면 마음이 강하게 남은 장소나 물건 곁에 있다. 영혼이 전부 그런 건지 내게 그런 영혼밖에 보이지 않는 건지는 모르겠지만, 경험상 나는 그걸 알고 있었다. 그래서 경찰에 '여기 뭔가 있다'고 알렸다. 결과적으로 시신이 발견됐지만 나도 확신을 품었던 건 아니었다.

본인의 시신은 분명 죽은 자의 마음이 강하게 남은 '물건'이다. 그러므로 시신이 적절하게 처리되지 않고 방치된 경우는 거기에 영혼이 있을 가능성이 높다. 산에서 죽어 시신이 그대로 방치되어 있다면, 그 시신의 곁에는 높은 확률로 영혼이 있을 것이다. 하지만 드넓은 산속 어디에 영혼이 있는지 찾으려면 어느 나무에 목을 매단 시체가 있는지 찾는 것과 매한가지로 고생스럽다.

"죽은 사람의 영혼은 보이지만, 어디에 가면 영혼이 있는지까지는 나도 몰라. 실제로 산속에 들어가서 차근차근 찾는 수밖에 없겠지."

"개인이 하기에는 한계가 있나." 구치키가 한숨을 쉬며 말했다.

애당초 산속에 시신이 있다고 확정된 것도 아니다. 차가 근처에 세워져 있었으니 그럴 가능성이 높다는 것뿐이다. 가령 가사노가 자살하려고 산에 들어간 것까지는 확실하다 쳐도, 그가 도모코 말처럼 목을 매고 죽었다고 장담은 못 한다. 예를 들어 가사노가 절벽에서 몸을 던졌다면 시신을 발견하기는 더욱 어려워진다.

의뢰인에게 시간당 요금을 두둑이 받아놓고 결국 '못 찾았습니다'라고 보고해야 한다면 아무래도 마음이 편하지 않다.

"유서는 없었어? 부인 앞으로 메일을 보냈다든가, 그런 것도?"

"응, 아무것도 없었어."

"누군가한테 죽고 싶다고 했다든가, 우울증 진단을 받았다든가?"

"그것도 아니야. 기운은 없었지만 자살을 암시하지는 않왔대. 정신건강의학과에 다닌 기록도 없고."

"그렇다면 애당초 자살이 아닐 가능성도 있는 건가."

차가 산속에서 발견되고 본인은 행방불명이라면 확실히 꺼림칙한 상상이 들지만, 가사노 도시야가 자살했음을 입증하는 객관적인 증거는 없다. 빚 고민과 '죽는다면 아무도 없는 산이나 숲속에서 죽겠다'라고 남편이 예전에 말했다는 도모코의 증언도 근거로서는 약하다. 빚에 쫓기는 나날에 신물이 나서 도망치고 싶은 마음은 이해가 가지만, 그렇다고 사람이 그렇게 쉽게 목숨을 끊을 수 있을까.

"예를 들어 산에서 내려갈 때는 다른 사람 차를 얻어 타고…… 꼬리가 잡히지 않도록 빚쟁이들에게서 달아났다고도 볼 수 있겠네."

"물론 그럴 가능성도 충분하지. 가사노 도시야의 생존 여부도 너라면 확인할 수 있지 않을까 싶었는데."

"미안, 그것도 무리야. 좀 더 영능력이 강한 사람이라면 그런 것도 알아낼 수 있을지 모르지만."

내게는 어떤 곳에 있는 영혼이 보일 뿐이다. 그것도 윤곽이 흐릿하니 생김새도 불확실한 존재가. 영혼과 대화가 가능하다면 어떻게 죽었는지 물어보면 되겠지만, 공교롭게도 내게 영혼의 목소리는 들리지 않는다.

그러나 가사노 도시야가 자살한 게 아니라 실종됐을 뿐이라면, 특수한 능력과는 관계없이 내게도 탐정으로서 할 수 있는 일은 있다. 사람 찾기는 탐정의 업무다.

"생사와 무관하게 가사노 도시야를 찾는다, 그걸로 괜찮다면 의뢰를 받아들이지. 일단 간단히 사전 조사를 해보고 나서 내가 도움이 될지 안 될지 판단해볼게. 본인의 소지품을 조사하거나 관계자의 이야기를 듣는 통상적인 조사 결과, 역시 자살일 가능성이 높아서 산속을 찾아보는 수밖에 없다면 비용 문제도 있으니까 다시 의뢰인과 이야기하는 조건으로 어떨까. 물론 그래도 된다고 의뢰인이 허락해야겠지만."

내 말에 구치키는 숨을 푹 내쉬고 소파에 몸을 묻었다.

"고마워. 회사 청산 절차를 위해서도 실종된 대표자에 대해 확인해서 법원에 보고할 필요가 있거든. 결과적으로 본인의 행방이나 시신의 소재를 알아내지 못하더라도 '탐정까지 고용해서 조사했지만 찾지 못했다'는 사실 자체에 의미가 있어."

본래 모든 책임을 져야 할 가사노 도시야가 행방불명돼 청산 절차에 관여할 수 없는 상태라는 걸 청산인인 구치키 입장에서도 확인해놓고 싶은 모양이다.

제2장 실종자의 얼굴 165

평소 엄청나게 신세를 지고 있는 구치키에게 도움이 될 수 있다면 나로서도 기쁘다.

"일단 도모코 씨를 사무실로 모셔서 비용 등을 논의하고 양쪽이 합의하면 계약하는 걸로, 어때?"

"알았어. 의뢰인에게는 내가 연락할게. 내일 괜찮겠어?"

"응, 내일은 밤에 과외 아르바이트를 하러 가는 걸 빼면 아무 일정도 없으니까 그전이라면 언제든지."

"아아, 가에데 말이로구나. 그럼 양쪽 다 괜찮은 시간으로 예약을 잡을게."

의뢰인이 이러쿵저러쿵 따지지 말고 아무튼 산에 들어가서 시신을 찾으라고 시키면 거절하는 수밖에 없지만, 서로 합의하에 원만하게 계약에 이르면 좋겠다. 그리고 물론 의뢰인이 만족할 결과가 나오면 좋겠지만, 그것만큼은 일을 해봐야 안다. 발견할 가능성이 낮아 보이면 최대한 빨리 그렇다고 알려주는 것이 의뢰인에게도 이득이리라.

가사노 도모코는 다음 날 사무실에 오기로 했다.

*

사무실을 찾아온 가사노 도모코는 내가 상상했던 '사

장 부인'의 이미지와는 아주 달랐다. 오히려 부유층의 따님 같다고 할까, 네크라인이 벌어진 얇은 니트에 반짝반짝 빛나는 소재로 만든 가방을 조합한 패션도 젊은 인상을 주었다. 물어보니 실종된 가사노 도시야와는 나이가 열 살도 넘게 차이 난다고 했다.

"제가 사회 공부 삼아 아르바이트를 할 때 직장에서 만나 결혼했어요. 그 후에 그 사람이 회사를 차리겠다며 독립했죠. 처음에는 그런대로 괜찮았지만, 얼마 안 가 경기가 나빠져서 트럭도 팔아치웠어요. 저한테는 일에 대해 푸념을 별로 하지 않았지만 힘들었던 모양이에요."

가느다란 다리를 가지런히 모아 소파에 앉은 도모코는 어쩐지 언짢아 보였다. 밝게 염색한 머리를 만지작거리며 어쩐지 남의 일 같은 투로 말했다.

"도모코 씨는 회사…… 가사노 운송 일은 함께하지 않으셨죠?"

"회사를 차리는 건 상관없지만 나는 관여하지 않을 거라고 처음부터 못을 박았어요. 아버지한테 돈을 보태달라고 부탁한다든가, 그런 면에서는 협조했지만요."

"도모코 씨의 아버님이 도시야 씨의 회사에 출자하셨다고요?"

"네. 그것 말고도 몇 번인가 돈을 빌려줬고요."

도모코는 돈을 빌렸다고 하지 않고 돈을 빌려줬다는 표현을 썼다. 그녀가 남편이 아니라 아버지 쪽 입장에 서 있다는 뜻이다. 의식하고 그런 것은 아니겠지만 인상적이었다. 장인에게 원조를 받아 설립한 회사가 잘되지 않았으니 가사노가 아내와 처가에 기를 못 폈으리라는 건 상상하기 어렵지 않다. 그에게 집은 안식을 취할 공간이 아니었을지도 모르겠다.

"실종된 날 남편분은 어떠셨습니까?"

"글쎄요…… 일에 대해서는 전혀 묻지 않거든요. 사람과 만나기로 해서 늦을 거라고 한 건 기억나지만요."

"업무 관계자랑요?"

"아마도요. 아니면 채권자겠죠."

가사노에게 직접 들은 것은 아니지만, 일을 마치고 만난다면 그렇지 않겠느냐는 듯한 말투였다. 아무래도 부부간에 깊은 대화는 없었던 모양이다.

"실례지만 남편분이 실종된 당시 부부 금슬은 좋으셨습니까?"

예상은 됐지만 확인을 위해 물었다. 도모코의 시선이 흔들렸다. 대답하기 거북하겠지만 피해서 지나갈 수는 없는 질문이다. 잠시 잠자코 기다리다가 눈이 마주쳐서 고개를 끄덕여 재촉했더니 도모코는 머뭇머뭇 "별로요" 하고 대답했다.

"남편은 회사 경영이 악화된 뒤로 어둡고 늘 지친 느낌이었거든요. 제가 친정에 가느라 집에 없는 날도 늘었고요. 남편이 없어지기 한 달쯤 전부터는 이야기도 별로 나누지 않았어요. ……남편이 없어진 날도 저는 저녁에 친정에 갔었죠."

그래서 가사노가 집에 돌아오지 않은 것도 금방은 몰랐다고 한다.

이틀이 지나자 조금 걱정돼서 도모코는 남편에게 메일을 보냈지만 답장은 없었다. 상황을 보러 회사에 갔지만 차가 없었고, 남편도 보이지 않았으므로 친정 부모님과 함께 경찰서를 찾아갔다고 도모코는 설명했다.

"경찰에 실종 신고를 하셨습니까?"

"했지만 성인이 본인의 의사로 집을 나갔을 때는 딱히 수사를 하지 않는다고……."

도모코는 불만스러운 표정이었지만 경찰은 민사에 개입하지 않는 것이 원칙이다. 그 점은 경찰을 탓할 수 없다. 미성년자가 행방불명됐다면 또 다르겠지만, 성인 남성이 스스로 자취를 감추는 건 그리 드문 일도 아니다. 갚을 수 없을 만큼 큰 빚을 지고 있었다면 더욱 그렇다. 경찰은 가사노 도시야의 실종을 사건성 없는 자발적인 가출로 판단했으리라.

"남편분의 자동차가 산속에서 발견됐다고 들었는데요."

"네, 맞아요. 산속에 있는 원청회사의 주차장에 세워져 있었대요. 저는 남편이 없어진 지 일주일쯤 지나서야 알았지만, 남편이 없어진 다음 날에는 이미 거기에 있었다나 봐요. 제게 연락을 준 원청회사 사장님이 남편 휴대전화에 몇 번이나 전화를 걸었지만 연결이 되지 않았다고 하더군요."

"그건 실종 신고를 하신 다음입니까?"

도모코가 고개를 끄덕였다.

자살일 가능성이 어느 정도 높다고 판단되면 특이 행방불명자로 취급해 경찰이 수색해주기도 한다. 차가 산속에서 발견됐음을 알렸다면 경찰도 달리 대응했을지 모르지만, 이제 와서 말해본들 소용없는 일이었다.

"그제야 남편이 죽을 때는 숲속에서 죽겠다든가 아무도 없는 곳에서 죽고 싶다고 했던 게 생각났죠. 텔레비전을 보면서 한 이야기이고, 그때는 아직 회사도 차리기 전이라 자살이며 죽음이라는 말이 전혀 실감 나게 다가오지 않았지만요."

"실종 당시 남편분은 휴대전화를 가지고 계셨고, 도모코 씨도 전화를 걸어보셨죠. 어땠습니까? 음성 사서함으로 연결됐다든가, 통화 연결음만 계속 들렸다든가."

"전원이 꺼져 있거나 전파를 수신할 수 없는 지역에 있다는 메시지만 나오더군요. 전원이 꺼져 있으니까 GPS 기능도 사용할 수 없었죠."

"휴대전화 외에 집에서 없어진 물건은 없고요?"

도모코는 잠시 생각하는 듯하더니 한참 만에 고개를 저었다.

"휴대전화랑 지갑은 가지고 있었겠지만, 그 외에는 아무 것도 안 가지고 나갔을 거예요."

"회사 쪽은 어땠습니까? 가지고 나간 물건은 없었습니까? 예를 들면 목을 매기 위한 밧줄 같은 건?"

"짐이 떨어지지 않게 묶는 밧줄은 있었으려나. 하지만 그게 없어졌어도 저는 모르죠. 사무실에는 별로 드나들지 않았거든요."

적어도 주변에 있는 물건 중에서 아내 도모코가 알아차릴 만한 것이 사라진 흔적은 없었던 듯하다. 그러나 지갑은 가지고 나갔으니 당일 무슨 교통수단을 이용해 금방은 발견되지 않을 곳으로 이동할 수는 있었을 것이다. 다른 지역으로 달아나 숙식하며 일하거나, 일용직 아르바이트를 하면서 인터넷 카페에서 지내는 등 생활할 방법은 얼마든지 있다. 도모코는 남편과 회사의 채무 상황을 파악하고 있지 않았으니 몰랐을 뿐, 실은 가사노가 금고에 있던 목돈을 들고 달아났을 가능성도 있다.

"남편분은 신용카드를 가지고 계셨습니까?"

"없었을 거예요. 저는 가지고 있지만."

도모코가 그게 무슨 상관이냐는 듯한 눈빛을 보내기에 나는 서둘러 "신용카드 사용 내역으로 실종자가 있는 곳을 추적할 수도 있거든요" 하고 변명했다. 그리고 메모하고 있던 펜을 내려놓고 무릎 위에 깍지를 꼈다.

"아직 산속에 남편분의 시신이 있다고 확정된 건 아닙니다. 자살이 아니라 가출일 가능성도 있고, 사건에 휘말렸을 가능성도 없지는 않아요. 모든 가능성을 시야에 넣고 싶습니다."

나는 자세를 바로 한 후 새삼스레 도모코를 똑바로 바라보았다.

"남편분이 자살했다고 해도 100퍼센트 목을 맸다고는

볼 수 없고, 산에 시신이 있다는 보장도 없습니다. 대뜸 산에 들어갔다가 만약 남편분의 시신이 없으면 시간도 비용도 낭비하는 셈이죠. 일단 남편분이 실종되기 전의 행적을 조사하겠습니다. 남편분을 아는 사람들에게도 이야기를 듣고 싶군요. 실종된 밤에 남편분의 차를 봤다는 사람이 있죠? 그분도 뵙고 싶으니 연락처를 가르쳐주십시오. 회사 내부도 보여주셨으면 합니다. 어쩌면 단서를 찾을 수 있을지도 모르니까요."

컴퓨터와 휴대전화 메일, 통화 기록, 수첩과 일기장, 달력, 그리고 가사노와 직접 만나서 이야기를 한 사람들의 증언. 그러한 정보를 통해 실종자의 발자취를 더듬어가는 건 조사의 기본이지만, 지금까지 아무도 제대로 알아보지 않았다면 그런 것에서도 뭔가 알아낼 수 있을지 모른다. 실종된 지 2년이나 지났으니 목격자의 기억이 희미해졌거나 증거가 사라졌으리라는 점은 약간 성가시지만, 시간이 흘렀기에 실종자가 방심해서 흔적을 남겼을 가능성도 있다.

추적당하지 않도록 주의해서 스스로 행방을 감춘 경우도 몇 년 지나면 마음이 해이해지는 법이다. 실종자의 사정을 모르는 새 친구가 찍은 사진이 SNS에 올라와서 발견되거나, 면허증 갱신을 계기로 어디 있는지 밝혀졌다는 사례를 예전에 동업자에게서 들었다.

본가, 친구 집, 비즈니스호텔에서 지내려면 비용 문제가 생길 테니, 인터넷 카페나 불륜 상대의 집에서 지내는 사람도 있다. 실종 직후에는 여러 곳을 전전할지 모르지만, 2년이나 지나면 보통은 한곳에 정착할 것이다. 새로운 일을 시작해 인간관계를 맺으면 어디선가 정보가 새어나오게 마련이다.

실마리가 전혀 나오지 않으면 자연스레 자살일 가능성이 높다고 판단될 테고, 어느 정도 쫓을 만한 실마리가 나오면 행방을 본격적으로 조사하면 된다.

"산속 나무를 한 그루씩 이 잡듯이 뒤지려면 상당한 수고와 시간이 들어갑니다. 시급으로 환산해 비용을 청구하면 분명 깜짝 놀랄 만한 금액이 나오겠죠. 그래도 산속에 시신이 있다는 게 확실하다면 비용을 들일 가치가 있겠지만, 현재 단계에서는 그 전제가 불확실해요. 남편분이 정말로 산에 들어가서 자살한 게 맞는지, 일단 그 점부터 어느 정도 조사해서 판단하는 편이 나을 것 같습니다."

나는 테이블 위에 꺼내둔 가격표를 끌어당겨 도모코 정면에 놓았다.

"하루에 만 엔씩 사흘분. 3만 엔의 사전 조사 비용만 먼저 지급해주십시오. 최대한 조사해보고 진전이 없으면 그렇다고 보고하겠습니다. 사흘간 조사한 결과 남편분을 찾아낼 가능성이 있다고 판단된 경우에만 통상적인 시간당 요금을 받고 본격적인 수사에 착수하겠습니다. 그래도 남편분을 찾아낼 수 있다고 약속드릴 수는 없습니다만."

이 방법이라면 적어도 앞이 보이지 않는 조사에 큰돈을 쓰는 일은 피할 수 있으리라. 나는 가격표의 시간당 요금과 성공 보수 부분을 손가락으로 짚으며 각각의 금액에 대해 설명했다.

"산에 들어가서 시신을 찾을 경우에는 구석구석 찾는 데 며칠이나 걸릴 것 같을지 실제로 수색을 시작하기에 앞서 견적을 낼 테니, 그걸 확인하고 결정해주십시오. 이러한 조건으로도 괜찮으시다면 진행하겠습니다."

도모코는 가격표를 들고 잠시 생각하다가 양손을 무릎 위에 얹고 고개를 끄덕였다.

"네, 괜찮아요. 탐정님이 먼저 그렇게 제안해주시다니 양심적으로 느껴지네요."

그리 고마워하는 기색은 아니었지만, 도모코는 그렇게 말하며 빛나는 재질의 가방을 열고 분홍색 장지갑을 꺼내 무릎 위에 내려놓았다.

"그래도 저는 역시 자살했을 거라 생각하지만요." 도모코는 만 엔짜리를 꺼내다 말고 입을 열었다. "그 사람은 달리 갈 곳도, 의지할 친구도 없고…… 하긴 돈도 없는데 어딜 가겠어요. 어디에 가본들 천덕꾸러기 신세겠죠. 은행 현금카드도 통장도 집에 있더라고요."

회사가 그런 상태였으니 큰돈은 안 들어 있었겠지만, 하고 도모코는 덧붙이더니 지갑에서 만 엔짜리를 세 장 꺼냈다. 손톱은 지갑 색깔과 똑같이 연분홍색으로 칠했다.

"확실히 모든 것에 염증이 났더라도 이상하지 않을 상황이었지만, 그럴 때 다른 곳에서 심기일전해서 재출발할 각오를 하는 성격은 아니었어요. 그날 무슨 일이 있었는지는 모르지만, 회사의 운명에 종지부를 찍을 만한 일이 있었는지도 모르죠. 더 이상 방도가 없다는 걸 알았지만, 마주하기가 무서워서 충동적으로 달아났을 거예요. 그런 사람이었죠."

"마주한다는 건 채권자와?"

"여러 가지요. 빚, 회사, 저."

즉, 가사노는 자살함으로써 인생에서 달아났다고 도모코는 생각하는 것이다.

아주 냉혹한 평가다. 하지만 부부로서 몇 년이나 함께 산 아내의 평가이니 어느 정도 신빙성은 있다.

"실종 선고를 받으려면 실종된 지 7년이 지나야 한다고 변호사님께 들었어요. 하지만 그렇게 오래는 못 기다려요. 빨리 시신을 찾아내서 사후 이혼(배우자가 사망한 후 '친인척 관계 종료신고서'를 관공서에 제출해 배우자의 친족과 법적 관계를 완전히 끊는 것을 가리킨다 – 옮긴이)하고 보험금을 받고 잊어버리고 싶어요. 사흘이랬죠? 사흘 뒤면 정식으로 의뢰를 받아줄지 말지 답변해주겠다는 거죠?"

도모코는 테이블에 내려놓은 3만 엔을 세 손가락으로 내게 밀어주었다.

아주 똑 부러지는 태도다. 보험금이라는 말이 인상에 남았다. 행방불명된 남편이 걱정이라든가, 하다못해 시신이라도 제대로 수습하고 싶다는 식의 체면치레조차 없다.

실종된 지 2년 만에 이렇게 마음이 멀어져버리는 건가. 그런 착잡한 심정으로 나는 3만 엔을 받았다.

어쩌면 남편이 실종되기 전부터 도모코의 마음은 남편 곁에 없었을지도 모른다. 가사노도 그걸 느꼈다면. 회사에서도 가정에서도 자신의 자리를 찾지 못해 도망치고 싶은 심정이었다면. 그 기분은 이해가 간다.

하지만 그건 어디까지나 내 일방적인 상상이다.

"남편분의 사진을 빌려주시겠습니까."

"최근에 찍은 건 없어요. 결혼식 사진이랑…… 그리고 오래전에 바비큐를 했을 때 찍은 사진의 데이터는 저장해 뒀는데요."

"그럼 그 데이터를 보내주십시오. 결혼식 사진은 나중에 받으러 갈 테니까 준비해두시고요. 남편분의 개인 물품도 그때 살펴봤으면 합니다."

영수증을 준비하며 마지막으로 한 가지 더 확인했다.

"남편분께 여자가 있는 낌새는 없었습니까?"

"……없었어요. 없었을 거예요."

도모코는 가슴 앞에 팔짱을 끼더니 나를 보지 않고 대답 했다.

뭔가 비밀이 있는 듯 느껴졌지만, 도모코에게 말할 생각 이 없다는 건 보면 안다. 지금은 캐묻지 않기로 했다.

회사 명의의 재산은 현재 구치키가 관리하고 있다고 한 다. 도모코가 돌아간 후 나는 당장 구치키에게 열쇠를 빌 려 가사노 도시야가 경영했던 가사노 운송의 사무소를 찾 아갔다.

도모코 말로는 실종된 날도 가사노는 출근했으며 밤에는 누군가와 만날 예정이었다고 한다. 아마도 그 사람이 가사노가 실종되기 전에 마지막으로 만난 사람일 것이다.

　실종자와 마지막으로 만난 사람의 증언을 듣는 건 사람 찾기의 기본이지만, 지금으로서는 그 사람이 누구인지조차 모른다. 지금까지 아무도 조사하지 않았기 때문이다. 가사노가 실종된 후로 사무소는 그대로 놔뒀다니까 찾아보면 의외로 간단히 실마리가 나올지도 모른다. 달력에 일정을 적어놨거나 연락처를 적은 메모지라도 남아 있다면 만만세지만, 아무래도 그건 너무 큰 기대인가.

　가사노 운송은 물론 이미 업무를 정지했고 사무소도 폐쇄됐다. 구치키 말로는 전기도 가스도 끊겼다길래 랜턴형 작업용 전등을 지참했다. 밤이라기에는 이른 시간이지만 요즘은 해가 일찍 떨어진다. 어스름 속에서 현장을 검증하다 보면 빠뜨리는 부분이 생길지도 모르지만 빨리 한번 사무소 내부를 살펴보고 싶었다.

　건물 북쪽에 위치한 주차장에는 회사 이름이 프린트된 왜건 차량이 주차되어 있었다. 왜건 한 대를 주차하기에 주차장은 너무 넓었다. 이미 처분한 듯하지만 예전에는 운송용 트럭도 여기 세워져 있었을 것이다.

주차장에 면한 벽에는 창문이 있었다. 그 반대편 벽에도 작은 간유리창이 있었는데, 이건 아마도 화장실이나 탕비실 창문일 것이다.

나는 건물 주변을 한 바퀴 빙 돌아본 후 정면 입구로 돌아가 빌린 열쇠로 문을 열고 안으로 들어갔다. 서늘한 공기에는 먼지가 약간 떠돌았지만, 2년이나 폐쇄해둔 것치고는 깔끔하니 난잡한 인상이 없었다.

휑한 사무실 책상과 철제 선반, 벽에 걸린 화이트보드, 달력, 합성 가죽 소파와 네모난 테이블로 이루어진 수수한 응접세트가 눈에 들어왔다. 커튼이 없는 창문으로 바깥의 가로등 불빛이 들이비쳐 불을 켜지 않아도 나름대로 밝았다.

나는 문에 손을 댄 채 실내를 둘러보다가 예상치 못한 것을 발견하고 움직임을 멈췄다.

방 한복판에 흐릿한 형체의 영혼이 서 있었다.

나는 문에서 손을 떼고 영혼에게 다가갔다.

혼란스러웠다.

왜 여기 영혼이 있는 걸까.

가사노 도시야는 실종된 거 아니었나.

내 눈에 영혼은 흐릿한 윤곽으로만 보이므로, 생김새는 커녕 나이와 성별조차 구분할 수 없다. 하지만 이렇게 여기 있으니 이 영혼은 가사노 도시야라고 보는 게 자연스러우리라.

내 경험상 영혼이 있다는 건 그 사람이 거기서 죽었거나, 거기에 시신이 있거나, 그에 필적할 만큼 강한 이유가, 요컨대 인연이나 미련이 그 장소에 있다는 뜻이다. 내가 지금까지 봤던 영혼은 대부분 자신이 죽은 곳에 있었다. 시신 곁에서 영혼이 보인 건 시신이 적절하게 처리되지 않고 유기됐을 때뿐이었다.

이 사무소 내부에 시신을 감출 만한 공간이 있을 것 같지는 않았다. 가사노가 영혼이 되어 여기에 있는 건 그가 여기서 죽었기 때문이라고 봐야 했다. 가사노의 시신은 발견되지 않았으니 그가 여기서 죽었다면 누군가가 시신을 이동시킨 셈이다. 누가, 뭣 때문에?

예상도 하지 못한 전개에 심장 박동이 빨라졌다.

혹시 그의 실종에는 사건성이 있는 것 아닐까. 아니, 아직 모른다. 단정하기는 이르다. 현재로서 분명한 사실은 영혼이 여기에 있으니 가사노가 이미 죽었다는 것뿐이다.

'그곳에서 죽지는 않았으나 그 장소에 강한 미련이 남아 거기에 나타나는 경우'도 적지만 없지는 않다. 확인하려면 본인에게 알아내는 수밖에 없다.

나는 영혼과 대화는 못 하지만 잠이 들어 의식이 멀어지면 그 자리에 있는 영혼의 의식과 연결된다. 그렇게 해서 영혼의 기억을 보면 가사노가 어떻게 죽음에 이르렀는지 알아낼 수 있을 것이다.

어깨를 축 늘어뜨린 채 서 있는 그 영혼의 모습은 어쩐지 평소 내가 보는 다른 영혼과 비교해 존재감이 희박하니 불안정해 보였다. 죽은 지 오래됐기 때문일까.

나는 응접용 소파의 먼지를 털어낸 후 신발을 벗고 누웠다. 수면 유도제를 늘 호주머니에 넣어 가지고 다니지만, 여기는 조용하고 소파도 불편하지 않다. 약에 의존하지 않더라도 잠들 수 있겠지. 벗어서 갠 웃옷을 베개 삼아 눈을 감았다.

회색 바지를 입은 다리와 무릎 위에 깍지를 낀 손이 보였다. 소파에 마주 앉아 있는 것 같지만 시점의 당사자가 고개를 숙이고 있어서 상대의 허리 아래밖에 보이지 않았다. 정면에 앉은 남자의 소맷자락도 바지와 같은 색이었다. 위아래로 색깔을 맞췄거나 위아래가 연결된 작업복일 것이다.

꿈속의 광경은 평소보다 해상도가 낮았다. 마치 복사를 거듭해서 손상된 데이터 같았다. 남자의 얼굴을 확인하지 못한 채 환시는 몇 초 만에 사라졌다.

다음으로는 문이 보였다. 시점의 당사자는 문을 향해 걸어가고 있었다. 도중에 충격을 받아 시야가 흔들렸다. 시야가 심하게 흔들려서 잘은 알 수 없었지만 회색과 살색이 보였다. 작업복을 입은 상대와 몸싸움을 벌이는 걸까. 다음으로 천장, 그리고 옆으로 쓰러진 남자의 얼굴이 보였다. 벌어진 입은 보였지만 머리카락이 흐트러져 어떻게 생겼는지는 거의 보이지 않았다.

전부 1초에서 2초 정도의 짤막한 영상이었다. 그리고 한순간 파란 뭔가가 보였는가 싶더니 환시가 뚝 끊어지고, 나는 잠에서 깼다.

눈을 뜨자 꿈속에서 한순간 봤던 것과 똑같은 천장이 보였다. 나는 위를 보고 누운 자세로 몇 번 눈을 깜박인 후 소파에서 천천히 몸을 일으켰다.

예상보다 오래 잔 듯했다. 잠들었을 때만 해도 밝았던 실내가 깜깜했다.

환시, 즉 영혼의 기억이 보이는 건 대개 잠이 든 직후나 시간이 경과해 깨어나기 직전인데, 이번에는 후자였던 모양이다. 상대의 의식을 받아들이기가 꽤나 힘들었다는 감각이 남아 있었다.

보인 광경들도 어쩐지 평소와는 달랐다. 작업복을 입은 남자와 마주 앉은 장면은 몇 초간 계속됐지만, 그 밖의 장면은 전부 짤막하게 끊어진 데다 전체적으로 선명하지 못했다.

영혼과 내 파장이 맞지 않을 때는 환시가 잘 보이지 않기도 하지만, 그런 것치고 실내에 서 있는 영혼의 모습은 내가 늘 보는 영혼들과 별 차이 없었다. 굳이 따지자면 존재감이 조금 희박하게 느껴지지만, 파장이 맞지 않는 영혼이라면 애당초 내가 깨어 있을 때는 모습이 보이지 않을 것이다.

죽고 나서 시간이 많이 지나 영혼이 약해졌는지도 모른다. 그렇다 쳐도 그렇게 느닷없이 환시가 뚝 끊기고 잠에서 깨기는 처음이었다. 마치 뭔가가 수신을 방해라도 한 것 같았다.

나는 소파에서 다리를 내리고 고개를 가볍게 흔들었다. 신발을 신으며 별생각 없이 실내를 둘러보다 알아차렸다.

무심코 어, 하고 목소리가 새어나왔다.

영혼의 모습이 보이지 않았다.

잠들기 전에는 분명 저기 있던 영혼이 사라졌다.

"……어째서."

나는 일어서서 다시금 실내를 자세히 둘러보았다.

어두워도 영혼의 모습은 밝은 장소와 다름없이 보일 것이다. 의미가 없는 줄 알면서도 옆에 놓아둔 전등을 켜서 어두운 실내를 비춰보았다. 역시 결과는 마찬가지였다.

아까까지 저기에 있던 영혼이 사라졌다. 또는 보이지 않게 됐다.

이런 일은 처음이었다.

소멸된 걸까.

내게 보이는 영혼과 보이지 않는 영혼이 있다는 점에서 영혼에게도 수명이 존재할지 모른다고는 생각했다. 하지만 하필 이 타이밍에 가사노의 영혼의 수명이 다 되었다는 건가.

영혼의 수명이라는 표현은 정확하지 않겠지만, 비교적 새로운 영혼이 내 눈에 보인다는 건 알고 있었다. 죽은 지 몇 년이 지나야 보이지 않는지 조사한 적은 없지만, 마침 지금 가사노의 영혼에게 그 시기가 찾아왔다는 걸까.

환시가 선명하지 못한 걸로 보아 영혼이 약해졌을지도 모른다고는 짐작했지만, 아무리 그렇기로서니 영혼은 이렇게 느닷없이 사라지는 걸까?

손목시계를 보자 이미 8시가 지났다. 가에데의 집에 과외를 하러 갈 시간이 다 됐다.

나는 서둘러 웃옷을 집어 들고 가사노 운송을 뒤로했다.

*

"좋아, 그럼 이 페이지부터 여기까지 풀어봐. 모르는 문제가 있으면 말하고. 시험이 아니니까 긴가민가하면 물어봐도 괜찮아."

내 말에 가에데는 고개를 끄덕인 후 문제를 풀기 시작했다.

나는 언제 질문을 받아도 답변할 수 있도록 지켜보았지만, 가에데는 묵묵히 문제를 읽고 해답란을 채워 나갔다.

학생이 우수하면 가르치는 쪽은 할 일이 없다. 연필이 사각대는 소리를 들으며 나는 책상에 팔꿈치를 짚고 가사노 운송에서 있었던 일을 생각했다.

몇 분 전까지만 해도 보였던 영혼이 왜 보이지 않는 건지 궁금했지만, 지금은 거기에만 매달려 있을 상황이 아니다. 지금까지 한 번도 없었던 일이지만 일시적으로 파장이 맞지 않았을 뿐일 수도 있으니 내일 다시 확인해보는 수밖에 없다. 모르는 일은 제쳐놓고 일단 아는 사항부터 정리하자.

영혼은 회사 사무실 안에 있었다. 즉, 가사노 도시야는 틀림없이 죽었다. 그리고 영혼이 거기에 있었다는 점과 한순간이지만 환시 속에서 바닥에 쓰러진 시체 같은 것이 보였다는 점을 결부시켜 판단하면 가사노는 거기서 죽었다고 봐도 무방하리라.

그런데도 시신이 발견되지 않았으니 누군가가 사무실에서 시신을 이동시켰다는 뜻이다. 환시가 선명하지 못해 결정적인 장면은 보이지 않았지만, 가사노의 죽음과 무관한 사람이 단지 시체만 유기할 이유는 없다. 가사노를 살해한 누군가가 시신을 유기했다고 봐야 한다.

죽이는 장면은 보이지 않았으니 단정은 못 하지만, 가장 유력한 용의자는 환시 속에서 보인 회색 작업복 차림의 남자다. 도모코는 사건 당일 밤, 가사노가 사람과 만날 약속을 했다고 말했다. 그 약속 상대가 그 남자였을 것이다. 거래처 사람이나 채권자? 그런데 과연 가사노가 죽어서 득을 보는 사람이 있었을까. 가사노는 빚 때문에 애를 먹었다니까 거래처나 채권자와 이야기가 꼬일 수는 있었겠지만, 그렇다고 죽여버리면 꾸어준 돈을 받을 수 없으니 그들이 가사노를 죽이는 건 무의미한 짓이다.

죽일 이유가 있는 사람 하면 생명 보험금 수령자인 아내가 수상하지만, 만약 도모코가 범인이라면 탐정에게 남편의 시신을 찾아달라고 의뢰할까.

타살임을 절대로 들키지 않을 자신이 있다면 그럴 수도 있겠지. 남편을 죽이고 자살로 위장했지만, 금방 발견될 줄 알았던 시신이 좀처럼 발견되지 않아 생명 보험금이 나오지 않자 애가 탔다. 하지만 스스로 찾아내면 의심받으리라는 생각에 탐정을 고용했다. 그것도 말이 안 되는 이야기는 아니다.

그러나 생명 보험금이 목적이라면 시신을 굳이 산속에 유기할 것 없이, 사무실에서 목을 맸거나 약을 먹은 걸로 위장하면 그만이다. 그러면 시신은 다음 날 바로 발견됐을 것이다. 뭔가 그러지 못할 이유가 있었던 걸까.

충동적으로 목을 졸라 살해한 후 자살로 위장하려 했지만 회사 내부나 근처에는 목을 매 자살한 것으로 위장하기에 적합한 장소가, 즉 시신을 매달 만한 장소가 없었는지도 모른다. 그렇다 치더라도 산까지 옮길 필요가 있었는지는 의문이지만, 남에게 들키지 않고자 그렇게 행동했다면 이해가 가지 않는 건 아니다.

어쩌면 언젠가는 자살한 것으로 발견되길 바랐지만, 금방 발견돼서는 곤란한 이유가 있었다고 볼 수도 있다. 이 역시 말이 될 법한 이야기다.

자살로 위장해도 사망한 직후에 부검하면 타살임이 밝혀질지도 모른다. 범인이 남긴 흔적이 발견될 우려도 있다. 하지만 죽고 나서 시간이 흐르면 흐를수록 정확한 검사는 불가능해진다. 도모코가 범인이라면 그걸 노렸을지도 모른다. 사실 이제 와서 가사노의 시신이 발견되더라도 2년이나 산속에서 비바람을 맞았다면 사인을 얼마나 정확하게 판별할 수 있을지는 미지수다. 어쩌면 정말로 목을 매 자살했다고 판단할지도 모른다.

그러나 환시 속에 도모코는 나오지 않았다. 살해당했다면 범인의 모습은 피해자의 기억에 깊이 새겨지지 않을까.

작업복 차림의 남자와 만나 싸운 후에 도모코가 뒤에서 목을 졸랐기 때문에 가사노는 범인인 도모코를 보지 못한 채 죽었다. 그럴 수도 있을까. 가령 그렇다고 해도 시신을 옮겨 매다는 것까지 포함하면, 과연 여자의 힘으로 가능할지 의문이 남는다.

남에게 살인을 교사했을 가능성도 없지는 않으니까 아직 용의선상에서 완전히 제외할 수는 없지만, 아마 도모코는 범인이 아닐 거라고 나는 결론을 내렸다. 그렇다면 내가 범인을 찾는 건 의뢰인에게 불이익이 아니다. 오히려 이익이다.

범인을 찾아내 자백시키면 시신을 어디에 유기했는지도 밝혀질 것이다. 무엇보다 가사노 도시야의 실종이 사건, 그것도 살인 사건임이 명백해지면 경찰이 움직인다. 시신을 어디에 유기했는지 범인에게 정확한 장소를 알아내지 못하더라도, 경찰이 인원을 동원해 수색하면 시신은 발견될 것이다.

시신을 찾으려면 일단 범인부터 찾아야 한다. 산속의 나무를 한 그루씩 확인하는 작업보다는 훨씬 보람 있는 작업이다. 사전 조사에 사흘이나 들일 필요는 없을 듯했다. 내게는 할 수 있는 일이 있다. 나밖에 할 수 없는 일이라고 해도 되겠다. 가사노 도시야에게 일어난 일의 진상에 가장 가까운 사람은 틀림없이 나다.

나는 솟아오르는 긴장감과 흥분을 억누르고 차분히 심호흡을 했다.

아직 범인의 정체도 동기도 모르지만, 아무튼 도모코 말고 누군가가 가사노를 죽였다면 시신이 현장에서 사라지고 차만 산속에서 발견된 사실은 무엇을 의미할까. 계획적으로 죽인다면 독을 먹인 후에 스스로 마신 것처럼 위장하든지, 수면제를 먹이고 손목을 긋는 편이 간단하다. 그렇게 하지 않은 이상 계획적인 범행은 아니었으리라. 범인은 무슨 이유로, 예를 들면 시신에서 범인의 흔적이나 타살의 증거가 검출될까 봐 두려워서 시신의 발견을 늦출 필요가 있었는지도 모른다. 거기까지는 도모코가 범인이라고 가정한 경우와 동일하다.

그저 발견을 늦추기 위해 산속에 유기했다면 시신이 반드시 나무에 매달려 있다는 보장은 없다. 예를 들어 시신을 골짜기에 떨어뜨렸다면 찾을 방도가 없다. 그렇지 않기를 바라는 수밖에 없었다.

아직 정보가 모자란다. 가사노가 자살한 것이 아니라 살해당했을지도 모른다는 사실은 객관적인 증거를 찾아낼 때까지 도모코에게는 알리지 않는 편이 나을 것이다. 일단 예정대로 실종된 당일 도시야의 행적을 쫓고, 그가 실종된 밤에 만난 작업복 차림의 남자를 찾는 것부터…….

"다 했어요"

가에데의 목소리에 정신이 번쩍 들었다.

내가 자세를 바로 하며 그쪽을 보자 가에데가 문제집을 내밀었다.

"오, 빠르네."

"빠르긴요. 아저씨가 멍하니 있으니까 그렇게 느껴진 거죠."

나는 미안해, 하고 쓴웃음을 지으며 문제집을 받아들었다. 해답란은 전부 채웠다. 나는 빨간 펜을 꺼내고 해답 책자를 펼쳤다.

"문제 풀다가 긴가민가한 부분이나 자신 없는 부분은 없었니."

"딱히 없었어요."

가에데는 채점하는 내 모습을 잠시 말없이 바라보다 문득 입을 열었다.

"탐정 쪽 일이 들어왔어요?"

내 속내를 떠보는 듯한 말투였다.

"오, 어떻게 알았어?"

"오늘 늦을 뻔했잖아요. 어디 조사를 하러 갔거나 사람을 만난 게 아닐까 추측해봤을 뿐이에요."

지금도 심각한 표정으로 뭔가 생각하는 것 같았고요, 라고 가에데는 덧붙인 후 한 박자 쉬고 나서 물었다.

"어떤 사건이에요?"

"말 못 해. 탐정에게는 비밀을 엄수할 의무가 있거든."

"꿈속에서 뭔가 보였어요?"

"그것도 포함해서 말 못 해."

"보였구나."

그럼 사람이 죽은 사건이겠네요, 하고 가에데는 저 혼자 알아서 이해하며 고개를 끄덕였다.

이래서는 누가 탐정인지 모르겠다. 남의 표정을 읽지 말라고 따지면 긍정하는 것과 마찬가지이므로 그냥 입을 다물기로 했다.

가에데는 내가 영혼의 모습과 기억을 볼 수 있다는 사실을 안다. 그리고 그는 내 능력과 탐정이라는 직업에 흥미가 있는 듯했다.

가에데는 호기심이 왕성한 데다 행동력이 있고 눈치도 빨라서 문제다. 덮어두고 싶은 일에 대해 물어볼 때는 최대한 눈을 맞추지 않고 입을 꾹 다무는 게 상책이다.

나는 묵묵하게 채점을 해나갔다. 틀린 문제는 하나도 없었다.

"……과외 선생님이 필요해?"

"필요해요. 지난번 교내 모의고사에서 등수가 떨어졌거든요. 13등이었죠."

"전교에서? 엄청 잘 쳤잖아."

"대개는 늘 10등 안에 들거든요."

"학원에도 안 가고 그 정도라니 대단하네. 성적이 좋은 애는 보통 학원에 다니거나 과외를 받거나 하잖아."

"그래서 아저씨한테 배우고 있는 거잖아요."

"뭐, 그야 그렇지만."

나는 과외 선생님으로서 경험도 실적도 없으니 성적 향상에 그렇게 도움이 될 것 같지는 않았다. 혼자 공부해서 전교 10등 전후라면 애당초 과외를 받을 필요도 없을 것 같고, 성적을 더 올리고 싶으면 전문적인 과외 선생님을 고용하는 편이 효율적이다. 가에데도 그건 알고 있을 텐데 왜 나 같은 아마추어에게 일주일에 두 번이나 수업을 받는지 수수께끼다.

설마 일이 없는 탐정이 불쌍해서 자선 사업을 하는 게 아닐까, 그런 비굴한 생각도 들었다. 말도 안 되는 이야기는 아니었다. 가에데는 자산가다. 게다가 가에데가 과외 선생님인 나보다는 탐정인 내게 더 흥미가 있다는 건 명백했다. 호기심을 채우기 위해 아마추어 과외 선생님에게 시급 5,000엔을 주는 것쯤 가에데에게는 별일 아닐 것이다.

탐정이라는 직업에 흥미를 가지는 건 나도 기쁘지만 사건에 관해 제삼자에게 이야기할 수는 없다. 발설할 마음은 털끝만큼도 없지만, 자칫해서 가에데의 유도 신문에 넘어가지 않도록 적절한 거리를 유지하며 조심해야겠다고 내가 결심했을 때였다.

"일 마치고 바로 왔죠? 저녁은 먹었어요?" 가에데가 채점이 끝난 문제집을 덮고 말했다. "나는 벌써 먹었지만 아직 안 먹었으면 먹고 가요. 오늘 저녁은 영양밥이랑 정어리 경단을 넣은 국이거든요."

메뉴만 듣고도 배에서 꼬르륵 소리가 날 것 같았다. 하즈미네의 가정부 고이케 스미레는 요리 솜씨가 좋다. 영양밥은 먹어본 지가 참 오래됐다.

"……사건 이야기는 안 할 거야."

비밀 엄수 의무만 어기지 않으면 된다.

가에데는 여유만만하게 알았다고 대답했다. 나는 절대로 아무 말도 하지 않겠다고 새삼 각오했다.

고이케는 이미 퇴근을 한 상태라 둘이서 부엌으로 가 냉장고에 있던 영양밥을 전자레인지로 데우고, 냄비를 가스레인지에 올렸다.

영양밥도 국도 아주 맛있었다. 저녁을 먼저 먹었다는 가에데도 조금 더 먹었다.

그리고 함께 설거지를 했다.

*

가에데의 집에서 저녁을 먹은 다음 날, 나는 산 중턱에 있는 운송회사 하나사키 운수를 방문했다. 가사노 도시야에게 일을 맡긴 원청회사다.

실종 다음 날 아침, 가사노의 차가 이 회사의 주차장에서 발견됐기 때문에 도모코는 남편이 산에 들어갔다고 여기는 듯했다. 하지만 나는 가사노가 자기 회사 사무실에서 죽었다는 사실을 안다. 즉, 차를 하나사키 운수 주차장까지 몰고 온 사람은 가사노 본인이 아니다. 가사노를 죽인 사람이 가사노가 산에 들어가서 자살한 것처럼 꾸미기 위해 여기까지 차를 몰고 와서 버렸다고 봐야 마땅하다.

렌터카를 주차장 구석에 대고 일단 주차장을 둘러보았다. 주차 공간은 70퍼센트가 채워져 있었다. CCTV는 보이지 않았다. 가령 있더라도 2년 전 영상은 남아 있지 않겠지만, 만약을 위해 확인했다.

유료 주차장이 아니라서 정산 기계나 차단기는 없다. 자갈을 깔고 주차 방지 턱을 설치해둔 걸 빼면 주차콘과 비닐 끈으로 주차 공간을 구분한 간소한 주차장이었다. 차로 산길을 올라와서 좌회전해 주차장으로 들어오면 정면 안쪽에 하나사키 운수의 사업소가 보인다. 오른쪽은 산꼭대기, 왼쪽은 기슭이다. 주차장 구획을 구분하는 비닐 끈은 어른이라면 단번에 넘을 수 있을 만한 높이였다.

산기슭으로 이어지는 왼쪽 경사면은 상당히 가팔라서 내려가기는 거의 불가능하겠지만, 산꼭대기로는 올라갈 수 있을 듯했다. 시신이 유기됐다면 이 주차장과 산꼭대기 사이의 어딘가이리라.

숲속에 들어가서 시신을 찾기는 힘들 듯했다. 올라가지 못할 것은 없지만 비탈진 경사면에 나무가 제법 빽빽했다. 주차장에서 고작 몇 미터 떨어진 곳에 시신을 버릴 리는 없으니, 범인은 산을 어느 정도 올라갔을 것이다. 이 부근만 경사가 급하고 걷다 보면 완만해질지도 모르지만, 시신을 유기할 만한 곳에 다다를 때까지는 체력이 제법 소모될 것이다. 시신을 짊어지거나 끌고 갔다면 더더욱. 역시 여자에게는 무리다. 덧붙여 남자라고 아무나 할 수 있는 일은 아니다. 예를 들어 평소 무거운 짐을 상하차하는 등 육

체노동에 익숙한 운송업자나 이사업자가 아니라면 재빨리 시신을 옮겨서 묻고 아무렇지도 않게 일상생활로 복귀하기는 어려울 것이다. 나라면 온몸에 근육통이 생겨서 다음 날은 제대로 움직이지도 못할 텐데. 가사노의 관계자 중에서 사건 다음 날 일을 쉬었거나 상태가 안 좋았던 사람이 있다면 유력한 용의자다. 2년이나 지났으니 그런 사람을 찾기도 어렵겠지만.

그밖에도 궁금한 점이 있었다. 시신을 어떻게든 유기했다 치고, 여기에 가사노의 차를 버린 범인은 어떻게 산을 내려갔을까. 걸어서나 택시로도 산을 내려갈 수 있지만 범인이 다른 차나 오토바이 등의 이동 수단을 이 주차장, 또는 주차장에 병설된 운송회사 부지에 준비해두었다는 추측도 가능하다.

여기를 시신 유기 장소로 선택한 것으로 보건대 범인은 이 부근의 지리를 잘 아는 인물일 가능성이 높다. 그렇다면 하나사키 운수의 직원이나 거래 관계에 있었던 업자일까.

주차장 사진을 찍고 있자니 사업소 쪽에서 사람이 걸어왔다. 50대 남자다. 위아래로 색깔을 맞춘 작업복을 입었다. 그 회색 작업복이 꿈속에서 본 것과 비슷하게 느껴졌다.

"안녕하세요."

내가 다가가서 말을 걸자 남자도 "오, 안녕하시오" 하고 인사를 받아주었다.

"쉬는 시간이신가요?"

"아, 짐을 상차하길 기다리는 중인데. 그래서 잠깐 쉬려는데 사람이 있는 게 보여서."

"이 회사 직원이시군요. 저는 예전에 여기서 하청을 받았던 가사노 도시야 씨를 찾고 있는데요……. 당시 일을 아시는 분께 이야기를 좀 듣고 싶습니다."

"아아, 가사노 씨. 뭐야? 형씨, 탐정이오?"

내가 내민 명함을 그는 신기하다는 듯이 받았다. 정말로 탐정이네, 하고 말하며 명함과 나를 번갈아 보았다. 이름을 묻자 무라이라는 성씨만 가르쳐주었다.

"무라이 씨, 가사노 씨와는 친하셨습니까?"

"아니, 얼굴을 보면 인사나 하는 정도였지. 우리한테 하청을 받았지만 실은 다른 회사의 사장이랬나…… 고생이 많다는 건 들었어. 본인한테 말고 소문으로."

"가사노 씨가 없어진 후에 차가 이 주차장에서 발견됐다고 들었는데요……."

"응, 저기 세워져 있었지. 후방 주차가 아니라 이렇게 앞쪽부터…… 산 쪽을 향해서."

무라이가 손가락으로 위치를 가리켜주었다. 가사노의 차는 산 정상 쪽으로 줄지은 주차 공간의 한복판에 세워져 있었다는 모양이다.

"저쪽에 작업장이랄까 상하차장이 있거든. 업무용 트레일러나 대형 트럭은 상하차장에 설치된 차고에 세워놔. 가사노 씨 같은 하청업자는 자기네 트럭을 타고 그대로 상하차장까지 가서 짐을 싣고 나가든지, 자차를 주차장에 세워놓고 회사 트레일러로 갈아타든지 둘 중 하나야."

무라이는 친절하게 이것저것 가르쳐주었다.

하나사키 운수에 근무하는 운전기사들은 각자 자가용이나 스쿠터 등으로 출근해 작업장 안쪽 차고에서 트레일러에 짐을 싣고 출발하든지, 빈 트레일러를 타고 출발해 다른 상하차장으로 가는 게 일반적이라고 한다. 가사노 같은 하청업자는 그날 운송할 짐에 따라 달라지는데, 자기 회사 소유의 트럭으로 충분할 때는 회사 트럭을 타고 와서 짐을 싣고 출발하고, 흙모래같이 큰 짐을 운송할 때는 자가용을 타고 와서 차고에 있는 하나사키 운수의 트레일러로 갈아타고 출발한다고 한다.

하지만 가사노는 실종되기 몇 달 전부터 오로지 하나사키 운수의 트레일러를 이용해서 일을 했다는 모양이다.

예전에는 가사노 운송에도 대형 트럭이 있었지만, 빚을 갚기 위해 팔았다는 이야기까지 무라이는 해주었다. 경영이 악화되어 자기 회사에서 맡을 일이 줄어들고 나서는 하나사키 운수의 하청 업무가 가사노의 주된 수입원이었던 듯하다.

"가사노 씨는 자주 드나들었으니까 주차장에 그 사람 차가 있어도 별 관심이 없었지. 그날 누가 트럭에 탔는지 일일이 파악하는 것도 아니거든. 그러고 보니 차가 계속 세워져 있다는 걸 2~3일 후에야 깨달았는데 본인이 실종됐다기에 깜짝 놀랐어."

무라이는 작업복 호주머니에서 담배를 꺼내 불을 붙이며 말을 이었다.

"이런 곳에 차를 놔두었다니 혹시 산속에 들어간 거 아니냐고 말하는 사람도 있었는데…… 아주 고생스러웠던 모양이니 그건 아니라고 단정할 수는 없겠지. 그러고 보니 늘 지친 표정이었고 말이야."

무라이는 끈으로 구분된 구획으로 눈길을 주며 연기를 후 내뿜었다. 특별히 친한 사이가 아니었더라도 같은 직장에 있던 사람이 실종되어 자살했을지도 모른다는 이야기를 듣는다면 마음이 편치는 않으리라.

"가사노 씨를 마지막으로 보신 건 언제입니까?"

"분명 없어지기 며칠 전이었을 거야. 상하차장에서 본 것 같은데 오래전 일이라 똑똑히 기억나지는 않네."

내가 다른 직원에게도 이야기를 듣고 싶다고 부탁하자 무라이는 담배 한 개비를 다 피우고 사업소로 갔다가 잠시 후에 돌아왔다. 이미 짐을 다 싣고 출발한 운전기사도 많지만 남아 있는 직원들이 잠시라면 시간을 내주겠다고 전해주었다.

무라이에게 고마워하며 사업소로 가자 사무실 같은 건물 앞에 몇 명이 모여 있었다. 50대로 보이는 사람이 한 명, 20대에서 30대로 보이는 직원이 두 명이다. 모두 남자고 무라이와 똑같은 회색 작업복을 입었다. 업종을 고려하면 당연한지도 모르지만 다들 제법 체격이 좋았다. 이 사람들이라면 시신 운반도 가능할까 생각하며 나는 한 명씩 몸을 관찰했다. 하지만 하반신만 봐서는 꿈속에서 본 남자가 맞는지 알 수 없었다.

무라이와 동년배인 남자가 "사장 하나사키요" 하며 회사 이름과 한자 하나 다른 성씨가 인쇄된 명함을 주었다.

"젊은 사람이 연락도 없이 그만두는 일은 가끔 있지. 아침 일찍 나와야 하고 장거리라면 밤새 달려야 할 때도 있어서 몸이 고되거든. 하지만 가사노 씨는 우리 일을 성실하게 해줬어. 너무 열심히 하다가 무기력증에 빠진 걸까." 덩치가 크고 사람 좋아 보이는 사장은 눈썹을 늘어뜨리고 안됐다는 듯이 말했다. "가사노 씨의 부인이 고용한 탐정이지? 남편이 빚을 남기고 사라지다니 정말 큰일이지만…… 분명 찾을 수 있을 거라고 전해줘요."

예상외로 협조적이다 싶더니만 도모코를 딱하게 여긴 모양이다.

도모코가 남편의 생명 보험금을 수령하기 위해 시신을 찾아달라고 의뢰한 건 덮어두는 편이 나을 듯했다.

"알겠습니다, 감사합니다." 이렇게만 대답한 후 물었다. "저어, 그 옷은 회사 유니폼인가요?"

무라이에게 확인하려다 기회를 놓친 질문을 하나사키에게 해보았다.

"뭐, 그런 셈이지. 다른 회사 사람도 거의 비슷한 기성품을 입고 다니니까 유니폼이라고 해도 될지는 미묘하지만."

제일 싼 옷을 대량으로 발주했다며 하나사키는 웃었다. 그렇다면 작업복으로 용의자의 범위를 좁히기는 힘들 것 같았다. 기껏해야 가사노가 마지막 밤에 만난 남자는 동종업자일 가능성이 높다는 것 정도밖에 모른다.

"여러분이 가사노 도시야 씨와 마지막으로 만나신 건 언제입니까?"

다들 실종되기 전날 또는 며칠 전에 이 사업소에서 본 게 마지막이라고 대답했다. 딱히 특이한 점은 없었던 것 같다, 기억은 잘 안 나지만 아마도. 그렇듯 모호한 대답이었다. 2년이나 지났으니 어쩔 수 없다.

"가사노 씨는 가사노 운송이라는 회사도 경영하고 계셨는데요. 거기에 가본 분은 안 계십니까?"

이 질문에는 모두 고개를 저었다. 가사노와 개인적으로 친하게 지냈던 직원은 없는 모양이다. 가사노는 고민을 상담하기는커녕 개인적인 이야기는 꺼낸 적도 없다고 모두가 입을 모았다.

"지금 여기 없는 직원들과도 친하게 지낸 낌새는 아니었어. 말도 별로 없었고……."

하나사키가 동의를 구하자 무라이가 그렇다고 맞장구를 쳤다. 가사노에게는 의지할 만한 친구가 없었다는 도모코의 말이 떠올랐다. 확실히 가사노는 사교적이지는 않았던 모양이다. 자기 회사의 대형 트럭을 팔아치우고 다른 회사에서 하청을 받아 일해야 했던 그의 심경을 생각하면 그럴 만도 할 것 같았다.

"실은 가사노 씨가 실종된 날, 작업복을 입은 남자와 함께 있는 게 목격됐습니다. 그분이 가사노 씨의 행방에 대해 뭔가 아시지 않을까 싶어서……."

작심하고 말해보았다.

이 가운데 범인이 있다면 뭔가 반응할지도 모른다 싶어 유심히 지켜보았지만, 특별히 부자연스러운 태도를 보이는 사람은 없었다.

살인을 저지른 지 2년이나 지나 마음이 해이해졌을 무렵에 탐정이 찾아오면 사람은 보통 동요하게 마련이다. 만약 이 가운데 범인이 있다면 대단한 연기자다.

뭔가 짚이는 점이 있으면 연락 주십시오, 하며 그 자리에 있는 사람들에게 명함을 나누어주고 하나사키 운수를 뒤로했다. 지금 여기 없는 직원과 다른 회사의 지인에게도 물어봐달라고 부탁했다.

작업복은 기성품이라니까 꿈속에서 본 작업복 차림 남자가 하나사키 운수의 직원이라는 보장은 없다. 그러나 그 남자가 가사노와 접점이 있었던 동종업자라면, 하나사키 운수 사람에게 내가 그날 밤 가사노와 만났던 남자를 찾고 있다는 이야기를 들을지도 모른다. 그러면 내가 어디까지 알고 있는지 걱정돼서 범인이 먼저 내게 접촉할 가능성도 있다.

2~3일 상황을 보다가 하나사키 운수 쪽에서 정보가 모이지 않으면 배송처 등에서 가사노와 접촉했을 가능성이 있는 동종업자를 찾아볼 작정이었다. 하지만 범위를 좁히려면 정보가 좀 더 필요하다. 실마리라기에 기성품 작업복은 너무 미미하다.

기껏 범인 같은 남자의 모습을 보았는데 싶자 조바심이 났다. 환시 속에서 상대의 얼굴이 보였다면, 하다못해 환시가 좀 더 선명했다면. 혹시 도중에 끊긴 환시의 다음 장면을 보았다면 뭔가 유용한 정보를 얻을 수 있지 않았을까.

분명 그 방에 있던 영혼이 사라져서 환시도 끊긴 것이리라. 영혼이 완전히 소멸됐다면 환시의 다음 장면을 볼 수 없겠지만, 어제는 무슨 이유로 파장이 맞지 않았을 뿐 오늘은 다를지도 모른다. 거기에 기대를 거는 수밖에 없었다.

시간은 아직 많다. 이제 가사노가 실종된 밤에 그의 차를 봤다는 목격자에게 이야기를 들으러 갈 예정이지만 분명 한 시간도 걸리지 않을 것이다. 이야기를 듣고 나면 구치키에게 열쇠를 다시 빌려서 가사노 운송에 한 번 더 가보기로 했다.

가사노 본인의 물건, 자동차 목격자, 회색 작업복을 입은 가사노의 동종업자 등 조사해야 할 사항은 다양하다. 하지만 조사 결과 범인을 밝혀낼 정보를 얻을 수 있을지는 미지수다.

지금 확실하게 정보를 가지고 있는 건 사망한 본인뿐이 니까.

*

가사노 도시야가 실종된 밤에 그의 차를 봤다는 사람은 기다 다카시라는 30대 초반 남자였다. 그는 청과물 도매와 배송을 하는 회사에 다니느라 바쁘고, 업무가 끝나는 시간 도 일정하지 않다고 해서 휴일에 15분만 시간을 내달라는 조건으로 약속을 잡았다.

기다의 집 근처 카페에서 만나자마자 이야기를 들었다. 듬직한 체격에 반짝이는 구릿빛으로 머리를 염색한 그는 2년 전 일을 술술 말해주었다.

"그때 전표를 정리하느라 야근을 하고 집에 가는 길이 었죠. 마침 가사노 운송 앞을 지나가던 참이었어요. 시간 은 분명 밤 8시에서 9시 사이…… 8시 반 정도였을 거예요. 처음에는 가사노 씨도 늦게까지 일했구나, 이제 집에 가는

구나 하며 보고 있었는데 방향이 달라서 다른 곳에 들렀다 가려나 싶었죠."

가사노가 출퇴근에 사용한 소형 왜건은 배송 업무에 쓰지는 않았지만, 홍보를 위해 문에 '가사노 운송'이라는 글자를 새겨 넣었다. 그러니 잘못 보지는 않았으리라.

가사노 운송을 나서서 집으로 갈 거였으면 큰길을 남쪽으로 나아갈 텐데, 그때 가사노의 차가 반대편인 북쪽으로 향했으므로 기다는 이상하게 느꼈다고 한다. 북쪽은 하나사키 운수가 있는 산으로 가는 방향이다.

"가사노 씨와는 원래 알고 지내는 사이였죠?"

"뭐, 그렇죠. 집도 비교적 가깝고…… 갑자기 결원이 생겼을 때 우리 배송 업무를 임시로 한 번 맡긴 적도 있었으니까요."

그가 사는 연립주택과 가사노 운송은 걸어서 10여 분 거리라고 한다. 그렇다면 아침에 구치키에게 열쇠를 빌려 기다의 이야기를 듣고 나서 바로 가사노 운송으로 갈 걸 그랬다. 일정이 비효율적으로 꼬였지만 어쩔 수 없다.

"일을 자주 같이 하셨나요?"

"최근에는 아니에요. 아, 최근이 무슨 뜻이냐면 가사노 씨가 사라지기 직전요. 저는 이제 청과만 담당하니까……

우리 쪽에서 결원이 생겼을 때 한 번 부탁한 게 다예요. 일이 없는 것 같아서요."

"옛날에는 자주 보셨고요?"

"뭐, 이 업계는 담당 구역이 똑같으면 대기실에서 흔히 얼굴을 마주치니까요."

"대기실?"

"트럭 대기실이라고…… 음, 상품을 납품할 때 주차 공간에 차를 대고 순서를 기다려요. 납품 대기라고 할까요."

이야기하면서 시선을 슬쩍 돌린 기다가 흠칫 놀란 표정을 지었다.

내가 그의 시선을 따라 돌아보자 2인용 테이블석에 중년 여자가 한 명 앉아 있었다. 장을 보고 돌아가는 길인지 빵빵하게 부풀어 오른 에코백을 맞은편 자리에 놓아두었다. 여자는 기다와 아는 사이인 듯 눈인사를 했지만 친하지는 않은 모양이었다. 그 후로는 눈을 마주치지 않았다.

"그런 대기 시간에 이야기를 하지는 않으셨습니까? 예를 들어 고민하는 기색이었다든가, 뭔가 알아차리신 점은 없고요?"

"뭐, 고민은 있었겠죠. 빚이 어마어마한 모양이었으니까요. 하지만 남에게 그런 이야기를 하는 성격은 아니었던 것 같은데. 본인에게 직접 들은 적은 없네요."

기다가 어쩐지 안절부절못하며 시계를 힐끔힐끔 들여다
보았다. 이다음에 볼일이 있다고 했으니까 시간이 신경 쓰
이는 모양이다. 마지막으로 하나만 더, 라는 말로 나는 그
의 주의를 되돌렸다.

"가사노 씨가 실종된 밤에 운전석은 보였습니까? 아니
면 가사노 씨가 차에 타는 모습을 보셨다든가."

"아니요, 회사에서 차가 나와서 달려가는 것만 봤어요.
그 차에 가사노 씨가 탄 게 아닌가요?"

"아니요, 만약을 위해 확인하는 겁니다. 당일 가사노 씨
가 누군가와 만나기로 했다는 이야기를 들었거든요. 그래
서 그 사람도 같이 있지 않았을까 싶어서."

"아아…… 저는 가사노 씨도, 다른 사람도 차에 타는 모
습은 못 봤어요."

나는 감사를 표하고 기다를 보내주었다. 커피 두 잔의
영수증을 호주머니에 넣고 카페를 나섰다.

예상대로 기다는 가사노 본인을 본 건 아니었다. 차만
보았다. 실종 당일 밤에 차를 운전한 건 범인이라고 추정
해도 무방하리라. 가사노의 차로 그의 시신을 산으로 옮긴
것이다.

시신은 따로 처분하고 위장 공작을 위해 차만 주차장에 놓아뒀을 가능성도 없지는 않지만, 이왕 산속까지 갔으니 시신도 산에 유기했다고 보는 게 자연스럽다. 차를 산속에 방치해 거기서 자살한 것으로 꾸몄는데, 나중에 시신이 다른 곳에서 발견되면 앞뒤가 맞지 않는다.

범인이 누구든 가사노의 시신을 산속에 유기했다면, 시신을 찾기 위해서는 산을 샅샅이 뒤져야 한다. 짚이는 곳도 없이 산에 들어가는 건 현실적이지 못하니 범인을 찾아내서 어디 유기했는지 자백시키든가, 살인 사건이라는 증거를 찾아서 경찰을 동원하는 수밖에 없다.

어쩌면 가사노의 차에 범인의 지문이 남아 있을지도 모르지만, 그건 가사노가 살해당했음을 밝혀낸 후에 범인을 찾을 때 도움이 되는 증거다. 살인을 입증할 증거는 아니었다.

발걸음을 떼어놓자마자 창가 자리에 앉은 여자 손님이 카페 유리창으로 이쪽을 보고 있다는 걸 알아차렸다. 기다에게 눈인사를 한 그 중년 여자다. 기다가 어쩐지 불편해 보였던 건 아는 사람이 가까이 있었기 때문일까. 한순간 눈이 마주친 것 같았지만 여자는 바로 눈을 돌렸다.

*

　오후 4시경에 구치키의 사무실에 도착했다. 복도에서 서류 가방을 든 남자와 마주쳤다. 구치키의 고객일 것이다. 내 탐정 사무소와 달리 구치키의 사업은 성황이다.

　내가 집무실에 들어가자 구치키는 양복 윗도리를 벗어 옷걸이에 거는 참이었다. 넥타이를 늦추며 이쪽을 보고 "왔어?" 하고 맞아주었다. 고객도 갔고 이제 나를 빼면 다른 일정도 없으므로 편한 차림으로 있으려는 모양이다. 서로 격식을 차리는 사이도 아니니까 물론 나도 상관없다.

　내가 구치키의 책상 맞은편에 있는 소파에 앉자, 구치키는 반투명한 비닐 파우치를 들고 와서 내 앞에 앉았다.

　"자, 이거."

　구치키가 비닐 파우치에서 단순한 금속판 키홀더에 달린 열쇠를 꺼내서 건네주었다. 파우치에 가사노 운송의 자잘한 비품을 모아놓은 듯, 통장과 회사 도장 등이 비쳐 보였다.

　"고마워. 잘 쓸게. 오늘 밤이나 내일 아침에는 돌려주지."

　"어제 다녀왔으면서 오늘 또 가?"

　"마음에 걸리는 게 있었는데, 어제는 가에데 과외 때문에 느긋하게 조사할 수가 없었거든."

"일일이 돌려줄 것 없이 2~3일 정도는 가지고 있어도 돼. 잃어버리지 않도록 간수만 잘해."

내 사무소와 구치키의 사무소는 걸어서 2분 거리지만, 빌리러 갔다가 다시 돌려주는 게 귀찮기는 했다. 며칠이나 가사노 운송에 드나들 필요가 있을지는 아직 모르겠지만 호의를 받아들이기로 했다.

구치키가 늘 보온해두는 유리 포트로 커피를 내려주었다. 구치키의 사무소에는 베테랑 직원이 한 명 있는데 지금은 외출한 모양이었다.

"실은…… 의뢰인에게는 아직 말을 안 했지만 가사노 도시야는 단순히 실종된 게 아니라 사건에 휘말렸을지도 몰라."

나는 구치키가 자신의 컵을 들고 와서 앉기를 기다렸다가 조사 경과를 보고했다. 살인일 가능성이 있다고 알리자 구치키의 표정이 달라졌다. 자살 아니면 실종이라고는 생각했어도 살인은 머릿속에 없었던 듯하다.

나는 가사노 운송의 사무소에 영혼이 있었다는 것, 영혼은 보통 시신 곁이나 자신이 죽은 곳에 나타나니까 가사노 도시야는 사무소에서 사망한 후 유기된 걸로 추정된다는 것, 불완전하지만 환시가 보인 것과 그 내용에 대해서도 설명했다.

내 설명이 끝나자 구치키는 앓는 소리를 내며 머리를 긁적였다.

"실종된 지 2년이나 지났어. 이제 와서 산속에 차가 있었다는 점을 지적하며 자살일 가능성이 있다고 주장해도 긴급성이 없으니 경찰은 움직이지 않겠지. 산속에 시신이 있다면 경찰을 동원해서 찾는 게 제일 현실적인데."

"맞아. 살인일 가능성이 있다면 물론 경찰은 움직이겠지만…… 본인의 영혼과 내가 본 환시 외에는 살인을 입증할 증거가 없어. 거기서부터 실마리를 붙잡아서 경찰에 제시할 만한 증거를 찾아내는 수밖에."

"네가 본 환시는 누구와도 공유할 수 없으니까. 설령 경찰이 믿어준다고 해도 증거로는 못 써."

"예를 들어 목격 증언을 날조해서 경찰을 움직인다고 하더라도, 아직 산에 확실히 시신이 있다고 밝혀진 건 아니니까……."

"그건 위험성이 너무 높아."

결국 그 선명하지 못한 환시에서 어떻게든 실마리를 얻어서 범인을 찾아내 자백시키든가, 객관적인 증거를 확보하는 수밖에 없다.

범인의 행동에는 이해가 안 되는 부분이 많다. 그 의미를 알면 범인이 누구인지도 알아낼 수 있을 것 같았지만, 현재로서는 용의자조차 구체적으로 부각되지 않았다.

애당초 가사노를 죽일 동기가 있을 법한 사람이 없었다. 누군가가 가사노에게 깊은 원한을 품었다는 이야기는 듣지 못했고, 경제적으로도 가사노가 죽어서 이득을 볼 만한 사람은 생명 보험금 수령인인 도모코 정도였다.

"살해 동기도 그렇지만 시신을 산으로 옮긴 이유도 잘 모르겠어. 범인은 시신을 이동시켰을 뿐만 아니라 차를 산에 놔뒀지. 그 행동에 어떤 의미가 있을까 고민 중이었어."

혼자 고민하기보다 남에게 이야기를 하면 정보가 정리되어 머릿속도 말끔해지고, 다른 시각에서 말해주는 의견이 힌트가 될 수도 있다. 내가 컵을 테이블에 내려놓고 이야기를 꺼내자 구치키는 재촉하듯 말없이 눈을 들었다.

"보통 시신을 산에 버리는 건 쉽게 발견하지 못하게 하기 위해서야. 하지만 차를 주차장에 놔두면 시신이 산에 있다는 게 드러나잖아? 시신을 감추고 싶다면 몰래 유기하고 차는 상관없는 곳에 버리면 될 텐데, 왜 여봐란듯이 산속 주차장에 차를 세워놨을까."

"만에 하나 시신이 발견됐을 때를 대비해 자살로 위장한 것 아닐까. 가족도 산속까지 찾지는 않을 테고, 찾더라도 그렇게 쉽게는 발견되지 않겠지. 그리고 혹시나 발견되더라도 자살로 처리되면 자기는 안전해. 사람이 드나들지 않는 산에 버리는 김에 자살로 위장한다. 이중 보험이야."

"난 금방 발견되면 곤란하지만 언젠가는 찾아내길 바라는 마음에 산속에서 목을 맨 것처럼 위장하고, 힌트 삼아 차를 주차장에 놔둔 건가 싶었어."

내가 무슨 생각을 하는지 구치키도 감을 잡은 모양이었다. 자세를 고치고 거뭇거뭇한 턱수염을 쓰다듬으며 눈을 가느스름하게 떴다.

"금방 발견돼서 아직 멀쩡한 시신을 부검하면 타살임이 밝혀질지도 모르지만, 나름대로 시간이 흐르고 나면 그럴 위험성이 낮아진다, 그런 건가. 시신을 금방 조사하는 건 무섭지만 언젠가는 찾아내길 바란다…… 시신이 발견됨으로써 범인에게 이익이 생긴다. 즉, 동기는 보험금. 가사노 도모코가 수상하다는 거야?"

"그런 생각도 했었지. 하지만 환시 속에 도모코 씨는 나오지 않았고, 과연 여자 혼자서 남자를 죽이고 산속까지 옮겨 나무에 매달 수 있을까?"

"뭐, 무리겠지."

그렇다면 용의자가 없어진다.

원인은 모르지만 가사노 운송의 사무소에 있었던 영혼은 사라졌고, 귀중한 힌트인 환시도 도중에 끊어졌다. 어쩌면 그다음 장면에 범인을 밝혀낼 실마리가 있었는지도 모른다. 이번에 가서 다시 잠을 잘 생각이지만 영혼이 없어졌다면 환시는 보이지 않을 테고, 가령 보이더라도 환시 자체가 전체적으로 선명하지 않았으니까 기대도 하기 어렵다.

"환시 속에서 범인 같은 남자가 보인 건 수확이지만……작업복 정도밖에 보이지 않아서 용의자의 범위를 좁힐 수가 없어. 그밖에는 이렇다 할 특징도 없었거든. 특별히 뚱뚱하거나 마르지도 않았더라. 하반신은 비교적 탄탄한 느낌이었지만 그 정도가 다야."

환시에 소리도 나온다면 몸싸움을 벌일 때 나는 목소리 등에서 범인의 실마리를 얻을 수 있었을 것이다. 하지만 나에겐 영혼의 기억이 영상으로 보일 뿐, 음성이나 소리는 나오지 않는다. 확실한 사실은 범인이 회색 작업복을 입은 남자라는 것뿐이다.

가사노와 같이 일했던 하나사키 운수의 직원들은 모두

똑같은 작업복을 입었고, 하나사키 사장 말로는 가격이 싼 대량 생산품이라 다른 회사에서도 거의 비슷한 옷을 흔히 입는다니까 그 요건에 해당되는 남자는 무수히 많다.

"작업복이라…… 회사 이름이 박혀 있었다든가, 그런 건 없었지?"

"적어도 환시를 본 바로는. 그렇게까지 똑똑히 보인 건 아니니까 단언은 못 하지만."

작업복을 입을 만한 직종, 아마도 가사노와 동종업자이며 가사노 운송을 찾아올 이유가 있었던 사람 중에서 가사노와 금전적 또는 업무적으로 직접 관련이 있었던 인물을 차근차근 찾아가는 수밖에 없다. 산에 들어가서 시신을 찾는 것보다는 할 만한 일이다.

"임시로 일이 들어왔을 때 보조하러 가사노 운송에 드나들었던 동종업자가 없었는지, 동종업자 중에서 가사노 씨에게 돈을 빌려준 사람이 없었는지 하나사키 운수 사람들을 중심으로 탐문해볼게. 일단 당장 내일부터라도."

"알았어. 그럼 가사노 운송의 직원이었던 사람에게도 이야기를 들어보는 게 좋겠군. 경기가 나빠져서 해고됐지만 회사를 시작했을 무렵에는 직원이 한 명 있었던 모양이니, 보조를 부탁할 때는 그 사람을 우선적으로 부르지 않았을까. 보조가 필요할 만큼 가사노 운송에 일이 많았을 것 같지는 않지만."

구치키는 잠깐 기다리라며 소파에서 일어났다. 그리고 문이 달린 철제 선반 앞으로 가서 표지가 종이로 된 파일철을 꺼내서 가져왔다. 파일철에는 '가사노 운송'이라고 인쇄된 라벨이 붙어 있었다.

"내가 청산인 입장에서 조사하는 건 가사노 도시야가 아니라 회사니까 네게 도움이 될 만한 정보는 별로 없을지도 모르지만, 자료를 볼래? 예전 직원의 이름도 실려 있고, 거래처와 채권자의 이름과 연락처도 있어. 채권자와 실제로 접촉할 때는 내가 먼저 연락해서 상대에게 허락을 받아야겠지만. 실종된 대표자를 찾기 위해 고용된 탐정이라고 하면 보통 싫다고는 하지 않겠지. 채권자 쪽도 가사노 도시야를 찾아내 돈을 한 푼이라도 더 많이 회수하고 싶을 테니까."

더 바랄 나위가 없는 제안이었다. 꾸벅꾸벅 절하다시피 하며 파일철을 받아들었다. 가사노가 개인적으로 금전 문제가 있었던 상대와 다퉜을 가능성을 염두에 뒀지만, 도모코는 남편과 회사의 채무에 대해 거의 몰랐으므로 어떻게 해야 할지 난감했던 참이었다.

사무소에서 가지고 나가면 안 된다기에 그 자리에서 살펴보기로 했다.

구치키가 자기 책상으로 돌아가 업무를 보는 동안 나는 소파에 앉아 자료를 뒤적였다. 문외한에게 회사 청산 절차를 위한 자료와 재산 목록은 이해하기 어려웠으므로, 가사노와 접점이 있었다고 추정되는 개인의 이름을 찾는 데 집중했다.

하지만 가사노의 실종과 관련해 도움이 될 만한 정보는 좀처럼 눈에 띄지 않았다. 가사노 운송이 갚지 못할 만큼 많은 빚을 지기까지의 경위는 대강 알았지만 그뿐이었다.

개인 채권자가 있지 않을까 싶었지만 채권자 일람에 실린 건 은행과 신용금고의 이름뿐이었다. 생각해보면 당연하다. 개인에게 돈을 빌렸다고 해도 그건 가사노 도시야 명의로 빌린 돈이다. 이 자료에는 회사 명의로 빌린 돈밖에 실려 있지 않다.

회사에 빌려줬다고 해도 결국은 가사노가 혼자 경영하던 회사니까 채권자가 그를 찾아왔을지도 모른다. 하지만 은행이나 신용금고 담당자가 채무자에게 변제를 요구하다 싸움을 벌이다니, 아무래도 상상이 안 되는 일이었다. 돈을 갚으라는 둥 무리라는 둥 말다툼을 벌이다가 못 갚는다, 파산할 생각이다, 라는 말에 발끈해서…… 그런 일이 있었다면 역시 개인이나, 아주 규모가 작은 동네 대금업자일 것이다.

회사에 사업 자금을 대출해줄 만한 금융 기관이 실종에 관여했으리라고는 볼 수 없다. 회사 자료에서 얻을 정보는 없는 것 같다고 포기하려 했을 때 이름 하나가 눈에 들어왔다. 기대했던 채권자 일람표가 아니라 사업 내용에 관한 자료였다.

종업원 1명. 기다 다카시, 2015년 3월 31일 해고, 체불 임금 없음.

"……기다?"

"왜? 뭔가 찾았어?"

책상 앞에 앉아 있던 구치키가 묻기에 나는 벌떡 일어나 그에게 가서 자료를 보여주었다.

"이거, 이 기다 다카시라는 사람……."

"응? 아, 그 사람이 아까 말한 예전 직원이야. 금전적인 문제는 없으니까 청산 절차와는 상관없지만……."

"이 사람, 오늘 만나고 왔어. 가사노 도시야가 실종된 밤에 회사에서 나가는 차를 목격한 사람이야."

"기다 다카시가?"

구치키도 목격자의 이름까지는 못 들었는지 놀란 표정으로 일어섰다.

"여기 해고됐다고 적혀 있는데…… 가사노 씨가 해고했다는 거지?"

"응, 실종되기 반년쯤 전에. 가사노 운송의 경영 상태가 많이 악화되는 바람에 월급을 줄 수 없어서 해고했다고 들었어."

예상치 못한 부분에서 실마리가 이어졌다. 그런데 이 실마리는 의미가 있는 걸까.

나는 자료에 실린 이름을 들여다보며 오늘 만나서 이야기한 구릿빛 머리 남자의 얼굴을 떠올렸다. 그러고 보니 도중에 어쩐지 안절부절못하는 낌새였다. 그건 켕기는 구석이 있었기 때문일까.

"기다가 해고당한 데 앙심을 품었다면……."

"그게 살인을 저지를 만한 동기라고? 그건 아니겠지. 월급을 지불할 수 없어서 직원을 해고해야 할 처지에 빠진 회사야. 버티고 있었던들 조만간 망할 조짐이 뻔히 보였을 텐데 뭘."

그것도 그렇다. 월급도 못 주는 회사에 남아 있은들 무슨 소용이랴. 아무리 뭐래도 비약이 너무 심했다.

"해고당하기까지 월급은 밀린 적이 없었고, 가사노 도시야가 살해당할 만큼 직원에게 원한을 샀을 것 같지는 않지만…… 뭐, 월급과는 별개로 개인적인 돈거래가 있었을 가능성은 무시할 수 없으려나."

하지만 사장이 직원에게 돈을 빌리는 상황은 상상이 잘 되지 않는다. 만약 빌렸더라도 큰 액수는 아니었을 것이다. 사람을 죽이기에 이를 만큼 큰 금액이 움직였으리라고는 볼 수 없다. 구치키도 가능성의 이야기를 했을 뿐이리라.

남은 건 사장과 직원으로서가 아니라 개인적으로 기다에게 가사노 도시야를 죽일 동기가 있었느냐다.

"기다도 회사가 어떤 상황인지는 알고 있어서 별 갈등 없이 원만하게 퇴직했다고 들었는데……."

"해고인데?"

"실업 급여를 처리하는 문제로 해고라는 형식을 취했고, 기다도 그걸 받아들였대. 월급도 체납되지 않았고. 전화로 기다 본인에게 확인했어."

"그렇구나. ……너무 지나친 생각이었나."

가사노가 실종된 밤에 차를 목격한 사람이 해고된 직원이었다는 이유만으로는 그를 의심하는 건 부적절하다. 애당초 기다는 가사노 운송에서 일하느라 회사 근처에 방을 빌려서 살았을 테니(마침 근처에 살았으니까 가사노 운송에서 일했을 가능성도 있지만) 집으로 돌아가는 길에 우연히 회사에서 나오는 차를 목격했다고 해도 전혀 이상할 것 없다.

시계를 보자 생각보다 시간이 많이 흘렀다. 고맙다고 인사하고 파일철을 돌려준 후 열쇠만 들고 구치키의 사무소를 나섰다.

예정보다 조금 늦어졌지만 어제보다는 이른 시간이다.

가사노 운송으로 향하면서 생각했다.

기다가 가사노 운송에서 일했다면 작업복도 가지고 있을 것이다. 가사노가 보조를 요청했어도 이상하지 않다. '작업복 차림의 남자'가 기다였을 가능성은 있다. 한편 구치키 말마따나 기다에게는 동기가 없다. 게다가 카페에서 가사노가 실종된 밤에 사람과 만났다고 알렸을 때도 그는 딱히 수상쩍은 반응을 보이지 않았다.

결국 무라이, 하나사키, 그 밖의 운송회사 직원과 비교해 기다가 특별히 더 의심스럽다고 할 만한 근거는 없다. 하지만 뭔가가 마음에 걸렸다.

가사노의 차를 목격한 기다의 이름과 연락처를 알려준 사람은 도모코다. 하지만 도모코는 기다가 가사노 운송의 직원이었다는 사실을 내게 말하지 않았다.

관계없다고 여겼기 때문일까. 그러나 도모코는 죽었을 거라 단정하면서도 내게 남편의 수색을 의뢰했고, 나는 의뢰를 받아들여 일단 가사노의 주변 정보를 모으겠다고 했다. 그러니 도모코 입장에서는 불필요할 듯한 정보라도 일단 내게 알려주는 것이 도리 아닐까. 아무리 회사 경영에 관여하지 않았던들 사장을 빼면 한 명뿐인 직원의 이름 정도는 알고 있었을 것이다.

그게 조금 마음에 걸렸다. 카페에서 기다가 보여준 태도도. 도모코의 행동도 기다의 태도도 무슨 근거라기에는 부족하지만, 무시할 수는 없다.

감에 가까운 발상이지만 한 가지 가능성이 떠올랐다.

남에게 원한을 살 만한 짓도 하지 않았고 돈도 없는, 망해가는 회사의 사장. 그런 사람을 죽일 동기를 가진 인물이 보험금 수령인인 아내 말고도 있다면.

*

가사노 운송에 도착한 후 문을 열자 영혼이 있었다.

어제와 똑같은 위치에 똑같은 모습으로 서 있었다.

안도감과 그럼 어제 그건 뭐였느냐는 기분이 동시에 솟

았지만, 아무튼 이제 환시의 다음 장면을 볼 수 있을지도 모른다.

다시금 살펴보니 역시 평소 보이는 영혼보다 윤곽이 조금 모호한 것 같았다. 영혼은 원래 불확실한 존재이지만 평소 보이는 영혼 이상으로 주변 풍경과의 경계가 희미하게 느껴졌다.

역시 죽고 나서 시간이 흘러 존재감이 희박해진 걸까. 환시가 선명하지 않은 것도 파장이 원인이라기보다 그 탓으로 보는 편이 자연스러울 듯했다.

존재가 불안정해서 어제는 느닷없이 사라져버렸는지도 모른다. 또 사라지기 전에 나는 서둘러 소파에 누워 눈을 감았다.

회색 작업복을 입은 남자가 보였다.

영상은 어제와 마찬가지로 선명하지 못했다.

시점의 당사자가 고개를 숙이고 있는 탓에 남자가 어떻게 생겼는지는 모르겠다. 작업복 가슴께에 회사 이름 등의 글자가 들어가 있는지도 보이지 않았다.

이어서 시점의 당사자가 문을 향해 걸어간다. 남자와 몸싸움을 벌인다. 여기까지는 어제도 보였다. 완전히 동일한 환시다. 천장이 보인 후에 시야가 약간 흐릿해졌다가 보이는 각도가 바뀌었다.

분명 이때 시점의 당사자는 죽은 것이다. 자신의 몸을 위에서 바라보고 있다. 분명 무슨 일이 일어났는지 이해를 못 한 것이다.

파란색 시트가 쫙 펼쳐졌다. 얄찍한 비닐 시트가 아니라 공사 현장 등에서 사용하는 두툼하니 튼튼한 물건이다. 어제 한순간 보였던 파란색은 이 시트의 색깔이었나. 옆을 향하고 있던 남자의 시신이 아래쪽을 향해 반회전해 시트에 감싸였다. 그 환시는 금방 사라졌지만, 어제는 보이지 않았던 다음 장면이었다.

그러고 나서 영상이 바뀌었다. 흙이 보였다. 장소가 달라진 듯했다. 어둡다. 숲속일까?

내려다보이는 구덩이 속의 불룩한 파란색 시트 위에 흙이 끼얹어진다.

그 장면을 마지막으로 환시는 끝났다.

나는 소파에서 몸을 일으켰다.

고개를 돌려 실내를 둘러보았다.

영혼은 사라지지 않았다. 내가 잠들기 전과 다름없이 제자리에 있었다.

이번에 환시는 도중에 끊어진 것이 아니다. 그게 전부다. 기대했던 범인의 실마리는 얻지 못했고, 새로운 정보도 많지는 않았지만 한 가지 사실을 알았다.

파란색 시트에 감싸인 시신 위에 누군가 흙을 끼얹는 광경을 살해당한 본인이 보고 있었다. 그건 영혼이 되고 나서 본인에게 남은 기억이다. 즉, 범인은 시신을 여기에서 어딘가로 옮긴 후 매장한 셈이다. 나무에 매달아 자살로 위장한 것이 아니다.

그렇다면 도모코는 범인이 아니다. 그녀는 남편이 목을 맸을 거라고 주장했고, 타살이 확실시되는 형태로 시신을 유기했다면 시신을 찾기 위해 굳이 나를 고용할 리 없다. 애당초 발견하길 바란다면 시신을 땅에 묻을 이유가 없다. 도모코는 남편의 죽음에 관여하지 않았다.

원래부터 도모코는 범인이 아닐 거라 생각하긴 했지만, 그녀 자신이 손을 쓰지 않더라도 남자 공범과 모의해 남편을 죽였을 가능성은 완전히 배제하지 못했다. 하지만 이로써 확실해졌다. 도모코는 용의선상에서 제외된다.

하지만 모르는 점은 오히려 더 늘어났다. 누가 범인이든 그 사람의 행동은 이해가 가지 않는다. 자살로 위장하고 싫었다면 시신을 묻을 리 없다. 그리고 그저 발견되지 않도록 유기했다면 유기 현장 근처에 차를 놔둘 이유가 없다.

범인은 차를 산속 주차장에 방치해 가사노가 산으로 들어간 것처럼 위장까지 했으면서, 시신을 나무에 매달지 않고 땅에 묻었다. 어쩌면 시신에 타살임을 증명할 흔적이 남아 있었는지도 모른다. 자살로 위장하고자 시신을 산으로 옮기고 나서야 그 사실을 깨닫고 계획을 변경한 걸까. 그렇다면 왜 차를 시신에서 좀 더 떨어진 곳에 버리지 않았을까. 그래야 시신이 발견될 위험성이 낮아지고, 도주하기도 훨씬 편하다. 뭔가 그러지 못할 이유가 있었던 걸까.

범행 직후에는 범인도 동요할 테니 반드시 합리적으로 행동하지는 않는다 치더라도, 타고 온 차를 산속에 두고 가는 데는 나름의 이유가 있을 것이다.

"······통 모르겠네. 가사노 씨, 대체 누구한테 살해당한 겁니까?"

나는 바닥에 다리를 내리고 말없이 서 있는 영혼에게 물어보았다.

물론 대답은 없었다.

피해자 본인이 여기 있는데도 내가 그에게 끌어낼 수 있는 정보는 제한된다. 그가 뭔가를 알리고 싶어도 나에겐 그 목소리가 들리지 않고, 내가 그에게 한 말이 전달되는지도 미지수다.

한숨을 쉬며 신발을 신었을 때 호주머니에 넣어둔 스마트폰이 진동하며 전화가 왔음을 알렸다. 꺼내보자 모르는 번호가 떠 있었다.

"네, 아마노입니다."

"아, 받았다. 오늘 만났던 하나사키 운수의 무라이요. 탐정님 맞나?"

스마트폰을 귀에 대자 몇 시간 전에 만났던 무라이의 목소리가 들렸다.

"탐정님이 간 후에 생각난 게 있어서 혹시나 참고가 될까 싶어 전화했는데……."

"정말입니까, 감사합니다. 참고가 되고말고요."

누가 보는 것도 아니건만 허리를 쭉 펴고 대답했다. 이렇게 바로 연락이 올 줄은 몰랐기에 놀랐지만, 정보 제공은 언제나 대환영이다.

"음, 일단 가사노 씨네 회사에 분명 직원이 있었을 거야. 이름은 잊어버렸지만 가사노 씨가 사라지기 얼마 전에 해고했다던가…… 나도 대기실에서 몇 번 봤어. 그 사람에게 이야기를 들어보면 좋지 않을까 싶은데."

기다 말이겠지. 구치키가 작성한 자료에 따르면 가사노 운송이 옛날에 고용한 적이 있는 직원은 그 혼자였다.

"감사합니다. 그분과는 한 번 만났어요."

"아, 그렇군. 벌써 조사했나. 탐정답네."

"아니요……."

그렇지도 않다. 나도 아까 전에야 알게 된 정보였다.

창피한 심정으로 부정을 했지만 무라이는 감탄한 모양이었다.

"그리고 이건 참고가 될 것 같지는 않지만, 얼마 전에 우리 회사 젊은 놈이 주차장에서 유령을 봤다더라고."

"유령요?"

화제가 의외의 방향으로 흘러갔다.

나는 옆에 서 있는 영혼에게 눈길을 주었다.

"주차장 끄트머리, 그러니까 산 쪽에 후줄근한 인상의 남자 유령이 서 있다가 슥 사라졌대. 얼굴은 모르겠다는데, 유령이 서 있던 곳이 가사노 씨의 차가 세워져 있던 곳 부근이야."

무라이는 마치 비밀이라도 알려주듯이 소곤대더니 "탐정님이 간 후에 그 이야기가 생각나서 말이야" 하고 말을 이었다.

"처음 그 이야기를 들었을 때는 별생각 없었는데, 지금 생각해보니 그거 가사노 씨가 아니었을까 싶어. 그래서 역시 가사노 씨는 자살했을지도 모르겠다는 생각이……. 그녀석이 잘못 봤을지도 모르고, 이번 일과는 관계없을 수도 있지만 탐정님이 뭐든지 생각나면 말하라고 그랬잖아."

"네, 물론 어떤 정보라도 참고가 됩니다. 감사합니다."

최대한 정중하게 대하며 오늘 갔었던 하나사키 운수의 주차장을 떠올렸다.

내가 본 바로 거기에 영혼은 없었다. 나와는 파장이 맞지 않아 보이지 않았을지도 모르니까, 젊은 직원이 영혼을 봤다는 이야기가 거짓말이나 착각이라고 단정할 수는 없다. 그렇지만 가사노의 영혼은 여기 있으니 그 직원이 봤다는 유령은 사건과는 무관한 다른 유령일 것이다.

"가사노 씨 일은 제쳐놓고, 하나사키 운수의 주차장에 유령이 나올 법한 일은 있었습니까? 사고로 돌아가신 분이 계시다든가……."

"글쎄, 그건 잘 모르겠네."

"유령을 봤다는 분은 오늘 안 계셨던 분이죠? 이야기를 들으러 다시 찾아뵙고 싶은데요."

아마 유령 이야기는 더 이상 파고들어도 소득이 없겠지

만, 오늘 하나사키 운수에서 만나지 못했던 직원들과 만나고 싶었고 가사노와 접점이 있었던 다른 회사 동종업자와도 이야기를 나누고 싶었다. 일껏 무라이가 전화를 주었으니 이 기회를 놓치지 않고 협조를 요청하기로 했다.

통화하면서 눈을 돌려 몇 번이나 확인했지만, 오늘은 영혼이 사라질 낌새가 없었다.

내가 무라이와 통화하는 내내 그는 말없이 제자리에 서 있었다.

*

다음 날 토요일 아침, 나는 다시 하나사키 운수를 방문했다.

하나사키 운수는 일요일과 공휴일만 쉬지만, 토요일 아침은 출고 시간이 평일보다 조금 늦다고 무라이에게 들었다. 운전기사들이 출근하기를 기다렸다가 그들이 짐을 싣고 출발하기 전에 순서대로 이야기를 들을 수 있었다.

사장이 한마디 해준 덕분에 모두 협조적이었고 어제 없었던 직원들과도 대부분 이야기를 나누었지만, 딱히 새로운 정보는 얻지 못했다.

무라이가 주차장에서 유령을 봤다는 직원을 소개해줘서 그에게도 이야기를 들었다. 무라이는 '우리 회사 젊은 놈'이라고 했지만 무라이에 비해 젊을 뿐, 30대 중반의 그는 회사에서 고참에 속하는 모양이었다. 그에게 주차장에서 유령을 본 경험은 일종의 무용담인 듯 내게도 기꺼이 이야기해주었다.

"1년쯤 전이었나. 아주 늦게 퇴근한 날이었어요. 보통 그렇게 늦어지는 일은 없는데, 밤 9시 넘어…… 9시 반쯤이었나. 바쁜 시기였던 데다 주임 일이 아직 손에 익지 않아서 전표 정리에 시간을 잡아먹었거든요. 혼자 야근하다 겨우 일을 끝내고 주차장에 갔더니."

유령이 서 있었다고 한다.

"어쩐지 분위기가 남자 같았을 뿐…… 얼굴은 전혀 못 봤어요. 저, 가끔 그런 게 보이거든요. 아, 야단났다 싶어서 눈을 돌렸는데 차에 타고 다시 봤더니 없더라고요."

그 유령을 보았을 때 가사노라는 생각은 들지 않았다고 한다. 그냥 심령체험담 삼아 '이런 일이 있었다' 하고 동료들에게 이야기했을 뿐이다. 아무래도 무라이가 그 이야기를 떠올리고 실종된 가사노와 결부시킨 모양이다.

"보통 밤 9시경에는 다들 퇴근하시고 없나요?"

"암, 아무도 없지. 문도 잠그니까. 주임은 열쇠가 있으니까 남으려고 하면 남을 수 있지만."

내 물음에 심령체험담을 들려준 직원이 아니라 옆에서 듣고 있던 하나사키 사장이 대답했다.

"9시까지 직원이 남아 있는 일은 거의 없어. 아주 바쁜 시기에, 1년에 한 번 있을까 말까 할 정도려나. 야근을 해도 대개 8시에는 퇴근할 거야. 우리 회사는 복리후생이 철저하거든."

유령 이야기는 제쳐놓고 이건 유용한 정보다. 사건 당일 밤, 기다 다카시가 가사노 운송에서 나가는 차를 목격한 시간이 밤 8시에서 9시 사이. 가사노 운송에서 하나사키 운수까지 차로 30분쯤 걸리니까 범인이 다른 곳에 들르지 않고 곧장 왔다면 주차장에 도착한 시간은 8시 반에서 9시 반경이다. 그 시간에 하나사키 운수에는 아무도 없었다. 그러므로 가사노의 차를 운전해 주차장에 온 범인의 모습을 직원들은 아무도 보지 못했다.

9시 반이 이른 시간은 아니지만, 회사에 따라서는 사람이 남아 있어도 이상하지 않을 시간이다. 범인은 그 시간대에 하나사키 운수에 사람이 없다는 사실을 알고 있었기에 시신 유기 장소로 이 산을 골랐을 것이다.

내부 사정을 안다, 즉 범인은 하나사키 운수의 관계자일까. 그러나 다른 회사 사람이 하나사키 운수의 직원에게 근무 상황을 들었을 가능성도 있다.

막연히 하나사키 운수의 관계자를 의심해봤지만 그중에 특별히 수상한 사람은 눈에 띄지 않았다. 더 이상은 파고들 방도가 없었다. 일단 지금은 누군가 과거의 일을 떠올려 정보를 제공해주기를 기다리는 수밖에 없다.

그 후 가사노가 담당했던 배송처로 간다는 트럭에 동승했다. 사장이 협조적이라 다행이었다. 트럭이 오전 배송을 마치고 하나사키 운수에 돌아오기까지 배송처 두 곳에 동행했다. 트럭 대기실에서 회색 작업복을 입은 사람을 보면 이야기를 들었지만 헛수고로 끝났다.

가사노를 알거나 이야기를 나눠본 사람 자체가 거의 없었다. 도모코에게 받은 사진을 보여주자 대기실에서 본 적은 있다고 대답한 사람은 있었지만, 그 정도였다. 피해자와 가해자 사이가 될 만큼 인간관계가 밀접했을 것으로 추정되는 사람은 찾지 못했다.

그리고 내가 가사노에 대해 조사하고 있다며 실종 당일 밤의 목격 증언을 들려줘도 누구 하나 동요하는 기색은 보이지 않았다.

별 소득도 없이 낮이 되어 나는 트럭에 태워준 운전기사와 하나사키 사장에게 감사 인사를 하고 하나사키 운수를 뒤로했다. 운전기사들은 이제부터 오후 배송을 시작한다. 나는 가에데의 집에서 과외 아르바이트를 해야 한다.

환시 속에서 범인 같은 남자를 보고 작업복이라는 실마리를 얻었음에도 조사에는 좀처럼 진전이 없었다. 조사를 시작한 지 사흘, 업무상 가사노와 접점이 있었던 사람 중 일부에게만 증언을 들었지만 애당초 가사노는 적극적으로 남과 교류하는 성격이 아니었던 듯하다. 앞으로도 가사노가 담당한 배송처를 돌아볼 계획이기는 하지만 가사노와 교류가 있었던 사람을 찾기가 쉽지는 않을 것 같았다.

다음에는 가사노 도시야에게 개인적으로 돈을 빌려준 사람이 없느냐는 점에 집중해 하나사키 운수 직원들에게 물어보자. 개인적으로 금전 관계가 있었던 사람이라면 돈을 받으려고 가사노 운송을 찾아갔을 수도 있다. 빌려준 쪽은 돈을 돌려받고 싶을 테니 채무자를 죽일 이유가 없지만, 다투다 보니…… 그럴 가능성도 전혀 없지는 않다. 살인 동기는 제쳐놓고 일단은 가사노 운송을 방문할 이유가 있었던 사람을 찾는 게 급선무다.

여전히 용의자다운 용의자가 부각되지 않아 약간 초조

했다. 현재 구체적으로 떠오르는 사람은 기다 다카시 정도다. 가사노 도시야와 친분이 있었으며 한때 직원이었으니 도와달라는 부탁을 받고 회사를 방문할 수도 있다. 어쩌면 본인들밖에 모르는 무슨 갈등이 있었을 가능성도 있다.

하지만 그런 기다도 실제로 만나 이야기해보니 수상쩍은 느낌은 아니었다. 도중에 태도가 약간 이상해지기는 했지만, 가사노가 작업복 차림의 남자와 만나는 걸 목격한 사람이 있다고 내가 떠보았을 때도 별다른 반응을 보이지 않았고, 탐정과 이야기하는 데도 거부감은 없는 듯했다.

기다뿐만이 아니다. 다른 회사의 운전기사와 하나사키 운수의 직원들 역시 내가 기습적으로 이야기를 꺼냈는데도 차분한 태도를 유지했다. 특별히 수상쩍은 사람이 없다. 아니면 이미 범인과 접촉했는데 내가 꿰뚫어 보지 못했을 뿐일까.

"일이 잘 안 풀리나 보네요."

가에데의 집에 도착해 과외를 시작하기 전에, 가에데가 내 얼굴을 보자마자 그렇게 말했다. 나는 무심코 쓴웃음을 지었다. 그렇게 대놓고 풀 죽어 있을 마음은 없었지만 가에데가 한눈에 알아차릴 정도로는 한심한 표정을 지었던 모양이다.

"얼굴만 보고 알다니 네가 더 탐정 같구나."

"아저씨가 너무 티를 내는 거죠."

그건 탐정으로서 문제인 것 같다. 나는 반성하며 가에데의 방으로 가서 교과서를 펼쳤다.

영작문 숙제를 확인하고 틀린 부분을 지적한 후, 왜 거기를 틀렸는지 확인했다. 내가 설명하면 대개 가에데는 금방 고개를 끄덕이며 "알겠어요" 하고 대답한다. 그리고 한 번 지적받은 부분은 다시는 틀리지 않았다.

"영작문을 할 때 일본어로 생각한 문장을 영어로 바꿔서 적으면 혼란스러운 데다 일본어 문법에 맞춰서 생각하니까 잘 틀려. 패턴을 외우는 게 좋아. 영어 정형문이랄까, 이럴 때는 이렇게 쓴다는 형태를 외워서 조합하는 느낌이랄까."

가에데는 내 충고에 고개를 끄덕이며 샤프로 술술 글자를 적어나갔다. 원래 틀린 부분이 적은 데다 이해력도 좋아서 한 시간 만에 숙제뿐만 아니라 예습과 복습까지 끝났다.

가에데를 가르치는 일은 편하지만 보람이 없느냐 하면 그건 아니다. 그가 우수한 학생이라 그렇겠지만, 배우자마자 흡수하므로 가르친 성과가 금방 나와서 좋다. 탐정 일이 콱 막혀서인지 오랜만에 달성감을 얻은 기분이었다.

"점심 아직 안 먹었는데, 같이 먹을래요?"

가에데의 제안을 고맙게 받아들이기로 했다. 부엌으로 가자 랩을 씌운 큰 접시에 삼각김밥 몇 종류와 계란말이가 차려져 있었다. 아무리 봐도 혼자 먹기에는 많은 양이었다. 고이케가 내 몫까지 준비해준 모양이다. 가에데가 냄비에 든 된장국을 데우고 냉장고에서 겨된장에 절인 채소를 꺼냈다.

둘이서 마주 앉아 두 손 모아 잘 먹겠습니다, 라고 말하고 나서 식사를 시작했다.

편의점 상품이 아닌 삼각김밥을 먹는 건 몇 년 만일까. 가에데에게 과외를 시작하기 전에는 남과 마주 앉아 식사를 하는 일도 거의 없었다.

된장국은 인스턴트나 프랜차이즈 정식집의 된장국과는 맛이 전혀 달랐다.

"아저씨의 능력 말인데요." 가에데가 채소절임을 앞접시에 덜면서 입을 열었다. "죽은 사람의 모습은 보이지만 목소리는 안 들린다고 했죠. 대신에 영혼 곁에서 자면 그 사람의 기억이 보인댔나. 실내라면 다행이지만 밖이라면 힘들겠네요. 어디서든 마음대로 잘 수 있는 건 아니잖아요."

"그렇지. 현장이 바깥이면 아주 힘들어. ……이번 사건에 대해서는 말 안 할 거야. 유도 신문해도 소용없어."

"업무에 대해 억지로 캐묻지는 않을 테니 그렇게 경계할 필요 없어요."

그렇게 말해도 방심은 금물이었다. 영특한 가에데이니만큼 억지로 캐묻지 않더라도 은근슬쩍 이야기를 끌어낼 법하다.

가에데는 내가 경계심을 풀지 않는 걸 보고 뜻밖이라는 듯 "나한테는 영혼이 안 보이니까 흥미가 생겼을 뿐이에요" 하고 덧붙였다.

"깨어 있을 때 영혼과…… 대화는 못 하더라도 다른 방법으로 의사소통은 할 수 있어요? 고개를 젓는다거나 몸동작 같은 걸로."

"아니, 이쪽에서 뭔가 전하려 해도 아마 전해지지 않을 거야. 몇 번 말을 걸어봤지만 대답해준 적은 없어. 잠들면 영혼에게 정보를 얻을 수 있지만, 그것도 그저 영혼이 발신한 정보를 받아들일 뿐이지. 일방통행이라고 할까……."

영혼에게는 뭔가 미련이, 누군가에게 전하고 싶은 마음이 있는 거겠지. 그래서 이 세상에 남아 있는 거라고 생각한다. 하지만 영혼은 환시를 통해 일방적으로 자신의 기억을 보여주기는 해도, 이쪽의 질문이나 요구에는 응하지 않는다.

영혼들은 나 개인에게 뭔가를 전하려는 게 아니라 그저 누가 알아줬으면 해서 불특정 다수에게 메시지를 보내고 있으며(사실 영혼에게 그런 의사가 있는지 없는지조차 나로서는 확인할 방법이 없지만) 내가 우연히 그 메시지를 수신하는 것뿐이라고 나는 인식하고 있다. 어쩌면 영혼은 내게 메시지가 다다랐다는 사실 자체를 모를 수도 있다. 세상에는 영혼과 대화할 수 있는 사람도 있다지만, 나는 영혼과 내가 단절되어 있다고 느낀다.

"내게는 영혼이 보일 뿐…… 이를테면 영혼과 내가 다른 차원에 있는 듯한…… 함께할 수 없는 곳에 있는 듯한 느낌이야. 보인다고 해서 의사소통이 가능한 건 아니지. 뭐, 거기 있다는 것 자체가 일종의 정보지만."

"거기 있다는 건 거기서 죽었다는 뜻일까요?"

"응, 그런 경우가 많아. 내게 보이는 영혼은 대부분 자기가 죽은 곳에 있어. 영혼은 일반적으로 그런 법인지, 그저 내게 그런 영혼밖에 보이지 않는 건지는 나 말고 '영혼이 보이는 사람'과 이야기해본 적이 없어서 잘 모르겠네."

"대부분이라면 안 그런 영혼도 있어요?"

"가끔. 옛날에 자기가 묻힌 곳 옆에 서 있는 영혼을 본적이 있어. 즉, 시신이 유기된 현장에. 그래서 영혼은 자기가 죽은 곳뿐만 아니라 시신이 있는 곳에도 나타난다는 걸 알았지만, 여간해서는 시신이 유기된 곳에 갈 일이 잘 없겠지. 그러니까 대부분의 경우 영혼이 있는 곳은 그 사람이 죽은 곳이야."

"제대로 매장하면 시신이 있는 곳이라도 영혼은 나타나지 않는다는 말이로군요."

"아, 맞아. 묘지에서는 안 보여. ……그밖에도 사람이나 물건에 씌는 등 다양한 케이스가 있겠지만, 내게 영혼이 보이는 경우는 기본적으로 사람이 죽은 곳이나 시신이 유기된 곳 둘 중 하나야."

따라서 영혼이 있다는 것 자체가 일종의 중요한 정보다. 그곳에서 그 사람이 죽었든지, 그곳에 그 사람의 시신이 있다는 뜻이니까. 하지만 그것만으로는 그 사람이 어떻게, 그리고 왜 죽었는지까지는 알 수 없다.

"죽은 사람이 전부 영혼으로 남는다면 이 세상에는 헤아릴 수 없을 만큼 많은 영혼이 있겠네요. 살아 있는 사람보다 훨씬 많을걸요. 하지만 아저씨한테 영혼이 수두룩하게 보이는 건 아니죠? 보이는 영혼과 보이지 않는 영혼의 차이는 뭘까요?"

"음, 그건 나도 모르지만 너무 오래된 영혼은 안 보이는 것 같아. 죽은 지 몇 년 된 사람까지 보이는지는 확실하지 않지만, 아마 영혼에도 체력이랄까 내구력이랄까…… 아, 수명? 그런 게 있는 거 아닐까. 시간이 너무 많이 흐르면 사라진다거나…… 적어도 내게는 안 보이는 것 같아. 그리고 파장의 문제도 있는 모양이야. 소위 귀신이 많이 나타난다고 하는 곳에 가도 전혀 안 보일 때가 있거든." 나는 옻칠한 된장국 그릇의 안쪽에 붙은 미역을 젓가락으로 떼어 입에 넣으며 대답했다. "그러고 보니…… 요전에 보였던 영혼이 느닷없이 보이지 않게 된 적이 있었어. 그런 적은 처음이라 깜짝 놀랐지."

"성불했다는 거예요?"

"아니. 차라리 그렇다면 이해가 되는데, 다음 날 갔더니 또 보이더라고. 똑같은 곳에 서 있더라."

가에데는 그 수수께끼에 흥미가 생긴 것 같았다. 삼각김밥을 든 손을 내리고 생각에 잠긴 표정이었다.

"아저씨에게 보이지 않았을 뿐 거기에 있기는 있었던 거예요? 아니면 영혼 자체가 없어졌었다는 거예요?"

"단언은 못 하겠지만…… 아마도 일시적으로 없어졌을

거야."

환시가 느닷없이 끊겼을 때 영혼 자체도 사라졌을 것이다. 그리고 다음 날에는 돌아왔다.

그런 일이 있을까. 하지만 실제로 있었다.

"영혼이 나타나느냐 마느냐는 날에 달렸다는 건가. 뭔가 조건이 있을지도 모르겠네요. 예를 들어 매달 본인이 죽은 날, 그러니까 기일에만 나타난다든가, 수요일에만 나타난다는 식으로요."

"하지만 처음으로 그 영혼을 본 날은 방금 전까지 보였던 영혼이 잠들었다 깨어나니까 사라지고 없었는걸. 꿈속에서 본 영혼의 기억이 도중에 뚝 끊기고 나서 잠에서 깨니까 영혼이 없었어."

내 말에 가에데는 바로 답했다.

"그럼 시간에 달린 걸까요?"

"시간이라……."

그건 일리가 있었다. 내가 가사노 운송에서 처음으로 영혼을 본 시간은 오후 6시 반경이었다. 회사 소파에서 잠들었다가 잠에서 깨자 8시 15분경이었다. 그때는 영혼이 없었지만, 다음 날 6시경에 다시 가보자 영혼은 전날과 똑같은 곳에 서 있었다. 그날 나는 7시경까지 가사노 운송에 있

있는데, 영혼은 사라지지 않았다.

따라서 영혼은 저녁 7시부터 8시 15분 사이에 사라졌다. 그날만 그런 게 아니라 늘 그러는지도 모른다.

환시가 끊기고 금방 내가 잠에서 깬 걸 고려하면 아마도 8시가 지날 때까지 영혼은 거기 있었으리라. 무작위로 나타나거나 사라지는 게 아니라 일정한 시각에 사라진다는 법칙이 존재한다면, 거기에는 이유가 있을 것이다. 그 이유가 범인을 찾아내는 데 도움을 줄지는 모르겠지만 궁금했다. 그리고 어디에서 뭐가 힌트가 될지는 모르는 법이다.

"그렇군. 시간에 달렸을지도 모르겠네. 조사해볼게."

나는 가에데에게 그렇게 말하고 계란말이를 입에 하나 넣었다.

오늘은 이다음에 도모코를 방문해 자택에 있는 가사노의 개인 물품을 살펴보기로 했다. 그 후에 가사노 운송에 들르자. 다행히 구치키에게 빌린 열쇠는 아직 가지고 있다. 7시부터 8시 사이에 사무소에 있으면 영혼이 사라지는 순간을 목격할 수 있을지도 모른다.

"오늘 조사하러 갈 거예요?"

"응, 이다음에 일정을 하나 마치고 나서 가보려고. 영혼은 저녁 8시가 지났을 무렵에 사라졌으니까 시간상으로도 딱 적당해. 충고 고마워."

적당히 달콤하니 육수 맛이 잘 배어든 계란말이를 삼킨 후 맛있다고 감탄했을 때였다.

"조사를 마치고 저녁도 먹으러 와요. 늦어도 괜찮으니까." 가에데가 냉큼 그렇게 제안했다. "스미레 아줌마한테 아저씨 몫도 만들어달라고 부탁할게요. 잠깐 들러서 먹고 가요."

"어, 그래도 밥만 먹으러 들르는 건……."

"과외 선생님이 학생 집에서 저녁을 먹는 게 뭐가 어때서요."

뭐, 그건 그렇다. 공부를 가르치고 겸사겸사 식사를 하는 건 드문 일이 아니다. 그러나 어지간히 친한 사이가 아니고서는 밥만 먹으러 올 것 같지는 않은데. 제안 자체는 고마웠기에 나는 잠시 고민했다. 가에데는 나를 가만히 바라보며 대답을 기다렸다.

"미리 말해두는데, 사건에 대해서는 말 못 해."

또다시 못을 박았다. 가에데는 알았다면서 열심히 고개를 끄덕였다.

가에데는 탐정의 업무는 물론, 내 능력에도 흥미를 품고 있다. 영혼이 시간대에 따라 나타났다 사라진다는 가설을 검증한 결과를 알고 싶은 것이리라.

구체적인 정보는 덮어두고 영혼이 사라졌는지 여부에 대해서만 이야기하면 별문제 없을 것이다. 선입견이 없는 가에데의 의견은 참고가 될지도 모른다.

"그럼, 덕분에 저녁도 얻어먹도록 할까."

"네."

가에데는 고개를 끄덕이고 다시 밥을 먹었다. 표정에는 별 변화가 없었지만 어쩐지 기쁜 것처럼 보였다. 나를 보더니 접시의 계란말이를 눈으로 가리키며 하나 더 먹어도 된다고 말했다.

감사히 먹겠습니다.

*

가사노 도시야의 개인 물품은 얼마 없었다. 옷가지는 옷장 왼편 안쪽과 서랍 아래쪽 두 단에 정리해두었고, 신발 두 켤레는 현관 옆 신발장에 들어 있었다. 그 외의 개인 물품은 골판지 상자 두 개면 충분한 양이었다. 내게 주려고 도모코가 정리했나 싶었는데, 실종된 지 1년쯤 지났을 무렵 이제 돌아오지 않으리라 체념하고 처분할 생각으로 상자에 담아놓았다고 한다.

"집에 있는 남편의 물건은 이 정도예요. 회사에 좀 더 있을지도 모르지만, 저는 몰라요."

도모코는 마음대로 보라고 말하고 침대에 걸터앉아 잡지를 펼쳤다. 귀찮아하는 기색을 숨기지도 않았다.

"남편분이 실종되고 나서 없어진 걸 알아차린 물건은 없습니까?"

"글쎄요, 딱히는…… 지갑이나 휴대전화같이 그 사람이 가지고 다녔던 물건 정도겠죠."

"옷가지는 어떤가요?"

"그 사람이 무슨 옷을 갖고 있었는지는 모른다고 할까, 관심을 가진 적이 없어서요. 하지만 저 모르게 옷이 줄어들지는 않았어요. 당일 입고 나간 옷만 없어졌을 거예요."

현재 도모코 혼자 사는 이 집은 가족용 분양 맨션으로, 도모코의 아버지 명의라는 모양이다. 아버지가 선심을 써서 딸 부부에게 빌려준 것이라 가사노가 실종된 후에도 도모코가 이 집에서 쫓겨날 걱정은 없다고 한다.

남편이 실종되어도 도모코의 생활에는 아무 영향도 없다. 적어도 경제적으로는 거의 손실을 입지 않은 듯했다. 보아하니 정신적으로도 타격은 없는 것 같았다. 그렇게 보이는 건 가사노가 실종된 지 2년이나 지났기 때문이고 실종 당시는 도모코도 절망하거나 걱정했을지 모르지만, 지금은 남편을 걱정하는 것처럼 보이지 않았다.

나는 사진으로만 얼굴을 본 가사노 도시야가 약간 안쓰러웠다. 누군가에게 살해되어 시신이 유기됐지만 아무도 그 사실을 모르는 데다 가족조차 걱정하지 않다니. 하다못해 시신을 찾아주고 싶었다.

그가 자신의 의사로 실종되거나 자살한 게 아니라 살해당했다는 걸 알면, 남편에 대한 도모코의 마음도 달라질까.

말없이 잡지를 넘기는 도모코 옆에서 나는 팔을 걷고 가사노의 개인 물품을 살펴보기 시작했다. 일단 옷가지의 호주머니를 하나씩 확인했다. 명함이나 영수증 등 교우 관계나 실종 전의 행동을 알 법한 물건이 나오기를 기대했지만 아무것도 없었다.

신발은 현관으로 가서 살펴봤지만, 특별히 더럽거나 밑창이 특징적으로 닳아서 눈길을 끄는 신발은 없었다.

골판지 상자에 담긴 잡화류도 헌책방 스티커가 붙은 문고본, 펜, 접이식 우산, 손수건 등 하잘것없는 물건뿐이었다. 만약을 위해 문고본 페이지도 확인했지만 글씨 같은 건 없었다.

"수첩이 안 보이네요."

"일정은 휴대전화에 메모하지 않았겠어요? 수첩이 있었다고 해도 저는 몰라요. 있었다면 지갑이랑 같이 들고 다녔겠죠."

지갑과 휴대전화는 발견되지 않았다니까 가사노가 지닌 채 실종됐다, 즉 시신과 함께 묻혔던지 범인이 처분했다고 보는 게 타당하다. 수첩 역시 그럴지도 모른다. 나는 꺼내서 바닥에 늘어놓은 물건들을 상자에 도로 담으며 도모코를 돌아보고 물었다.

"남편분은 실종 당일 사람을 만나기로 하셨죠. 귀가가 늦어진다고 했으니 밤이나 저녁에 만나셨을 겁니다. 그 사람이 남편분을 마지막으로 본 목격자일 텐데, 누구 짚이는 사람은 없으십니까. 사소한 거라도 괜찮으니 생각나는 게 있으면 말씀해주십시오."

도모코는 무릎 위에 잡지를 펼쳐놓은 채 고개를 저었다.

"전에도 말했지만 아무것도 못 들었어요. 업무와 관련된 사람이었다면 이름을 들어봤자 모르니까, 남편도 굳이 말하지 않았을 거예요."

"사람을 만날 거라고 했을 때 남편분은 기분이 어떠셨습니까? 우울해 보였다거나 아니면 밝았다거나."

"딱히…… 평소와 다름없었던 것 같지만 기억이 잘 안 나네요. 기운이 없는 건 일상적이랄까, 늘 그랬고요."

"……그렇군요."

나는 가사노의 개인 물품을 전부 상자에 넣고 일어섰다. 얼굴이 잘 보이도록 도모코 쪽으로 돌아섰다. 도모코도 잡지에서 고개를 들었다.

"확정된 정보가 아니라서 아직 자세하게 말씀드릴 수는 없지만…… 실은 남편분이 실종된 밤에 회사에서 회색 작업복을 입은 남자와 만났다는 목격 증언이 있습니다. 이와 관련해 뭔가 생각나시는 건 없습니까?"

"원청회사에서 유니폼으로 입는 작업복이 회색이었을 텐데……. 요 부근에 회색 작업복을 입는 운송업자는 흔해요. 그 사람의 회사 사물함에도 들어 있었을 거예요."

도모코는 그게 뭐 어쨌느냐는 식으로 대답했다. 그 남자가 남편을 어떻게 했을지도 모른다고는 꿈에도 생각지 않는 듯했다.

"그 남자가 그 사람의 행방을 알고 있다, 뭐 그런 이야기인가요?"

"그럴 가능성도 있다고 봅니다. 적어도 그 남자가 남편분과 몇 시에 헤어졌는지 알면 남편분의 당일 행적을 추적하기가 쉽겠죠."

껌새를 보아하니 도모코는 작업복 차림의 남자와 공범 관계가 아닐 것이다. 시신이 땅에 묻힌 걸 모르는 이상 도모코는 사건과 무관하다고 생각했지만, 자세한 사정을 모르고 범인에게 협조했을 가능성은 남아 있었다. 그러한 의혹도 이것으로 풀렸다. 내 눈이 옹이구멍이고, 도모코의 연기력이 특별히 뛰어난 게 아니라면.

"가사노 운송에는 예전에 직원이 한 명 있었죠. 그분도 회색 작업복을 가지고 있습니까?"

"……글쎄요, 아마 가지고 있었을 거예요."

갑자기 도모코의 시선이 흔들렸다. 대답도 우물쭈물했다. 생각대로다. 도모코는 범인이 아니지만 내게 감추는 게 있다.

"요전에 연락처를 가르쳐주신 기다 다카시 씨죠. 남편분이 실종된 밤에 차를 목격한."

도모코는 머쓱한 듯 눈을 돌린 채 고개를 끄덕였다.

"그러고 보니 말씀을 드리지는 않았지만 안 물어보셨잖아요. 그리고 이번 일과는 딱히 관계가 없으니까 괜찮지 않나 싶었어요. 회사를 시작하고 경영이 악화되기까지의 경위를 설명할 때 변호사님께는 말씀드렸고요."

나는 나무랄 작정이 아니었지만, 도모코는 부루퉁한 표정으로 변명하듯이 말했다.

"남편이 없어지기 반년쯤 전에 그만뒀으니 기다는 아무것도 모를 거예요. 작업복을 입었다는 그 남자도 기다가 아닐 거고요. 실종되기 전에 만났다면 당연히 기다가 말하겠죠. 저는 아무 말도 못 들었어요."

기다 다카시가 가사노 도시야의 실종과 무관하다면 그렇겠지. 기다가 '작업복 차림의 남자'고 가사노를 살해한 범인이라면, 당일 밤에 만났다는 이야기를 할 리 없다. 하지만 여기서 도모코에게 반박해도 이야기만 길어질 테니 "그렇군요"라는 대답으로 넘어갔다.

"그 물건들 필요하면 가지고 가세요. 남편이 실종된 건 다들 아니까 감출 필요 없이 아무에게나 말해도 괜찮아요. 조사 방법은 맡길 테니 빨리 시신을 찾아줘요. ……오늘로 사흘째인데, 조사는 계속할 수 있을 것 같아요?"

"네. 사흘 동안 사전 조사를 하겠다고 약속했으니 오늘 조사가 끝나고 나서 정식으로 답변드리려고 했는데…… 남편분의 원청회사 직원들과 업무상 교류가 있었던 사람들을 만나 이야기를 하다가 새로운 정보를 얻었습니다. 현재 시점에서는 결과를 약속드릴 수 없습니다만, 아마 도움이 될 수 있을 겁니다. 좀 더 조사해보겠습니다."

나는 자세를 바로 하고 대답했다. 살인 사건으로 의심된 다고는 아직 말할 수 없다. 사건에 휘말렸을 가능성이 있 다는 말 정도는 해도 되지 않을까 싶었지만, 좀 더 상황을 보기로 했다.

앞뒤가 꽉 막힌 기분인데 마치 조사가 순조롭게 진행되 고 있는 것처럼 말하려니 미안했지만, 내가 조사를 그만두 면 가사노 도시야의 실종은 의문으로 남고 만다. 최대한 할 수 있을 만큼은 해볼 작정이었다.

내일 사흘간의 사전 조사 결과를 제대로 보고하고, 차후 의 조사 비용도 견적을 내기로 약속한 후 도모코의 집을 나섰다.

금속으로 된 문이 닫히자 나는 엘리베이터를 향해 걸어 갔다.

맨션 복도에는 몇 미터 거리를 두고 두 개의 문이 나란 히 있었다. 각층에 두 세대씩 있는 모양이다.

이 층의 다른 입주자인지 중년 여자가 허리를 구부리고 공유 공간에 비질을 하고 있었다. 내가 지나가면서 고개 를 숙여 인사하자 여자도 고개를 살짝 숙여 인사를 받아주었다.

어디서 본 얼굴 같았다. 엘리베이터 버튼을 누르고 누구였는지 생각하고 있자니, 중년 여자가 빗자루와 쓰레받기를 들고 다가와서 옆에 섰다.

둘이 함께 엘리베이터에 올라탔을 때 생각났다. 어제 카페에서 기다를 만났을 때, 창가 자리에서 이쪽을 보고 있던 그 여자. 기다를 아는 것 같기는 했었는데 설마 도모코의, 가사노 부부의 옆집 사람이었을 줄이야.

뭐라고 말을 걸면 좋을까 망설이며 내가 입을 열었을 때였다.

"카페에서 뵀었죠." 여자가 먼저 말을 꺼냈다. "가사노 씨의 실종된 바깥양반에 대해 조사하고 계시죠? ……경찰이신가요?"

"아니요…… 저는 탐정입니다. 실종된 가사노 씨에 대해 조사하고 있는 건 맞습니다만."

아무래도 여자는 내게 하고 싶은 말이 있는 모양이었다. 나는 몰랐지만 도모코의 집에 들어가는 모습을 본 것이리라. 빗자루와 쓰레받기는 복도에 나올 핑계일 뿐, 여자는 처음부터 내가 나오기를 기다리고 있었는지도 모른다.

"옆집에 사신다면 가사노 씨에 대해 이것저것 아시겠군

요. 이야기를 들려주시지 않겠습니까?"

"남의 가정사니까…… 너무 입방아를 찧는 건 좀 그렇지만, 실종 사건을 수사하는 데 필요하다면 역시 말씀드리는게 좋으려나."

여자는 빗자루와 쓰레받기를 든 손을 가슴 앞에다 모으더니 망설이는 기색을 보였다. 나는 물론 제 발로 같은 엘리베이터에 타놓고 이제 와서 무슨 소리냐고 따지지는 않고 "꼭 부탁드립니다" 하며 거듭 정중하게 부탁했다. 여자가 스스럼없이 이야기를 해준다면 기꺼이 장단을 맞춰줄생각이었다.

"가사노 도시야 씨가 실종된 사건의 진상을 밝히기 위해협조해주시면 감사하겠습니다. 가족의 이야기보다 사모님같이 냉정한 제삼자가 제공하는 정보가 도움이 될 때가 많거든요. 음…… 성함은 어떻게 되시는지요?"

"나가쿠보 미쓰코라고 해요. 네, 그렇다면야. 사건을 해결하기 위해서니까요."

미쓰코는 어흠, 하고 고상하게 헛기침을 한 후에 싫지만도 않은 표정으로 이야기를 시작했다.

"그 집 부부, 사이가 별로였던 것 같아요. 부인이 아주젊고 좀 화려한 인상이잖아요. 부잣집 딸인 데다 이 맨션도 친정아버지 거라 그러고…… 바깥양반이 기도 못 펴고 살지 않았을까 싶어요."

"집을 나가고 싶어질 만큼요?"

"글쎄요, 그건 제가 뭐라고 말씀드릴 수 없지만……."

엘리베이터가 1층에 도착했다. 문을 붙잡고 미쓰코 다음으로 나도 내렸다.

"부부싸움을 하는 목소리가 들린 적은 없었습니까?"

"그런 적은 없었어요. 바깥양반이 부인과 다툴 성격도 아니었고요."

그대로 현관 로비에 있는 간소한 대기실로 가서 마주 앉았다. 미쓰코는 1인용 소파 옆에 쓰레받기와 빗자루를 기대어놓았다. 양손이 자유로워지자 손짓을 섞어가며 이야기에 더욱 열을 올렸다.

"그렇지만 옆집이니까 누가 놀러 오면 알거든요. 문이 열리는 소리나 초인종이 울리는 소리, 걷는 소리로요. 큰 소리로 이야기하면 가끔 목소리가 들리기도 하고…… 부인은 사교적인 사람인지 지금도 자주 친구가 놀러 와요."

어쩐지 친구라는 부분을 일부러 강조했기에 미쓰코가 뭘 암시하는지는 금방 눈치챘다.

"도모코 씨에게는 애인이 있는 거로군요."

미쓰코는 고개를 크게 끄덕이며 말했다. "바깥양반이 사라지기 전부터 사귀었던 모양이에요. 남의 가정사를 따지고 드는 것도 천박한 짓이라 잠자코 있었지만요. 바깥양반도 알고 있지 않았을까 싶은데."

가사노가 아내의 부정을 알고 있었다. 옆집 사람인 미쓰코도 도모코의 애인 얼굴을 알고 있었다. 거기까지 듣고 확신이 생겼다.

"제가 어제 카페에서 만난 그 사람이로군요. 머리가 구릿빛이고 체격이 좋은."

"어머, 알고 계셨어요? 그렇겠죠, 탐정이시니까요."

미쓰코는 대단하다며 이쪽이 부담스러울 만큼 존경의 눈빛을 던졌다.

기다와는 다른 이유로 만났고 그때는 두 사람의 관계를 전혀 몰랐지만, 굳이 정정할 일도 아니라서 그냥 웃음으로 답했다.

이 연령대의 여자에게 이야기를 끌어내는 건 비교적 자신 있다. 내가 미쓰코의 관찰력과 기억력을 칭찬하고 적당히 감사의 말을 섞어가며 재촉하자, 미쓰코는 더더욱 입이 가벼워져 다양한 이야기를 들려주었다.

미쓰코의 말에 따르면 회사를 차릴 때부터 처가의 도움

을 받았던 가사노는 도모코에게 기를 펴지 못했고, 젊은 직원과 아내의 불륜을 알고 있었을 테지만 대놓고 나무라지도 못했던 모양이다. 도모코는 회사 경영에 관여하지 않았기 때문에 남편이 힘들어하는데도 아랑곳하지 않고 부모님과 여행을 다니는 등 나름대로 우아하게 생활했다고 한다.

회사를 차릴 때 이미 출자를 받은 가사노는 더 이상 처가에 기대지 못했고, 아내와 고민을 나눌 수도 없어 외톨이였다는 뜻이다. 일에서도 가정에서도.

"바깥양반이 증발? 실종? 그렇게 됐다고 들었을 때도 그럴 만하다 싶더라니까요. 칭찬할 일은 아니지만 도망치고 싶은 마음도 이해가 가요. 자살이나 안 했으면 좋겠네요. 하다못해 어딘가에 살아 있으면……."

도모코가 탐정을 고용한 것도 남편을 걱정해서가 아니다, 남편을 찾아내서 얼른 이혼하고 싶어서가 아니겠느냐고 미쓰코는 신랄한 의견을 내놓았다. 아무래도 도모코는 미쓰코에게 딱 찍힌 모양이다.

그리고 그 의견이 꼭 틀렸다고는 할 수 없다. 적어도 내가 고용된 이유는 그러했다. 하지만 미쓰코가 도모코를 어떻게 보든 지금까지 조사한 결과 도모코는 이미 용의선상에서 제외됐다.

그러나 도모코의 애인은 별개다. 미쓰코 말마따나 가사노가 아내의 불륜 상대를 알고 있었다면 이야기를 하기 위해 기다를 회사에 불렀어도 이상할 것 없다.

가사노와 기다는 단둘이 만날 이유가 있다.

*

5시 반 무렵에 가사노 운송에 도착했다.

문을 열고 안에 들어갔다.

가사노의 영혼이 소파 근처에 가만히 서 있어……야 했지만 실내에 영혼은 없었다.

예상외의 전개에 나는 입구에 우두커니 선 채 굳어버렸다. 8시가 지나기까지는 영혼이 여기 있는 것 아니었나.

한순간 혼란스러웠지만 실내를 둘러보다 가에데의 말이 떠올랐다. 가에데는 가사노의 영혼이 시간에 따라 나타나거나 사라지는 게 아니겠느냐고 말했다. 나는 사라지는 이유에만 신경을 썼지만, 일정한 시각에 영혼이 사라진다면 역시 일정한 시각에 나타난다고 봐야 자연스럽다. 즉 아직 영혼이 나타날 시간이 되지 않았다. 그 영혼은 이 방에 몇 시간만 있다는 뜻이리라.

예전에 내가 6시 반경에 가사노 운송에 왔을 때는 영혼이 이미 여기 있었으니, 가에데의 가설이 옳다면 이제 곧 나타날 것이다.

나는 작업용 전등을 응접세트의 테이블 위에 내려놓고 잠시 기다렸다. 방 안을 수색하며 기다려도 됐겠지만, 가능하면 나타나는 순간을 확인하고 싶어서 소파에 앉아 어제 영혼이 서 있었던 곳을 지켜보았다.

시곗바늘이 5시 55분을 가리켰을 때 영혼이 나타났다. 공기 속에서 스윽 솟아나듯이 어제와 똑같은 곳, 소파와 출입문을 연결하는 직선 위에 흐릿한 윤곽이 떠올랐다.

일단 나타난 걸 확인해서 안심했다. 이 영혼이 그저께처럼 밤 8시부터 9시 사이에 사라지면 정해진 시간에 나타났다가 정해진 시간에 사라진다는 가설은 옳다고 봐도 될 것이다.

지금부터 영혼이 사라질 시간까지 두 시간 넘게 남았다. 이번에는 실내를 조사하면서 기다리기로 했다.

탁상 달력은 2년 전 것이 그대로 남아 있었다. 가사노가 실종된 날짜에 '17:00~'이라는 메모가 있었지만, 누구와 만날 예정이었는지는 적혀 있지 않았다.

사물함을 열어보자 칼라가 달린 재킷이 걸려 있었다. 작업복은 보이지 않았다. 호주머니에서 빠졌는지 사물함 안에 편의점 영수증이 떨어져 있었지만, 실종되기 석 달이나 전에 삼각김밥 두 개와 칼로리 바를 구입했음을 알아낸 게 다였다.

구체적인 수확을 기대하고 사물함을 연 건 아니었지만, 있을 줄 알았던 게 없으면 마음에 걸린다. 나는 사물함 문을 닫고 선반장과 잡다한 물건이 처박혀 있는 골판지 상자도 뒤져보았지만 작업복은 없었다.

도모코는 가사노 운송의 사물함에 가사노의 작업복이 있을 거라고 했다. 하나사키 운수의 직원들은 모두 작업복을 입고 다녔고, 요 부근의 운송업자는 대개 비슷한 작업복을 입는다고 했으니 가사노도 한 벌은 가지고 있었을 것이다. 그런데 그게 눈에 띄지 않았다.

환시 속에서 본 시신은 작업복이 아니라 폴로셔츠 같은 옷을 입고 있었다. 가사노는 살해당했을 때 작업복 차림이 아니었다는 뜻이다. 그렇다면 작업복은 범인이 가지고 갔을지도 모르겠다.

예를 들어 자기가 입은 작업복이 더러워져 갈아입을 옷이 필요했다면 그 행동은 이해가 간다. 가사노를 살해할 때 피가 묻었거나, 그게 아니더라도 범인이 가사노의 시신을 묻을 때 옷은 흙으로 더러워질 것이다. 시신을 묻으려고 마음먹었을 때 나중에 갈아입으려고 가사노 운송에 있었던 작업복을 가져갔고, 산에서 내려온 후에 갈아입었을지도 모른다. 원래 흡사한 회색 작업복 차림이었으니 가사노 운송에서 가져온 옷으로 갈아입어도 남에게 의심받을 걱정은 없다. 흙으로 더러워진 자기 작업복은 가지고 돌아가서 빨거나 처분하면 된다.

또는 산에 들어가기 전에 더러워져도 상관없는 가사노의 작업복으로 갈아입고 '작업'을 마친 후 차에 실어놓은 자신의 작업복으로 갈아입고 달아났다고 볼 수도 있다. 어쨌거나 가사노의 작업복은 범인이 가지고 갔을 가능성이 높았다.

하지만 범인이 지금도 같은 작업복을 보관하고 있을 것 같지는 않다. 가져간 작업복을 실마리 삼아 범인을 알아내겠다는 기대는 버려야 한다.

작업복이 사라졌다는 사실 말고 수확다운 수확은 없었다. 전에도 한 번 간단히 조사했으므로 수색은 순식간에 끝났다. 나는 남아도는 시간을 주체하지 못할 지경이었다. 8시경까지 밖에서 시간을 때우고 올까 싶었지만, 만에 하나 그사이에 영혼이 사라지면 오늘 여기 온 의미가 없어진다.

결국은 소파에 앉아 영혼을 바라보면서 기다렸다.

그리고 8시가 지났을 무렵, 영혼이 문득 안개가 흩어지듯 사라졌다.

서둘러 시계를 확인했다. 8시 12분이었다. 나는 일어서서 실내를 둘러보았다.

역시 사라졌다. 아니, 한순간 문 앞에서 공기가 아지랑이같이 흔들린 것 같았다.

다시 시선을 모았지만 거기에는 아무것도 없었다. 착각일까. 확실히 봤다는 자신이 없었다.

마음을 가다듬고 방을 구석구석 살펴보았다. 영혼은 없었다. 문가에 있는 모습이 보인 것 같았는데, 영혼이 소파 옆에서 이동한 걸까?

나는 문을 열고 밖으로 나갔다. 사방을 둘러보자 건물 앞에 세워진 왜건 앞에 모호한 윤곽이 서 있었다.

실내에서 사라진 줄 알았던 영혼이 이번에는 바깥에 있다?

다시 건물 안으로 들어가서 확인했지만, 실내에 영혼은 없었다. 그렇다면 영혼은 사라진 게 아니라 실내에서 차 앞으로 이동했다는 뜻이다.

실내에 나타난 영혼이 일정한 시간이 되면 사라진다는 생각밖에 없었다. 실내에서 사라진 후 영혼이 어디로 가느냐에는 생각이 미치지 않았다. 이런 일은 처음이었지만 영혼의 행동에는 뭔가 의미가 있을 것이다. 이게 무슨 힌트가 될지도 모른다. 나는 들뜬 마음을 억누르며 다시 밖으로 나갔다.

차 앞에 있던 영혼이 보이지 않았다. 부리나케 차 옆으로 가서 빙 돌아보았다. 또 사라졌나 싶어 초조했지만 차 유리창 너머로 영혼의 모습이 보여서 안심했다.

차 안으로 이동한 영혼은 뒷좌석에 가만히 있었다. 잠시 관찰했지만 이번에는 금방 사라질 것 같지 않았다. 혹시 차 안을 조사하라는 메시지일까.

나는 그 자리에서 스마트폰을 꺼내 구치키에게 전화했다. 자동차 키는 구치키가 관리할 것이다. 통화 연결음이 몇 번 울리고 나서 전화를 받았다. 이미 퇴근한 구치키는 내일 아침 일찍 자동차 키를 빌려주겠다고 했다.

구치키와 통화하는 사이에 어느덧 영혼은 차 안에서 사라지고 없었다.

＊

9시가 지나서 가에데의 집에 도착했다.

"수확이 있었나 보네요."

가에데는 현관에서 내 얼굴을 보자마자 알아차렸다.

수확이 있었느냐고 묻지조차 않았다. 가에데는 확신 어린 투로 자기 할 말만 하고 발걸음을 돌려 집으로 들어갔다. 나는 현관 바닥에 신발을 벗고 따라갔다.

"너, 그거 어떻게 하는 거야? 표정을 읽는 거니? 나한테도 좀 가르쳐줘."

"그냥 보니까 알겠던데요. 어제보다 혈색이 좋고 들뜬 표정이잖아요."

가에데가 일단 밥을 먹자며 나를 부엌으로 데려갔다. 고이케는 저녁을 차려놓고 이미 퇴근했지만, 가에데는 저녁을 먹지 않고 나를 기다린 모양이었다.

나도 짐을 내려놓고서 웃옷을 벗고 준비를 도왔다. 두 사람 몫의 밥공기도 젓가락도 이미 식탁에 놓여 있었다. 그걸 들고 부엌으로 가서 가에데가 퍼준 된장국과 밥을 가지고 왔다. 그러곤 함께 식탁 앞에 앉아 "잘 먹겠습니다" 하며 두 손을 모았다. 주된 반찬은 돼지고기 장조림이었

다. 같은 양념으로 조린 삶은 계란과 데친 청경채도 들어
있었다. 그리고 현미가 섞인 밥에 가지와 오이 절임, 무 된
장국으로 이루어진 건강하면서도 든든한 식사다.

"우아, 맛있다. 돼지고기 장조림 좋아하는데 좀처럼 먹
을 기회가 없거든. 역시 고기를 먹어야 힘이 나는 것 같아."

"스미레 아줌마가 차려주는 밥은 뭐든지 맛있지만 나는
고기보다는 생선이 좋아요."

"이야, 내가 중학생 때는 고기만 먹었는데. 생선 요리는
뭘 좋아해?"

"정어리 된장소스 구이랑 바이니쿠니(절인 매실을 넣고
조려낸 생선 요리 - 옮긴이)요."

"뭐야 그거, 난 못 먹어봤어."

"다음에 먹으러 또 와요."

한동안 잡담을 나누며 밥을 먹었다. 가에데는 젓가락을
단정하게 사용했다. 젓가락으로 이것저것 헤집지 않았고
젓가락질도 잘했다.

돼지고기 장조림과 밥이 반 정도로 줄어들었다. 배가 좀
차자 나도 먹는 속도가 떨어졌다. 가에데는 그때를 기다렸
다는 듯이 식탁 옆의 전기포트를 들어 쟁반에 놓인 주전자
에 뜨거운 물을 붓고 식탁에 내려놓았다. 내가 밥을 다 먹

고 젓가락을 내려놓자 가에데가 쟁반에서 찻잔을 가져와 주전자로 차를 따라주었다. 적당히 우러난 찻잎의 향기가 은근히 퍼져나갔다.

찻잔 두 개에 마지막 한 방울까지 차를 다 따르자 가에데는 찻잔 하나를 내 앞에 놓더니 "아까 전 이야기 말인데요" 하고 입을 열었다.

"뭔가 알아낸 거죠? 낮에 말한 가설이 맞는지 확인해봤어요?"

그 이야기가 듣고 싶어서 불렀을 텐데 식사가 끝날 때까지 기다리다니, 가에데 나름대로 배려해준 건지도 모르겠다. 나도 언제 그 화제가 나올까 궁금했다. 말해줄 생각으로 왔으니까.

가사노 운송에 있는 영혼은 정해진 시간에 나타났다 사라지는 게 아니겠느냐는 가에데의 가설은 옳았다. 가에데라면 이번에 영혼이 보여준 예상외의 행동에 대해 나는 상상하지도 못한 해석을 들려주지 않을까 기대했고, 나로서도 남과 이야기를 해야 생각이 정리된다.

"그게 말이야⋯⋯."

나는 의뢰자와 의뢰 내용에 대해서는 덮어두고 오늘 있었던 일을 가에데에게 들려주었다.

어제와 그저께보다 일찍, 5시 반경에 건물에 들어갔을 때 영혼의 모습은 보이지 않았지만 30분쯤 지나자 나타났다는 것. 그 후 두 시간쯤 지나 사라진 것 같았지만 한순간 출입구 부근에 보인 것 같아서 쫓아가자 건물 밖에 세워진 차 앞에 영혼이 서 있었다는 것. 그게 실내에 있던 것과 같은 영혼인지 확인하기 위해 다시 실내에 돌아갔다가 밖에 나왔더니 이번에는 차 안에 있었다는 것. 차 안을 조사하려고 열쇠를 빌려달라는 통화를 하는 사이에 영혼이 사라졌다는 것. 나는 차를 음미하며 순서대로 설명했다.

시간대에 따라 영혼이 나타나는 장소가 달라지기는 처음이다. 여기에는 뭔가 의미가 있을 터였다. 가에데는 내 이야기를 끝까지 묵묵히 듣고 나서 찻잔을 든 채 생각에 잠겼다가 문득 말을 꺼냈다.

"흔히 교통사고가 빈번한 도로에 유령이 자주 나온다잖아요. 아저씨는 실제로 본 적 있어요?"

갑자기 화제가 엉뚱한 방향으로 튀어서 당황스러웠지만 나는 고개를 끄덕였다. 교통사고 현장에 있는 유령이라면 많이 봤다. 대개 그렇게 오랫동안 같은 장소에 머무르지는 않고 어느 틈엔가 사라지지만 내게는 그렇게 드문 일이 아니었다.

가에데도 내게 고개를 끄덕여주었다.

"나한테는 안 보이지만 사고로 죽은 사람의 영혼이 정말로 사고 현장에 나타난다면…… 그건 좀 이상하다 싶었거든요. 사고를 당해 거기서 죽었다면 영혼은 죽자마자 사고 현장에 나타나서 계속 거기 있는 걸까, 자기 시신이 병원이나 장례식장으로 옮겨진 뒤에도 영혼만 계속 사고 현장에 머무르는 걸까. 아무래도 잘 이해가 안 돼서요."

나도 교통사고가 일어나는 장면을 목격한 적은 없으니 그건 모른다. 제대로 생각해본 적도 없었다. 하지만 가에데가 무슨 말을 하고 싶은지는 안다. 시신이 옮겨져 가족과 지인들이 근처에 모여 있는데 본인의 영혼만 사고 현장에 머무르는 건 부자연스럽게 느껴진다. 영혼이 자신의 의사로 행동할 수 있는지 없는지는 모르고 그냥 내 느낌이 그렇다는 데 지나지 않지만, 만약 내가 죽어서 영혼이 된다면 계속 사고 현장에 머무르지는 않을 것 같았다. 사고를 당해 임사 체험을 한 사람이 병원 천장에서 심폐소생술을 받는 자신의 모습을 봤다는 경험담도 들어봤다. 그 이야기가 사실이라면 영혼은 사고로 죽은 순간부터 사고 현장에 붙박여 있는 건 아닐 것이다. 아마도.

"아저씨가 영혼은 시신 옆이나 그 사람이 죽은 곳에 나타난다고 했잖아요. 그 자체는 이해가 가요. 죽기 전에 가장 강렬한 감정이 새겨진 곳, 기억에 남는 곳 하면 사고 현장이나 죽은 곳일 테니…… 하지만 그건 영혼이 최종적으로 거기 정착한다는 뜻이지, 죽은 순간부터 내내 거기에만 나타난다는 뜻은 아니지 않을까요. 내가 죽어서 영혼이 되면 시신이 옮겨지는데도 그 자리에 머무르지는 않을 거예요. 아마도 시신과 함께 구급차에 타겠죠. 시신이 있는 동안은 그 근처에 있지 않을까 싶은데."

"뭐…… 나도 같은 생각이야. 영혼이 된 후에 자유로이 움직일 수 있느냐 없느냐는 문제는 있지만."

"음, 어디까지나 상상이지만요. 예를 들어 시신과 함께 병원이랑 장례식장까지 갔다가 시신이 화장된 후에 어느덧 사고 현장에 돌아와 있더라, 그런 거라면 상상이 가요. 물론 영혼도 살아 있는 사람과 마찬가지로 개인차가 있겠지만…… 그거라면 이해가 될 것 같거든요. 영혼이 어딘가 나타나는 데는 이유가 있겠죠. 즉 영혼이 그 장소에 결속되어 있기 때문이고, 그 장소보다 더 강한 결속력을 지닌 뭔가가 존재한다면 영혼이 그쪽으로 끌려가도 이상하지 않을 것 같아요."

지박령이라는 말이 있을 정도다. 장소에 옭매인 영혼은

있으리라. 하지만 가에데가 문제 삼는 건 영혼이 언제부터 그 장소에만 나타나게 되느냐다. 그리고 그 이유다.

"장소에 옭매인 영혼은 그곳에 마음이 제일 많이 남아 있든지, 마지막 기억이 새겨진 그곳 말고는 현세와 인연이 남아 있지 않기 때문에…… 죽은 곳이랑 동일하거나 그 이상으로 영혼과 강하게 결속된 뭔가가 있다면 영혼이 반드시 죽은 곳에 머무르는 건 아니다?"

"그런 영혼이 있을지도 모른다는 거예요."

사람이 죽으면 영혼은 가장 강하게 결속된 시신과 함께 이동한다. 시신이 없어지면, 그러니까 제대로 장례를 치르고 화장해서 영혼의 그릇 역할을 할 수 없게 되면 시신 대신 강한 기억이 남은 장소로 끌려가 거기에 나타나게 된다. 그럴싸한 견해였다. 확인한 건 아니지만 아주 자연스럽게 받아들일 수 있었다.

그래서 말인데요, 하고 가에데는 찻잔을 들어 차를 한 모금 마시고 말했다.

"아저씨가 본 영혼의…… 그 사람의 몸은 건물 앞에 세워져 있었다는 차에 실려서 운반된 것 아닐까요."

가슴이 철렁했다.

의뢰인에 대해서는 물론, 실종된 사람의 시신을 찾아달

라는 의뢰 내용 자체를 가에데에게는 언급하지 않았다. 그런데도 그는 아주 간략한 내 설명만 듣고서 그런 결론에 다다른 모양이다. 하지만 듣고 보니 그렇구나 싶었다. 그 영혼은 사라진 게 아니라 이동했다. 건물 안에서 밖으로. 차 앞으로 갔다가 차 안으로. 그다음에는 어디로 갔을까. 의미 있는 움직임이라고는 생각했지만, 지적받고 보니 왜 눈치채지 못했을까 자책하고 싶을 정도였다. 시신이 운반된 순서에 맞춰 영혼도 움직였던 건가.

"영혼이 나타난 오후 6시 이전…… 그 시간에 죽어서 영혼이 됐고…… 오후 8시가 지나 차에 실렸다……."

"아마 그렇지 않을까 싶어요. 아직 장례식을 제대로 치르지 않은 건지도 모르죠. 그래서 죽은 곳과 시신이 있는 곳을 오가는 거예요. 그날 일어난 일을 시간에 맞춰 재연하듯이."

가사노의 영혼은 매일 자신이 죽은 시간에 나타나 시신이 차에 실린 시간에 차 안으로 이동하고, 그 후에도 자기 몸이 운반된 경로를 따라 움직이고 있는 건가. 그렇다면.

"뭔가 길이 탁 트였다는 표정이네요. 내가 아니라도 알아차리겠어요."

가에데가 내 얼굴을 보고 말했다. 자신의 말이 힌트가

됐다는 걸 아는지 만족스러운 표정이었다.

"응, 아직 확실하게는 모르겠지만 막힌 부분을 단숨에 뚫어낼 수도 있을 것 같아. 고마워. 얼른 확인해보고 네 추리가 맞는지는 나중에 보고할게. 사건의 전말은 알려줄 수 없지만."

단서를 찾아내서 날아갈 듯한 기분이었지만, 가에데가 간단히 지적한 사실을 나는 알아차리지 못했다. 그렇게 생각하자 기분이 복잡했다.

가에데가 나를 보고 있는 걸 깨달았다. 아마 표정에 드러난 것이리라. 얼버무려도 소용없을 테니 솔직히 털어놓기로 했다.

"가에데, 네가 더 탐정에 적합할지 모르겠다. 돌파구가 생긴 건 기쁘지만 프로로 살아갈 자신감이 좀 없어졌어."

"밖에서 보면 금방 알지만 안에 있으면 보이지 않을 때도 있는 법이죠. 그렇게 낙담할 것 없잖아요."

시원시원한 위로를 받자 쓴웃음이 나왔다. 중학생에게 응석까지 부리고 말았다.

"알았어. 아무튼 정말 고마워. 무슨 일이 있으면 또 의견을 들려줘. 나도 좀 더 열심히 할게."

"아저씨에게 모자란 부분을 내가 보완할 수 있다면, 나를 조수로 삼으면 되겠네요."

검토할 가치가 있을지도 모르겠다 싶었지만 상대는 중학생이다. 어른이 되면, 하고 대답하자 가에데는 불만스러운 표정을 지었다.

함께 설거지를 하고 양갱과 함께 차를 한 잔 더 마신 후, 다음 주에 만나기로 약속하고 집을 나섰다. 가에데가 현관에서 "힘내요" 하고 말하며 배웅해주었다.

내일이 분명 승부처다.

*

다음 날 아침, 나는 구치키에게 자동차 열쇠를 빌려 가사노 운송 앞에 주차된 차를 조사했다.

가사노가 실종된 직후에 하나사키 운수의 주차장에서 발견된 이 왜건은 가사노 운송으로 돌아온 후 그대로 방치됐다고 한다. 차량 검사 기한은 아직 아슬아슬하게 남아 있었지만, 중고차인 데다 주행 거리가 제법 많아서 좋은 가격이 나오지 않기 때문에 회사 청산 절차를 밟는 상황에서도 매각할 예정은 없다고 한다. 어차피 폐차할 수밖에 없다면서 구치키가 특별히 운행 허가를 내주었다.

차 안을 빈틈없이 조사했지만 핏자국 등 사건을 의심할 만한 단서는 찾지 못했다. 머리카락은 떨어져 있었지만, 이게 가사노의 머리카락이라고 해도 차 주인의 머리카락은 아무 증거도 못 된다.

이쪽에는 처음부터 기대를 하지 않았기에 실망도 없었다. 중요한 건 어디까지나 가사노의 영혼이다.

만약을 위해 건물 안도 들여다보았지만 실내에 영혼은 없었다. 그가 오후 5시 55분에 나타난다는 건 이미 알고 있다. 그리고 그로부터 두 시간 17분 후에 영혼은 차로 이동할 터였다.

영혼이 실내에서 차 앞으로, 그리고 차 안으로 이동한 이유가 실내에서 살해당해 시신이 차에 실렸기 때문이라면(영혼이 시신이 이동한 경로를 따라가는 거라면) 차에 탄 후에는 산으로 향할 것이다.

내가 지금까지 보아온 경험에 따르면 영혼은 기본적으로 죽은 곳이나 시신이 있는 곳에 있었다. 그게 자신과 인연이 있거나 미련이 남은 곳 또는 물건 곁에 나타났다는 뜻이라면, 죽은 곳과 시신이 있는 장소를 오가며 양쪽에 나타나는 영혼이 있어도 이상할 것 없다. 내가 직접 본 건 아니지만 자신이 죽은 줄 모르고 죽기 전의 행동을 계속

되풀이하는 영혼이 있다는 이야기도 들어봤다.

가에데의 추리가 옳다고 치고(나는 이미 그의 추리를 거의 의심하지 않지만) 가사노의 영혼이 왜 그렇게 행동하는지는 모르겠다. 나 또는 누군가가 알아차리길 바라고 그렇게 행동하는 건지도 모르고, 의사 따위는 없이 그저 기계적으로 죽고 나서 땅에 묻히기까지의 과정을 되풀이하는 건지도 모른다. 어쨌거나 영혼이 죽은 곳에서 시신이 있는 곳까지 정해진 시간에 반복해서 이동한다 치자. 그럼 영혼을 뒤따라가면 시신이 있는 곳에 다다를 터였다.

나는 일단 가사노 운송을 나서서 도모코에게 연락해 지금까지 조사한 결과를 보고한 후, 오늘 산에 들어갈 생각이라고 알렸다. 시간당 요금과 경비에 대해서도 승인을 받았다. 익명의 정보 제공자 덕분에 가사노가 실종된 밤에 입산한 남자가 있다는 걸 알았다고 말하고, 첫 수색에서 발견된다는 보장은 없다는 것도 분명히 했다.

그리고 대형 마트의 아웃도어 매장에서 산을 오를 때 필요한 장비를 마련했다. 일단 방수가 되는 옷과 신발을 샀다. 손전등은 내 것을 사용하려고 했지만 두 손이 자유로운 편이 낫다는 점원의 권유를 받아들여 헤드램프를 구입했다. 산에서 내려올 때 헤매지 않도록 구명줄로 사용할 등산용 자일과, 시신을 파낼 때를 대비해 배낭에 들어가는 조립식 삽도 목장갑과 함께 샀다.

긴장감과 고양감이 뒤섞여서 솟구쳤다.

옷을 갈아입고 단단히 채비한 후 해가 지고 나서 가사노 운송으로 돌아갔다. 건물 앞에 정차된 왜건에 휴대용 캔에 담아온 휘발유를 넣었다. 모든 준비를 마친 후에야 차가 2년이나 방치됐으니 시동이 걸리지 않을 가능성도 있다는 게 생각나 가슴이 철렁했지만, 시험 삼아 열쇠를 꽂고 돌리자 시동이 제대로 걸렸다. 안도의 한숨을 내쉰 후 삽, 발연통, 페트병이 든 배낭을 조수석에 놓아두고 건물로 들어갔다.

영혼은 이미 나타나서 실내에 서 있었다.

나는 작업용 전등을 테이블에 내려놓고 소파에 앉아 시간이 되기를 기다렸다.

8시가 지났을 무렵에 일어나서 영혼의 이동에 대비했다. 시곗바늘이 8시 12분을 가리켰다. 영혼이 살며시 흔들리더니 한순간 사라진 것처럼 보였다. 하지만 주의 깊게 눈으로 좇자 흐릿한 윤곽이 문을 향해 천천히 움직이고 있었다.

뒤쫓아 밖으로 나가자 영혼은 역시 차 앞에 있었다.

나는 차에 올라타 시동을 걸고 잠시 기다렸다. 돌아보자 영혼은 뒷좌석으로 이동했다. 조급한 기분을 억누르고 가속 페달을 밟았다. 여기까지는 어제도 확인했다. 문제는 이제부터다.

차가 움직였다. 회사 부지를 나서기 전에 고개를 돌려 확인하자 영혼은 여전히 뒷좌석에 타고 있었다.

사건 당일 밤을 최대한 정확하게 재연하고 싶었지만, 범인이 차를 어느 정도 속도로 몰았는지는 모른다. 빨간불에 걸려 멈출 때마다 뒷좌석을 돌아보았지만 영혼은 사라지지 않았다. 제한속도를 준수하며 이대로 달리면 하나사키 운수에는 9시가 되기 전에 도착할까.

산으로 향하는 오르막길에 접어들자 하나사키 운수의 젊은 직원이 해준 이야기가 생각났다. 그는 밤에 주차장의 산 쪽에 서 있는 유령을 봤는데, 어느 틈엔가 유령이 사라지고 없더라고 했다.

그건 역시 가사노의 영혼일 것이다. 그 직원은 아마 영혼이 주차장에서 숲속으로 이동하는 장면을 목격했을 것이다. 그는 9시 넘어서 유령을 봤다고 했다. 따라서 그 정도 시간대에 하나사키 운수에 도착하면 영혼이 숲으로 들어가는 타이밍에 맞출 수 있을 것이다. 아니, 그는 정확한 시간을 기억하지 못하는 듯했으니 조금 일찌감치 도착해서 기다리는 편이 안전할까.

어째야 좋을지 망설여져 속도를 낮췄다가 높였다가 하다가, 결국 속도를 조금 높여 9시 정각에 하나사키 운수에 도착했다. 무라이가 말하기로 사건 다음 날 아침에 가사노의 차가 세워져 있었다는 산 정상 쪽 주차 공간에 차를 댔다. 서둘러 차에서 내렸지만 영혼은 여전히 뒷좌석에 머물러 있었다. 다행이다. 적어도 사라지지는 않았다.

이때다 싶어 배낭을 메고 헤드램프를 장착한 후, 구명줄로 사용할 등산용 자일을 훅으로 벨트에 연결했다. 숲에 들어가면 거의 칠흑같이 어두울 테니 조명기구는 많은 편이 좋다. 헤드램프뿐만 아니라 랜턴형 작업용 전등도 들고 가기로 했다. 작업용 전등은 손이 자유롭도록 배낭 옆면의 훅에 걸었다.

준비를 마치고 나서 눈을 돌리자 영혼이 차 밖에 나와 있었다.

흐릿한 윤곽이 느릿느릿 숲속으로 들어갔다. 예상대로다. 밤에 산속으로 들어가려니 약간 꺼림칙했지만, 그보다도 시신을 발견할 수 있을 것 같다는 기대감에 가슴이 부풀었다. 준비한 보람이 있을 듯했다.

산 위, 그것도 숲속에서 스마트폰 전파가 잡힐지 말지 모르므로 지금 산에 들어간다고 구치키에게 메일을 보냈다. 그 후 마음을 단단히 먹고 영혼을 따라 주차장에 둘러친 비닐 끈을 넘었다.

주차장에서 올려다보았을 때는 오르기가 힘들 것 같았지만, 올라갈수록 경사가 완만해졌다. 더 가파른 비탈을 오를 걸 각오하고 왔기 때문에 예상한 정도는 아니라서 마음이 놓였다. 그러나 성인의 시신을 옮기려면 꽤 힘들 것이다. 나는 발밑의 땅에서 앞서가는 영혼으로 시선을 옮겼다.

영혼은 사건 당일 밤에 성인 남성의 시신을 짊어지거나 끌면서 산을 올랐을 범인과 같은 속도로 이동하고 있는 셈이다. 사람 한 명을 운반한다는 핸디캡이 있는 만큼 영혼의 이동 속도는 느렸으므로 내가 가끔 멈춰서 물을 마시거나 쉬느라 약간 거리가 벌어져도 금방 따라잡을 수 있었다. 하지만 산길이 험해서 나는 몇 번이나 미끄러질 뻔했다. 넘어지지 않도록, 그리고 영혼을 놓치지 않도록 조심해서 따라갔다.

산속으로 나아가면 나아갈수록 공기는 습해졌다. 어제와 오늘 날씨가 좋았고, 요 일주일간 비가 내리지 않았는데도 발밑의 풀이 젖은 것처럼 느껴졌다.

무엇보다 어두웠다. 주차장에는 불빛이 있었고 달도 떠서 그렇게 어둡게 느껴지지 않았지만, 숲속은 나무가 무성한 탓인지 달빛과 별빛이 비치지 않아 상상 이상으로 어둠이 깊었다. 전등 불빛이 닿는 범위는 보이지만 그 앞은 검게 칠한 것처럼 깜깜했다.

목적지가 어디인지, 얼마나 걸어야 하는지 모르는 것도 한몫해서 불안감이 차츰차츰 솟아올랐다. 조난되지 않도록 철저히 준비했다고 자부했고, 숲에 발을 들여놓았을 때는 밤에 산을 혼자 올라간다는 공포보다 기대에 들뜬 마음이 더 컸었는데.

제법 걸었다 싶어 돌아보자 캄캄한 어둠 속에 자일이 뻗어 있었다. 다시는 돌아보지 않기로 했다. 머리를 비우고 앞서가는 영혼과 발치만 신경 쓰며 묵묵히 걸었다.

걷다 보니 자일이 모자라서 끄트머리를 근처 나뭇가지에 묶어놓고 거기서부터는 몇 미터마다 나뭇가지에 컬러 테이프로 표시를 하며 나아갔다. 이럴 수도 있을까 싶어 준비했는데 가져오길 잘했다. 내려갈 때는 이 테이프에 의지하면 된다.

테이프도 다 떨어지면 조난될 위험성이 있지만 범인도

그렇게 오래 걷지는 않았을 것이다. 시신을 들고 산을 오르는 건 중노동이며, 밤사이에 시신을 묻고 현장에서 달아나야 하니까.

테이프를 감으려고 적당한 나뭇가지에 손을 뻗다가 알아차렸다. 마침 내가 붙잡으려 한 나뭇가지 끄트머리가 부러져 있다는 걸. 어제오늘 부러진 것이 아닌 듯했다. 불빛을 비춰보자 부러진 부분이 말라서 색이 완전히 변해 있었다. 몇 미터 앞으로 불빛을 향하자 그밖에도 나뭇가지가 부러진 나무가 있었다.

일단 부러진 나뭇가지에 테이프를 감고 다시 잠깐 걸었다. 주의해서 살펴보자 그런 나무가 몇 그루나 됐다. 나뭇가지가 부러진 나무는 내가 걷고 있는 길 아닌 길을 따라서 이어졌다.

거센 바람에 나뭇가지가 부러질 수도 있겠지만, 여기는 울창한 숲속이다. 그리고 어른이 손을 뻗어 쉽게 부러뜨릴 수 있는 위치의 나뭇가지만 우연히 바람에 꺾였다고 보기는 힘들다. 누군가가 산을 내려갈 때 표지물로 삼기 위해 부러뜨린 게 아닐까 싶었다. 즉 나처럼 이 길을 지나간 사람이 있다는 뜻이다. 틀림없이 예전에 시신을 묻으러 온 사람일 것이다. 앞장서서 안내해주는 영혼을 따라 올라왔으니 당연하지만, 바른 길로 가고 있다는 확신이 생기자 불안에 잠식되어가던 마음에 희망이 되돌아왔다.

30~40분은 걸었을까. 처음과 비교하면 경사가 훨씬 완만해졌고 어느 곳부터는 거의 평평해지더니 몇 미터 더 올라가자 앞서가던 영혼이 움직임을 멈췄다. 나무가 비교적 드문드문한 곳으로, 위에서 달빛이 비쳤다.

움직임을 멈춘 영혼은 사라질 낌새가 없었다. 가사노 운송에서처럼 가만히 서 있었다. 영혼의 발치에는 풀이 별로 없었다. 낙엽이 쌓여 있기는 했지만 비교적 쉽게 팔 수 있을 듯했다.

아무래도 도착한 모양이다.

나는 서둘러 배낭을 내리고 조립식 삽을 꺼냈다. 반쯤 확신을 품고 영혼의 발밑을 파내기 시작했다. 그리 많이 파지도 않았는데 파란색이 보였다. 삽 끝으로 흙을 긁어내자 뭔가를 감싼 파란색 시트가 드러났다. 흙으로 범벅이 된 시트는 군데군데가 찢어진 상태였다. 마치 땅에 대고 질질 끌고 온 것처럼.

……찾았다.

삽을 내려놓고 파란색 시트를 구덩이에서 반쯤 끄집어내 살짝 젖혀보았다. 옷소매 부분이 보였다. 시간이 흘렀기 때문일까, 강렬한 냄새가 날 줄 알았지만 그렇지는 않았다. 두 손을 모아 합장하고 나서 시트를 조금 더 젖히자 재킷에 감싸인 팔과 미라처럼 변한 손등이 드러났다.

이제 더 이상 볼 필요는 없다. 내가 할 일은 여기까지다. 나머지는 경찰에게 맡기면 된다.

스마트폰을 꺼냈지만 통화권 이탈이었다. 시신의 팔만 드러난 파란색 시트를 스마트폰 카메라로 촬영했다.

젖힌 시트를 원래대로 덮어놓은 후 삽을 넣은 배낭을 메고 걸음을 옮겼다. 이번에는 내리막이다. 더욱 발밑에 주의하며 나뭇가지에 감아놓은 컬러테이프를 따라 나아갔다. 헤드램프 불빛의 범위에서 벗어나기 전에 뒤를 돌아보자 영혼은 여전히 파란색 시트에 감싸인 시신 옆에 서 있었다.

*

스마트폰 전파가 잡히는 곳까지 내려오자마자 구치키에게 연락했다.

늦은 밤인데도 금방 달려온 구치키는 경찰 신고와 그 후의 처리를 전부 도맡았다.

일단 내가 시신을 발견했으므로 경찰이 올 때까지 거기 머물렀지만, 구치키에게 맡긴 채 얌전히 있는 동안 이야기가 끝났다. 경찰과 구치키가 구체적으로 무슨 이야기를 했는지는 모른다. 그래도 비밀 엄수 의무가 어떻고 의뢰인에게 확인이 저떻고, 라는 말은 들렸다.

나는 구치키가 시킨 대로 경찰의 질문에 한두 마디 대답한 게 다였다. 경찰은 나중에 다시 이야기를 듣겠다며 그날 밤에 보내주었다. 피곤한 상태였기 때문에 내심 고마웠다. 범인 말고는 어디 유기했는지 모를 시신을 일부러 숲에 들어가서 파냈으니 의심받아도 당연하다고 각오했지만, 구치키가 잘 설명해준 모양이다. 역시 변호사 친구가 최고다.

다음 날 경찰서에 오라기에 그날은 집에 가서 푹 쉬고, 다음 날 아침 경찰서에 가기 전에 도모코에게 전화를 걸어 간단하게 보고를 했다. 어젯밤에 숲속에 들어갔다는 것, 거기서 시신을 발견했다는 것, 시신은 땅에 묻혀 있었다는 것, 사건성이 있다고 판단됐기에 구치키와도 상의해서 경찰에 신고했고, 나중에 도모코에게도 경찰이 연락하리라는 것.

도모코는 상당히 동요한 듯했다. 자살한 줄 알았던 남편이 땅에 묻힌 시신으로 발견됐으니 무리도 아니다. 살해당했다는 거예요? 누가, 왜요? 그녀의 그런 질문에 나는 대답할 수 없었다. 이제 경찰에 시신을 발견한 정황을 진술하러 가니까 뭔가 알게 되면 다시 연락하겠다고 말하고 전화를 끊었다.

그리고 구치키의 사무소에 들렀다가 경찰서로 향했다.

취조실이 아니라 칸막이로 구분된 공간으로 안내받았다. 경찰에서 조사를 받는 게 처음은 아니었지만 오랜만이라 약간 긴장됐다.

다행히 담당 경찰관은 딱히 위압적으로 굴거나 시신을 발견한 나를 무턱대고 의심하려 들지 않았다. 어디까지나 중립적으로 참고인에게 이야기를 듣는다는 태도였다.

설마 본인의 영혼이 안내해주었다고는 할 수 없기에 구치키가 조언한 대로 '들개가 파헤친 듯한 흔적이 있어서 혹시나 싶어 흙을 파보았더니 시신이 있었다'라고 설명했다. 그런 시간에 숲속을 돌아다닌 이유에 대해서는 솔직하게 시신을 찾고 있었다고 대답했다. 경찰서에 오기 전에 도모코에게 의뢰를 받은 걸 밝혀도 된다고 허가를 얻었다.

회사 청산인인 구치키와 실종된 남편이 자살한 게 아닐까 추측한 도모코의 지시 및 의뢰를 받아 탐정으로서 시신

을 찾기 위해 숲에 들어갔다. 가사노가 밤중에 산에 들어
간 듯하다는 정보를 입수했으므로 최대한 본인과 같은 조
건에서 현장을 살펴보자는 마음에 밤을 골랐다. 내 그런
설명을 경찰은 일단 믿기로 한 모양이었다. 자일에 컬러테
이프까지 준비성이 상당히 철저하군요, 라는 핀잔은 들었
지만 밤중에 숲에 들어가는데 그 정도 조난 방지책은 당연
하지 않느냐고 변명했다.

일부 경찰관은 수상쩍다는 시선을 던졌지만 구치키의
조언에 따라 대답해서인지, 먼저 들었던 구치키의 진술과
일치해서인지 적어도 용의자 취급은 하지 않았다. 진술 조
서를 작성하는 데 두 시간이 걸렸지만 그 정도는 예상 범
위 안쪽이었다. 오히려 빠른 편이었다. 딱히 부당한 처사
를 당하는 일 없이, 상황에 따라 또 이야기를 하러 오셔야
할지도 모른다는 젊은 경찰관의 정중한 말을 끝으로 나는
경찰서를 뒤로했다. 탐정으로서 임무를 완수했고, 나랑 구
치키가 의심받는 것 같지도 않으니 일단 안심이다. 이제
경찰이 범인을 찾아내기만 기다리면 된다.

물론 제삼자인 내게 수사가 어디까지 진행됐으며 시신
에 범인의 단서가 남아 있었는지는 알려주지 않았지만, 도
모코와 구치키에게는 나중에 뭔가 연락을 줄 것이다.

그리고 예상보다 빨리, 경찰에 조사를 받은 다음 날 구치키가 사무소를 찾아왔다.

"방송국과 주간지에서 그 사건과 관련해 널 취재하고 싶다는 문의가 들어왔어. 내가 창구 역할이니까 일단 물어는 보겠다고 했는데, 거절할까?"

"아, 부탁드립니다."

탐정의 얼굴이 팔리면 영업에 지장이 있고, 의뢰 내용을 말할 수도 없다. 무탈한 범위에서 대답하고 고객 유치에 활용한다는 전법도 있겠지만, 매스컴과 취재할 때는 만에 하나라도 무심코 말실수를 해서는 안 된다. 애초에 취재 요청을 일절 받아들이지 않는 게 안전하다.

아무튼 나는 중학생인 가에데에게도 표정을 읽히는 수준이다. 스스로를 과신하지 않는 편이 좋다.

가에데의 조언 덕분에 사건은 해결했지만, 이번 일은 내가 얼마나 미숙한지 실감하는 계기이기도 했다. 수업이 모자람을 자각하고 겸허하고 신중하게 경험을 쌓아나가야 한다.

"행방불명자의 시신을 사설탐정이 발견하다니 제법 드라마틱하니까 당분간은 시끌시끌할지도 모르겠어. 이걸 계기로 고객이 늘어나면 좋을 텐데."

"아니, 이번에는 정말 운이 좋았다고 할까…… 반성할
점도 아주 많아. 실은 가에데한테 힌트를 얻었어. 내일 과
외하러 가는 날이니까 고맙다고 해야겠다."

가사노가 자살했다면 나로서는 시신을 찾을 방법이 없
다. 또한 살해당한 곳이 회사가 아니었다면 나로서는 그의
영혼을 찾아낼 수조차 없다.

가사노의 영혼이 살해당하고 나서 땅에 묻히기까지를
재연한 것도 우연이다. 사건이 해결된 건 마침 내 능력을
활용할 수 있었기 때문이다. 덧붙여 영혼의 행동이 무슨
의미인지도 나는 바로 알아차리지 못했다. 그런데도 과대
평가를 받으면 가슴 한구석이 찔린다.

"그래도 구치키 씨 덕분에 경찰에게 의심받지 않았고 조
사도 빨리 끝났어. 정말 고마워. 지금 보고서를 쓰는 참이
야. 내일 도모코 씨에게 보고하러 갈 예정이거든. 범인이
빨리 잡히면 좋겠지만…… 그건 경찰에 맡겨두면 안심이
겠지. 가사노 도시야가 사망한 건 확인했으니까 이제 지장
없이 구치키 씨도 업무를 볼 수 있겠고, 도모코 씨도 보험
금을 수령할 수 있겠네."

내 미숙한 점은 반성해야 마땅하지만 사건이 해결된 것
자체는 기뻐해도 되리라. 그런 마음에 일부러 밝게 말하며

보고서를 손등으로 탁탁 두드렸다.

그렇다며 구치키도 웃어줄 줄 알았다. 하지만 그는 난처한 표정으로 "그게 말이야" 하고 거뭇거뭇한 턱수염을 쓰다듬었다.

"뒷일은 경찰에 맡기는 게 맞고, 이제 네가 할 일은 끝났다고 해도 되겠지만…… 사실 가사노 도시야 실종 사건은 아직 해결되지 않았어. 경찰에서 연락이 왔어."

오늘은 그걸 알리러 왔다며 구치키는 머뭇머뭇 입을 열었다.

"산에서 발견된 시신은 가사노 도시야가 아니었어. 아무래도 가사노에게 개인적으로 돈을 빌려준 돈놀이꾼인 모양이야. 경찰은 가사노 도시야를 시체 유기 혐의로 쫓고 있어."

*

'산속에서 남자 시신이 발견된 사건'은 텔레비전에서도 보도했다. 시신의 신원은 부동산 업자 혼마 조지라는 남자였다. 유기된 지 2년이 지나서 얼굴로는 누구인지 판별하기 어려웠지만, 치아를 치료한 흔적으로 신원을 밝혀냈다고 한다.

혼마는 부동산업에 종사하는 한편으로 금융청에 등록하지 않고 개인적으로 돈놀이를 했다는 모양이다. 몇 년 전에 부동산 매매 사무소를 접고 은퇴해 유유자적하게 생활했다지만, 당연히 빌려준 돈은 계속 추심했을 것이다. 혼마의 집에서 발견된 수첩에 그가 실종되기 직전 채무자와 만나기로 약속했다는 내용이 적혀 있었다. 그 채무자, 가사노 도시야도 같은 시기에 자취를 감추었으므로 경찰은 그가 어떤 내막을 알고 있으리라 보고 뒤를 쫓고 있다.

가사노는 살인 사건 피해자가 아니라 가해자였다.

즉, 내가 본 영혼의 정체는 가사노가 아니라 가사노에게 살해당해 매장된 다른 남자, 혼마 조지였다.

가사노와 만난 회색 작업복 차림의 남자는 아무리 찾아도 나오지 않았을 것이다. 작업복 차림의 남자와 싸운 환시는 가사노가 아니라 혼마의 기억이었다. 환시 속에서 회색 작업복을 입고 있었던 남자야말로 가사노였다.

나는 보고서를 들고 사무소를 나섰다. 도모코를 만나 보고서를 주고 가에데의 집에 갈 예정이었다. 가에데는 눈치가 빠르니까 뉴스를 보고 이게 내가 관여한 사건임을 알아차렸을 것이다. 쓸데없이 입을 놀리지 않도록 주의해야겠다. 가에데의 추리가 맞았다는 것만 말해주고 나머지는 노 코멘트로 일관하는 수밖에 없다.

결과적으로 시신은 찾았지만, 내 조사와 추리는 대부분 빗나간 셈이다. 비밀 엄수 의무가 없더라도 이런 한심한 자초지종은 사서 이야기하고 싶지 않았다.

구치키와 도모코에게 처음 이야기를 들었을 때는 나도 가사노가 과연 자살할 만한 상황이었을까 의문을 품었다. 채무자가 채권자를 죽이면 모를까, 그 반대는 이점이 없 다고도 생각했다. 하지만 가사노 운송에서 영혼을 보고 가 사노 도시야가 죽었다는 생각에 사로잡히고 말았다. 그리 고 영혼이 거기 있는 이상은 타살일 거라는 전제를 최우선 으로 두고 움직였다. 환시가 선명하지 못했던 탓도 있지만 선입견을 품고 수사에 임한 점은 깊이 반성해야 한다.

한쪽으로 치우친 생각은 사고를 정지시킨다.

가에데라면 영혼이 보이는 능력에만 의존하니까 그런 거라고 하려나.

구치키가 준 정보에 따르면 피해자 혼마 조지는 오래전 에 이혼했으며 전처도 죽어서 가족은 딸 하나뿐이었다고 한다. 그 딸과도 소원하게 지냈던 모양이다.

혼마가 실종되어 한바탕 시끄러웠다면 그 사건을 실종

된 가사노와 연관해서 의심하는 사람이 있었을지 모르지만, 혼마는 부동산업에서 은퇴한 후로 인간관계가 거의 끊겨서 이번에 시신이 발견되기까지 그가 실종되었다는 걸 아무도 알지 못했다. 실종된 후 집세나 수도 요금 및 광열비의 자동이체가 연체되면 집주인이 수상쩍게 여겼겠지만, 혼마의 계좌에는 잔액이 충분했고 채무자들이 매달 갚는 돈도 있어서 집세 등의 자동이체도 연체되지 않았다고 한다.

혼마는 근처 사람 누구와도 교류가 없었고 신문도 받아보지 않았으므로 아무도 그가 있는지 없는지 신경 쓰지 않았다. 부동산업에 종사할 때 유일하게 친분을 맺은 남자와는 가끔 술을 마시러 다니는 사이였지만, 혼마는 사건이 발생하기 직전에 방을 빼고 오랫동안 소원했던 딸을 보러 갈 생각이라고 그에게 말했다고 한다. 딸은 국제결혼을 해서 독일에 산다는 모양이었다. 혼마와 연락이 되지 않아도 친구는 분명 딸을 보러 갔다가 같이 살기로 했나 보다며 딱히 걱정하지 않았다고 한다.

물론 빚을 갚을 날을 넘긴 채무자는 독촉이 없다는 걸 알고 있었지만, 채권자가 독촉하지 않는 걸 수상하게 여기고 일부러 조사하거나 경찰에 신고하지는 않았다. 그 탓에 그가 실종된 줄은 아무도 몰랐고, 가사노 도시야가 저지른 살인은 어둠 속에 묻혔다. 무려 2년이나.

가사노는 빌려준 돈을 받으러, 또는 추가로 대출해주기 위해 찾아온 혼마를 무슨 이유로 살해하고 시신을 파란색 시트에 감싸 산속에 묻은 후 그대로 도주했다. 아직 거기까지밖에 모른다. 자세한 사정은 앞으로 경찰이 수사해서 밝혀낼 것이다.

그때까지는 분명 내가 사건 당일 밤에 있었던 일을 제일 자세하게 알고 있을 것이다. 선명하지 못하고 불완전한 환시나마 혼마 조지의 눈을 통해 사건을 목격했으니까.

혼마 조지는 그날 오후 5시경에 가사노 운송을 찾아 작업복을 입은 가사노와 소파에 마주 앉아 이야기를 나누었다. 빚을 갚으라는 이야기였는지 추가 대출 이야기였는지는 모르겠지만, 아무튼 그건 가사노의 마음에 들지 않는 형태로 끝났다. 가사노는 자리에서 일어난 혼마를 붙잡으려 했고 두 사람은 몸싸움을 벌였다. 가사노에게 살의가 있었는지, 아니면 사고였는지는 모르지만 5시 55분에 혼마는 사망한다.

영혼의 출현과 이동 패턴으로 보건대 8시 12분에 시신을 밖으로 옮겼다고 한다면 가사노는 두 시간도 넘게 실내에서 시신 곁에 있었던 셈이다. 어쩌면 좋을지 몰라서 넋을 놓았을 수도 있고, 목격될 위험성을 피하고자 어두워져서 인적이 적어지기를 기다렸는지도 모른다. 운송업자라는 직업상 파란색 시트를 회사에 놔둔 건 가사노 입장에서 행운이었다. 가사노는 시신을 시트로 감싸서 밖에 있는 차로 옮겼다. 물론 사람이 없을 때를 노렸겠지만, 지나가던 기다가 차를 목격하고 말았다. 시신을 싣는 장면을 본 건 아니니까 실패라고 할 정도는 아니다. 기다에게 목격당했다는 사실 자체를 가사노는 몰랐을 수도 있다.

나는 도모코를 만나러 일찍이 가사노가 살았던 집으로 향하면서 사건 당일 밤 그가 어떻게 행동했을지 상상했다. 시신을 차에 실었을 때, 또는 시신을 가지고 산에 들어갔을 때만 해도 가사노는 자살한 척 행방을 감출 마음이 아직 없지 않았을까. 처음부터 그럴 작정이었다면 유서를 준비하는 등 여러 가지 방법을 활용해 좀 더 확실하게 자살이라는 인상을 심어줄 수도 있었을 것이다.

가사노가 시신을 숨기려 한 것은 분명 시신을 묻은 후 일상으로 돌아갈 생각이었기 때문이다. 하지만 산속에 들어간 그는 어느 시점에(시신을 옮기면서, 또는 묻으면서, 아니면 다 묻고 나서일지도 모른다) 깨달았다. 일상으로 돌아가도 빚, 회사 경영, 부부관계는 전혀 해결되지 않는다는 걸. 살인을 저질렀다는 의혹에서 달아날 수 있을지도 미지수라는 걸.

그렇다면 차라리 이대로 달아나자는 충동에 휩싸였어도 무리는 아니다. 그는 그때 비로소 자신이 산에 들어왔다는 인상을 심어주기 위해 차를 산속에 버려두기로 결심했는지도 모른다. 그리고 차 없이 어찌어찌 산에서 내려왔다. 모든 것을 버리고 달아나기 위해, 자신의 흔적이 최대한 남지 않도록 조심스레.

시신과 함께 사무소를 나섰을 때는 시신을 산에 묻은 후 집에 돌아갈 생각이었으니 출근하면서 입은 양복은 차에 실어놨을 것이다. 시신을 처리한 후 깨끗한 옷으로 갈아입고, 흙으로 더러워진 작업복은 도망치다가 버리면 된다.

몇 시간이나 걸어서 산을 내려온 걸까. 휴대전화는 추적당하지 않도록 도망치면서 버렸겠지만, 시신을 묻은 후 잠깐은 가지고 있었을 테니 택시를 불렀을 가능성도 있다. 신원이 드러날 우려가 있어서 카드는 쓸 수 없었겠지만 지갑에 현금이 얼마쯤은 있었을 테고, 구치키의 이야기로는 혼마의 지갑에서 돈이 없어졌다니까 그것도 도주 자금에 보탰으리라. 가사노가 택시를 불렀다면 밤에 산속으로 호

출된 차의 기록이 남아 있을지도 모른다.

경찰이 쫓고 있으니 언젠가는 밝혀질 일이다. 더 이상은 일개 탐정이 관여할 일이 아니다. 내가 할 일은 끝났다.

보고서를 주려고 도모코의 집을 찾아가자 그녀는 피곤한 표정으로 맞아주었다. 내 탐정 사무소를 찾아온 지 아직 일주일 정도밖에 안 됐는데 인상이 많이 달라졌다. 화장이 연하고 머리를 만지지 않은 탓인지도 모르겠다. 눈밑에 그늘이 졌지만 표정은 어둡지 않았다.

도모코는 내 앞에서 보고서를 펄럭펄럭 넘기다 마지막 페이지를 확인하고 나서 눈을 내리뜬 채 말했다. "실력이 대단하시네요, 탐정님. 정말로 시신을 찾아냈잖아요."

쓴웃음을 지었다고 할 정도는 아니지만 미묘하게 웃는 얼굴이었다.

"부탁해놓고 이런 말씀을 드리려니 그렇지만, 나중에 생각해보니 무리한 부탁 아니었나 싶더라고요. 몇 달이나 걸리면 시간당 요금을 못 낼 것 같아서 걱정했는데 너무 빨리 찾아내서 깜짝 놀랐어요. 그게 남편의 시체가 아니었다는 소리를 듣고 더 놀랐지만."

나는 도모코에게 뭐라고 해야 할지 몰랐다.

죽은 줄 알았던 남편이 살아 있다면 보통은 기뻐할 일이겠지만, 일은 그렇게 단순하지가 않다. 가사노는 채권자를 죽이고 달아난 혐의를 받고 있다. 현재는 시체 유기 혐의지만 실질적으로는 살인 용의자로 쫓기고 있다는 걸 도모코가 모를 리 없다.

남편이 사람을 죽이고 달아났을 줄 도모코는 상상도 못했으리라. 오래전에 사이가 멀어진 부부라도 마음이 편할 리 없었다.

"이미 죽은 줄 알았던 사람이니 이제 와서 어떤 사실이 드러나도 괜찮을 줄 알았거든요. 하지만 죽은 게 아니라 자기가 원해서 돌아오지 않았다는 걸 알자 어쩐지 좀 울컥하더라고요. 어디서 새로운 인생을 만끽하고 있다고 생각하면 성질이 난다고 할까요. 혼란에 빠져서 달아났다면 그 사람답지만, 그래도 그렇게 소심한 사람이 사람을 죽이다니 엄청 궁지에 몰렸구나 싶기도 하고…… 자살한 줄 알았을 때도 든 생각인데, 제가 좀 더…… 아, 죄송해요. 탐정님 난처하게 제가 왜 이런 이야기를."

"아니요…… 그렇지 않습니다."

도모코가 이렇게 이야기해주는 건 처음이었다. 조사가 마무리된 단계에서야 비로소 마음을 조금 열어준 것 같은 느낌이었다.

내가 고개를 젓자 도모코는 살짝 웃으며 다정하시네요, 하고 중얼거렸다.

"이래봬도 저, 그 사람이 사라진 직후에는 약간 고민했어요. 부부 사이는 식었지만, 그렇다고 아무 걱정도 없었던 건 아니에요."

"네."

"이번 일로 또 고민이 많아질 뻔했지만, 이제 관두려고요. 한 번 고민하다 일어섰는걸요. 경찰 수사는 이제부터지만 제게는 끝난 일이라고 생각하기로 했어요. 변호사님께 물어보니 남편이 실종된 상태로도 이혼 수속은 밟을 수 있다고 하니까요."

도모코는 보고서를 탁 덮고 두 손을 허벅다리 위에 겹쳤다. 처음 만났을 때와 비교하면 자세가 좋아진 것 같았다. 정신 똑바로 차려야 한다고 스스로 의식하고 있기 때문인지도 모르겠다.

"보험금은 들어오지 않겠지만 속이 시원하네요. 진실을 알아서 다행이에요."

도모코는 후련하다는 듯이 말하고 보수를 지불했다.

나는 도모코에게 진부한 인사말을 남겼지만 머리만은

깊이 숙이고 복도로 나왔다.

도모코의 집 문이 닫히는 것과 거의 동시에 옆집 문이 열리더니 나가쿠보 미쓰코가 고개를 내밀었다. 나는 눈인사만 하고 지나쳤다. 미쓰코는 이야기를 하고 싶은 눈치였지만 나는 그대로 엘리베이터를 타고 문을 닫았다.

도모코의 집을 방문하는 것도 이게 마지막이리라.

엘리베이터에서 내려 로비를 빠져나와 밖으로 한 발짝 내디딘 순간, 서늘한 바람이 불었다. 며칠 만에 갑자기 가을다워진 기분이 든다. 해가 비치는 낮에는 괜찮지만 해가 지면 대번에 쌀쌀해진다. 나는 재킷 앞을 여미고 맨션 창문을 올려다보았다. 괜히 고개를 꾸벅 숙이고 나서 걸음을 옮겼다.

속이 시원하다면서도 도모코는 어쩐지 서글퍼 보였다. 부부 사이가 식었다고는 했지만, 사실 도모코도 남편이 될 대로 되기를 바라지는 않았을 것이다. 남편 말고 애인이 있었을지언정 남편에게도 조금은 정이 남아 있었다. 내게 시신을 찾아달라고 의뢰한 건 생명 보험금 때문이기도 했겠지만, 무엇보다 남편이 죽었음을 확인함으로써 앞으로 나아가고자 했던 것 아닐까.

퉁명스러운 표정으로 보험금을 받기 위해서라고 대꾸하

며 악처 같은 태도를 취했지만, 사실은 남편이 두 번 다시 돌아오지 않는다는 걸 확인하지 않으면 앞으로 나아갈 수 없을 만큼은 가슴속에 맺혀 있었다. 겉으로는 드러내지 않았지만 이해심 없었던 자신의 태도와 불륜 행위가 남편을 몰아붙인 게 아닐까 죄악감도 적지 않게 느꼈으리라.

그렇다면 판명된 진실은 더더욱 그녀에게 잔혹했을지도 모르겠다. 그래도 최종적으로 앞으로 나아갈 계기가 되었다면 이번 조사는 도모코에게도 의미가 있었을 것이다. 그렇게 생각하고 싶다.

시계를 보자 가에데와 약속한 시간까지는 아직 약간 여유가 있었다.

저녁을 먹기에는 이르지만 어디서 가볍게 뭔가 먹고 갈까. 과외는 7시부터 시작이니까 또 저녁을 먹고 가라고 할지도 모르지만, 매번 대접받기도 미안하다. 저녁을 사양해도 어차피 사건에 대해서는 물어볼 테니, 쓸데없는 소리를 하지 않도록 조심해야 한다.

어떻게 잘 빠져나갈지 머릿속으로 연습하는 동안에 가사노 운송 근처까지 왔다. 아직 시간이 있으므로 잠깐 들렀다 가기로 했다.

경찰 수사에 필요하다기에 열쇠는 구치키에게 돌려줬으

니까 건물 안에는 못 들어간다. 그래도 창문으로 들여다볼 수는 있을 것이다. 이제 더는 올 일이 없을 테니 마지막으로 확인하고 싶은 것이 있었다.

사건 현장이니까(경찰이 그렇다고 확신할 만한 증거를 발견했는지는 모르지만) 로프나 테이프로 출입을 제한해놓았을 줄 알았는데 그런 건 없었다. 벌써 현장 검증이 끝났기 때문일까, 아니면 문을 잠글 수 있으니까 사건 현장이 훼손될 우려는 없다고 판단할 걸까. 현재 수사 중인 현장이 아니니까 당연하지만 근처에 경비를 서는 경찰관도 없는 듯했다. 그걸 확인하고 살그머니 건물로 다가갔다.

결국 그 영혼은 가사노 도시야의 영혼이 아니었다. 내가 생각했던 것처럼 가정에 자기 자리가 없고, 일에 지친 끝에 살해당했지만, 아내조차 자살했다고 추측한 남자의 영혼이 아니었다.

혼마 조지라는 사람에 대해 나는 거의 모른다.

뉴스와 구치키에게 들은 정보가 전부지만, 혼마 또한 고독한 남자였던 듯했다. 그가 어떤 심정으로 죽었는지도, 무슨 작정으로 매일 밤 자기가 죽은 날과 똑같은 행동을 되풀이했는지도 알 수 없다.

그러니 궁금했다.

과연 그는 이 세상에서 해방됐을까.

나는 본인의 영혼에게 인도를 받아 시신을 발견했다고 믿었다. 하지만 나중에 문득 불안해졌다. 혼마가 나를 시신이 있는 곳까지 인도한 게 아니라 그저 죽은 후의 흐름을 기계적으로 되풀이했을 뿐, 그 행동에 본인의 의사가 없었다면 어쩌느냐고.

예전에도 유기된 시신 곁에 나타난 영혼을 본 적이 있었다. 그때는 그걸 계기로 시신을 발견했지만, 시신을 파낸 후에 영혼이 그 자리에 나타나는지, 나타나지 않는지는 확인하지 않았다.

시신을 찾아내면 미련이 사라져 영혼은 거기에 머무를 필요가 없어진다. 단순히 그렇게 생각하고 의심도 하지 않았기 때문에 굳이 확인하려 들지 않았다. 지금까지는 별로 신경 쓴 적이 없었다.

내 능력이 한정적이라는 건 이해하고 있었지만, 이번 일을 통해 죽은 사람과 산 사람은 속절없이 단절되어 있음을 실감했다.

거기 있다는 게 보여도, 기억 일부를 들여다볼 수 있어도, 함께할 수는 없다. 적어도 내게는 불가능하다.

내게 영혼의 목소리가 들리지 않듯이 영혼에게도 내 목

소리가 닿지 않는다면. 두 세계가 완전히 분리되어 있다면 최악의 경우 그는 아직 자신의 시신이 발견됐다는 사실을 모르지 않을까. 그리고 시신이 발견된 지금도 같은 행동을 되풀이하고 있을 가능성이 있었다.

만약 그렇다면 이렇게 슬픈 일이 또 어디 있을까.

그래서는 언제까지고 구원받지 못한다.

생전에 혼마는 소원해진 딸을 보러 갈 생각이라고 친구에게 말했다고 한다. 결국 그 바람은 이루지 못했다.

혼마는 분명 자신을 발견해주길 바랐을 것이다. 그래서 누군가 알아차려주기를 바라는 마음으로 매일 밤 나타났고, 그날 밤도 나를 이끌어준 것이리라.

그리고 지금은 해방됐다고 믿고 싶었다.

몇 번이나 와서 혼마의 기억까지 봤는데도 나는 그에 대해 아무것도 모른다. 그래도 혼마가 가족이 진실을 알아주길, 누군가 찾아내주길 바랐다는 것, 그 마음이 내게 전해졌다는 것은 나 혼자만의 억측이나 착각이 아닐 것이다.

내 행동이 그에게도 의미가 있었을지 알고 싶었다.

시계를 보았다. 정각 6시였다.

건물 반대편으로 돌아가 주차장에 면한 창문으로 안을 살그머니 들여다보았다.

만약 거기에 혼마의 영혼이 쓸쓸히 서 있다면. 그렇게 생각하자 긴장이 됐다.

하지만 텅 빈 실내에 영혼은 없었다.

나는 숨을 크게 내쉬고 창문에서 떨어졌다.

그 영혼은 더 이상 나타나지 않는다. 그건 내게도 구원이었다.

이리하여 내 임무는 정말로 끝났다. 건물에 등을 돌리고 걸음을 옮겼다. 일부러 등을 쭉 펴고 보폭을 넓혔다.

나도 앞으로 나아가야지.

가에데와 가정부 고이케에게 선물을 사가야겠다 싶어서 나는 한 골목 다른 길로 들어가 붕어빵집으로 향했다.

옮긴이의 말

2퍼센트 부족한 특수 능력을 지닌 2퍼센트 부족한 탐정의 분투기

    사전을 찾아보면 귀신에는 '사람이 죽은 뒤에 남는다는 넋', 유령에는 '죽은 사람의 혼령'이라는 뜻이 있다. 사람이 죽은 후 육신이라는 껍데기에서 벗어난 비물질적인 존재라는 측면에서 보면 둘 다 비슷한 개념이다. 그러나 사전적인 의미와는 달리 귀신이나 유령 하면 어쩐지 무서운 느낌이 드는 것이 사실이다. 끔찍한 형상으로 나타나서 사람을 놀라게 하거나, 해코지를 할 것만 같은 인상이 있다. 하지만 『단지, 무음에 한하여』에 나오는 영혼은 그야말로 무해한 존재다. 불명확한 모습으로 자신이 죽은 곳이나 시신 곁에 가만히 서 있을 뿐이다.

    탐정 아마노 하루치카는 이러한 영혼을 볼 수 있는 능력

이 있다. 탐정에게 이건 엄청난 능력이다. 영혼을 통해 남들이 모르는 정보를 알아낼 수 있다면 조사를 할 때 얼마나 유리하겠는가. 하지만 문제가 있다. 아마노의 특수 능력이 2퍼센트 부족하다는 것이다.

영혼을 볼 수는 있다. 하지만 그것이 전부다. 영혼은 말을 하지 않고, 이쪽 말이 들리는지도 의문이다. 영혼이 있는 곳에서 잠을 자면 영혼의 단편적인 기억이 영상처럼 보이기는 하지만 소리는 들리지 않는다(영혼이 실외에 있으면 잠을 자기도 힘들다). 마치 수수께끼 풀이를 하듯 영혼에게 얻은 정보를 해석해야 할 필요가 있다.

추리소설에 등장하는 뛰어난 명탐정이라면 이러한 정보도 멋지게 해석해서 진상 해명에 활용하겠지만, 여기서 또 문제가 발생한다. 아마노 하루치카가 2퍼센트 부족한 탐정이라는 것이다. 한 등장인물의 말을 빌리자면 다음과 같다.

"아저씨는 균형이 안 맞아요. 아무도 모르는 정보를 알아낼 수 있지만, 그 정보를 짜 맞추는 솜씨가 별로라서 아까운 능력을 살리지 못하죠. 조사 대상에게 부주의하게 접근하고, 사람을 너무 쉽게 믿어요."

아마노 하루치카는 추리소설 속 명탐정을 동경해 탐정

이 되었지만, 추리력은 그저 그렇고 사진 촬영 실력도 형편없다. 명탐정보다는 추리소설 속에서 명탐정에게 야유를 받는 어리바리한 경찰이 좀 더 어울리지 않을까 싶을 정도다.

하지만 이렇듯 2퍼센트 부족한 구석이 작품 속에서는 매력으로 작용한다. 불완전한 정보는 정보로 기능하는 동시에 수수께끼를 심화시키는 역할을 한다. 탐정이 의문시하는 부분이 호기심을 자극해 독자의 상상력을 촉발시킨다.

한편 불완전한 정보를 토대로 사건을 추적하는 아마노 하루치카는 추리소설 속 괴팍한 명탐정들처럼 어마어마한 추리력을 발휘하지는 못하지만, 정직하고 성실한 성격을 앞세워 열심히 발로 뛴다. 못 미더워 보이면서도 할 일을 해내려고 노력하는 모습에서 인간미가 느껴진다. 그리고 버릇없어 보이지만 따스하고 영특한 소년 가에데가 아마노와 합을 맞추어 아기자기한 재미를 끌어낸다.

지금까지 국내에 출간된 오리가미 교야의 작품 중에서는 가장 현실에 발을 디디고 있으면서 캐릭터도 안정적인 작품이 아닐까 싶다. 여러모로 부족한 아마노와 그 부족한 부분을 채워주는 가에데의 조합이 흥미로워 시리즈화가 되지 않을까 예상했었는데, 아니나 다를까 올해 3월 일본에서 『여름에 기도를: 단지, 무음에 한하여』라는 제목으로 시리즈 속편이 나왔다. 속편에서는 아마노와 가에데가 콤비로 함께 활약하는 모양이다.

　개성이 충분하다 못해 넘치는 명탐정이 등장하는 작품은 많다. 뛰어난 능력을 발휘하는 명탐정이 등장하는 작품도 많다. 하지만 개성과 능력이 2퍼센트 부족한 탐정이 등장해 이만한 재미를 주는 작품은 드물 것이다.

　독자 여러분도 이 책의 잔잔한 물결 같은 재미를 느껴보시길 바란다.

2022년 5월
김은모

단지, 무음에 한하여

1판 1쇄 인쇄 2022년 5월 16일
1판 1쇄 발행 2022년 5월 30일

지은이 오리가미 교야 **옮긴이** 김은모
펴낸이 김영곤 **펴낸곳** (주)북이십일 아르테

책임편집 원보람 **디자인** 데시그 **일러스트** 산호
아르테본부 문학팀 장현주 임정우 최은아
해외기획실 최연순 이윤경
출판마케팅영업본부 본부장 민안기
출판영업팀 이광호 최명열
마케팅2팀 나은경 정유진 박보미 백다희
제작팀 이영민 권경민

출판등록 2000년 5월 6일 제406-2003-061호
주소 (우 10881) 경기도 파주시 회동길 201(문발동)
대표전화 031-955-2100 **팩스** 031-955-2151

ISBN 978-89-509-0058-8 (03830)